CINDERELLA'S
SMILE

听说樱花运动的速度是每秒五厘米，

可是你知道吗？

当樱花掉入你手心的那一瞬间，

我的心已经掉到了一光年以外。

月光下，
辛蒂瑞拉的假面脱落，
露出的真心你还会再相信吗？

辛蒂瑞拉的微笑

Cinderella's Smile

巧乐吱 著

CNS
湖南少年儿童出版社
HUNAN JUVENILE & CHILDREN'S PUBLISHING HOUSE

图书在版编目（CIP）数据

辛蒂瑞拉的微笑 ／ 巧乐吱著．—— 长沙 ：湖南少年儿童出版社，2016.4
ISBN 978-7-5562-2102-8

Ⅰ．①辛… Ⅱ．①巧… Ⅲ．①长篇小说－中国－当代 Ⅳ．①I247.5

中国版本图书馆CIP数据核字(2016)第056234号

C S
PUBLISHING & MEDIA
中南出版传媒

XINDIRUILA DE WEIXIAO
辛蒂瑞拉的微笑

责任编辑：钟小艳
品牌运营：Sean .L
特约编辑：李 黎
视觉监制：611
文字编辑：袁 卫 彭朝阳
装帧设计：杨思慧 岳奥林
原画监督：丹青show
插画制作：索·比昂卡创作组（关小猫 飞翔舞）
文字校对：曾乐文

出 版 人：胡 坚
出版发行：湖南少年儿童出版社
地 址：湖南省长沙市晚报大道89号 邮 编：410016
电 话：0731-82196340（销售部） 82196313（总编室）
传 真：0731-82199308（销售部） 82196330（综合管理部）

经 销：新华书店
常年法律顾问：北京市长安律师事务所长沙分所 张晓军律师
印 刷：长沙鸿发印务实业有限公司
开 本：660 mm×960 mm 1/16
印 张：16 字 数：219千字
版 次：2016 年 4 月第 1 版 印 次：2016 年 4 月第 1 次印刷
定 价：25.80 元

目录
CONTENTS

目录
CONTENTS

楔 子
PROLOGUE

灿烂的阳光从空中洒落下来，给偌大的校园镀上了一层唯美的光芒。操场两边，一簇簇薰衣草轻轻摆动，紫色的花朵悄悄绽放，显得既安静又浪漫。

铃兰学院一年级教室的窗边，一个少女正紧蹙着眉头，捧着一本厚厚的英语词典，嘴唇微动。阳光照耀在她的身上，给她整个人镀上了一层淡淡的金色，连身上颜色朴素的校服也变得亮丽起来。

微风拂过，几根发丝调皮地在她脸旁舞动，仿佛要打扰她的专注。

"步吉星！"

一个柔柔的声音传进了少女的耳朵。

名为步吉星的少女合上了手中比文具盒还要厚的英语词典，缓缓转过头。

"什么事？"

在看到来人的瞬间，步吉星迅速转换了面部表情，露出了甜美的笑容，嘴角两个浅浅的梨涡为她增添了几分俏皮，充满自信的大眼睛眨呀眨的。

走过来的那个女生从身后拿出一张试卷，上面圈圈点点的红色印记占满了所有空白："帮我讲下题目吧！这道和这道，还有这里……都错了！"

"好，你过来！"

步吉星立马微笑着接过试卷，仔细地阅读上面的题目，发现错的题实在是太多的时候，心里忍不住默默吐槽：唉，她是笨蛋吗？这些题目明明上一次就考过，居然还做错！

吐槽归吐槽，她脸上还是挂着甜甜的微笑，然后细心地一题一题给女生讲解。

明明原本是同学友爱互助的温馨一幕，但是接下来两人的互动让人大跌眼镜。

"谢谢你了，步吉星，这是你的讲题费！"

拿着试卷的女生从口袋里掏出十块钱递给讲完题的步吉星，而步吉星也没有推辞，她很自然地接过钱放进了自己的钱包里，抬头的时候微笑显得更加灿烂了："你是老顾客了，下次我会给你九折优惠哦！"

"好，下次我再光顾。"

女生也笑笑，拿着试卷回到了座位上。

阳光透过窗户洒落进来，点点斑斓映在步吉星那本厚厚的英语词典上。她从旁边的抽屉里拿出了一张照片，照片上的她很小很小，但是笑容大大的，站在她身边的一对夫妇看起来也很和蔼。

这时，坐在步吉星身后的男生戳了戳她的肩膀："步吉星！今天请假同学的笔记你帮忙写一下。"

笔记抄一遍不就好了吗？没看见我正忙着思考吗？步吉星在心里翻了一个大大的白眼，但是依旧露出笑容转过头说道："好的，没问题，包在我身上！"

话音刚落，一张崭新的一百元钞票被重重地拍在了步吉星的书桌上："喂！渴死了！步吉星，帮我去买两瓶苏打水！对了，顺便帮我和体育老师说一声，借来的篮球放学再还给他。"

哼！自己没长腿吗？步吉星忍住心里的吐槽，撇撇嘴，利落地拿起钱，脸上依旧挂着笑容："好的，稍等，我现在就去办！"

她像兔子一样飞快地跑出教室，看似很欢乐，但实际上跑下了三层的楼梯后，她的脸"唰"地一下垮了下来。每天都被同学当成奴婢使唤的日子她真是受够了，但这是她唯一的生存之计，即使咬着牙也要努力坚持！

走过两边都是鲜花的细长小径，穿过生机盎然的花园，微风拂过，花儿轻轻摇曳，她深吸一口清新的口气，嗅着淡淡的花香，郁闷的心情也随之变得舒畅。

"加油吧，步吉星，你行的！"给自己小小地加油鼓气了一下，步吉星加快了步伐——如果速度不够快，挑剔的"顾客"可能会扣她报酬的！

不敢多耽搁，步吉星买好东西，步履匆匆地回到了教室。她将一把零钱和两瓶苏打水放到了男生的书桌上，傻笑一声，露出了八颗洁白的牙齿："同学，你的水和零钱！"

樱子

男生懒得说话，不动声色地从那堆零钱中拿出六块钱递给步吉星，只见她微微欠身，接过钱头也不回地回到了座位上。

总算可以摆脱这群无知的家伙，好好休息休息了……步吉星坐回自己的座位，刚刚喘了一口气，不料，班长迈着沉重的步伐走到了她的身边。

"步吉星，就差你没交班费了！"

班费？

步吉星眉头微蹙，每天都催着交班费，这班长还真是够执着的！

"哦……"

步吉星敷衍地应了一声，然后不慌不忙地从本子中拿出了一张写满字的纸递给了班长，并张开嘴喋喋不休地说道："班长，我仔细算了一下，班费一共是285元，其中包含，春游150元，看电影55元，水费5.5元，大扫除抹布费4元……"

见班长白皙的脸越来越黑，步吉星顿了顿，清了清嗓子，说："嗯……这些不重要，重要的是其中看电影我没有参加，学校的矿泉水我也没有喝过一滴，还有抹布费，四元也太贵了吧，一块抹布要一元！好！就算是贵一点，我也认了！可是我上个月一共就拿了一块抹布，每次大扫除我都是洗干净后继续用的，不信你看！"

步吉星从抽屉里拿出了一块整整齐齐放在塑料袋里的抹布，举到了班长的面前，以证明自己所说的绝无半点虚假。

没等班长开口说话，步吉星就拿出计算器"啪啪"地按着，最终把得出来的结果递到班长的眼皮子底下。

"你看！一共是221.5元，我在清单上写得很清楚，请确认一下。"

班长无言以对，半晌才摆摆手，说："你给我222元吧，我可没有零钱找给你。如果老师问起我这是怎么一回事，你自己去解释。"

惜金如命的步吉星怎么可能白白给班长五毛钱呢，只见她从口袋里掏出了五个硬币，一个一个数给班长。

"我有，不劳烦你。"

周围的同学看到这一切，开始议论纷纷。

"这个步吉星还真小气，几毛钱都这么斤斤计较！"

"就是，还在学校里用各种手段赚钱，这种做法简直是卑鄙！"

"从来不会免费帮助人，因为她就是死要钱步吉星啊！"

"步葛朗台……"

"嘘，大家都别说她了！她可是被亲戚当成克星，小心你们惹祸上身！"

……

周围的窃窃私语不绝于耳。

面对这一切，步吉星依旧淡然地坐在座位上，再次翻开那本没有读完的英语词典。面对种种质疑，她早已习以为常。

他们以为这样就会打击她的自尊心、让她哭鼻子？

这也太小看她了！

步吉星可不在乎这么多！她的内心足够强大！

终于熬到了放学，步吉星踩着放学铃声第一个冲出了教室。

学院通往校门的林荫大道旁，鸟儿们啾啾叫着，夕阳柔和的暖色光芒笼罩着一切，浓密的绿荫下方有着一个个硬币大小的光斑。

每天走在这条路上时，都是步吉星这一天中最快乐的时光。

"真好，今天讲题、跑腿都赚了钱，下个星期的生活费有了……"

步吉星一边踩着那些光斑，一边开心地自言自语着。

忽然，前方大树下的一张纸吸引了她的视线，那浅黄色的信纸、那清晰的笔记，怎么这么眼熟？

满带疑惑的她弯腰捡起了压在纸上的石头，几行字映入她的眼帘——

"步吉星微笑服务价目表——讲题：2元；做笔记：3元；跑腿：6元……"

正当步吉星奇怪为什么她的价目表会被放在这里时，忽然，清脆的声音传到了她的耳朵里。她猛地抬起头，看到前方办公楼二楼的玻璃不知为什么碎裂了，碎片在草坪中反射出刺眼的光芒，而窗户上出现了一个巨大的洞。

步吉星还没弄清楚这到底是怎么一回事，教导主任便一脸愤怒地从窗户破洞里

探出了头，手里拿着一块石头，而此时步吉星手里正拿着一块石头。

"步吉星！你干什么？竟然敢砸办公室的玻璃！"教导主任直接把矛头指向了步吉星。

步吉星慌乱地摆摆手，急忙开口解释："不是的！老师，您听我说，我什么都没干，玻璃不是我砸的，我只是路过这里……"

"别狡辩了！"教导主任打断了步吉星的话，加大了音量说道，"这里就你一个人，你还有什么可狡辩的！"

"不！不！不！真的不是！老师，您听我解释！"

"物证都在你手里呢，你还敢狡辩？行，步吉星！今年的奖学金，你想都不要想了！"

说罢，教导主任冷哼一声缩回了头，只留下了站在原地百口莫辩的步吉星。

手里拿着那张"步吉星微笑服务价目表"，抱怨涌上了步吉星心头。

"搞什么嘛！就因为一块破玻璃扣了我的奖学金？还是老师呢，连基本的判断力都没有！物证！一块石头就叫物证？那满大街的石头都不叫'石头'了，都改叫'物证'好了！人证呢？人证都没有，凭什么说是我砸的玻璃！真是莫名其妙！躺着也中枪……"

步吉星越想越生气，要知道奖学金对她来说可是一笔巨款，为了这笔奖学金，她整天抱着书本没日没夜地读，可现在计划竟然就这么莫名其妙地泡汤了。

"让我知道是谁砸碎了那块玻璃，姑奶奶我非扒了他的皮、抽了他的筋，再让他赔我的奖学金不可！不对，奖学金还不够，还有我的精神损失费！"

步吉星一路念念叨叨，不知不觉就来到了家门口。习惯性地掏出钥匙打开家门后，气急败坏的她一脚把门踢开，可是映入眼帘的一幕让她呆住了……

第一章

欢迎来到季风
岛中华学院

Chapter/01

1.

金碧辉煌的宫殿里，到处都是价值连城的装饰品，名家的油画、古代的瓷器在这里都显得太过平常。优美的钢琴曲中，我穿着镶有九十九颗珍珠的公主裙，头顶象征着"美丽与智慧"的皇冠，从铺着红地毯、撒满玫瑰花瓣的旋转楼梯上缓缓地、优雅地走下。

脚上踩的水晶鞋比童话里描绘的还要美丽，身后跟随着两个戴着墨镜的酷酷的保镖，前方迎接我的是手捧鲜花含情脉脉注视着我的王子……

"砰"的一声，我从梦中惊醒，发现原来是自己不小心打翻了旁边的果汁。

我叫步吉星，身体健康，长相清秀，却是个命运称得上悲惨的少女，不知道什么原因被父母抛弃，从小在孤儿院长大，陪在我身边的只有我脖子上挂着的一个刻了"步吉星"三个字的金铃铛，于是这就成了我的名字。

五岁的时候，我被养父母领养了，他们对我很好，我度过了一段算是无忧无虑的童年时光。

没想到在我十二岁那年，一场事故又让我变成了孤儿。

还记得那天天气不是很好，我们乘坐大巴车去旅游。当大巴车行驶到一段山路上时，忽然冲下了山崖，整车人只有我一个幸存了下来。后来我才知道，是养父母情急之下把我抱在怀里，用生命保护了我，我才逃过一劫。

我在养父母的各种亲戚家生活了三年，一直忍受着寄人篱下的难堪，因为亲戚们都说是我克死了养父母，说我不吉利，是真正的"不吉星"。

直到后来，我向相关福利机构申请，才离开了亲戚家，利用福利机构给予的补贴自己租了套小房子，然后一边上学一边打工养活自己，成为学院里死要钱的"不吉星"和讨厌鬼！

原本以为这样孤苦无依的生活还将继续下去，直到那一天，我回到家，打开门……

"您回来了！"

这个突然冒出来的声音把我吓了一跳。

只见狭窄拥挤的小房子里，穿着统一的灰色制服的用人们左右站成了两排，齐刷刷地向我行礼。中间是一个挂着拐杖、神色端庄、穿着正式西装的老爷爷。还有好几个穿着黑色西装、戴着墨镜的保镖不知什么时候站在了我的身后，那一脸的严肃和气势汹汹的阵势吓得我一动不敢动，还以为自己进错了家门。

在我惊诧得转身就要逃时，那个挂着拐杖、留着小胡子的爷爷走到了我的面前。

众目睽睽之下，他向我微微欠身，慈祥的声音传入了我的耳朵："您是步吉星小姐吧？我是步吉岛步家的管家，奉您爷爷的命令，来接小姐您回家！"

"步吉岛？爷爷？"我惊讶地问出声。

后来经过对方的一番阐述，我才知道，面前的人是步家的掌权人——我的亲爷爷派来接我回家的管家，而我的真实身份是南太平洋步吉岛步家流落在外的孙女！

知道这个事实后，我有了一种天上掉馅饼的感觉。

经过我的反复确认——包括对方给我看了权威机构做的亲子鉴定证明以及其他一系列有关证据后，我才相信了管家爷爷说的话。

或许是因为"继承人"这三个字背后的诱惑，也或许是知道原来自己还有唯一一个亲人吧，权衡之下，我答应跟他回到步吉岛做步家的继承人。

反正如果再待在这里，没了奖学金的我，还是得靠每天在学校跑腿做事、周末在外打工才能存够生活费和学费。

已经倒霉到极点的我，也不怕再被骗再倒霉了！

"欢迎收看南太平洋季风岛频道，现在是早间新闻时间。首先我们祝贺滕川家

又一次登上福布斯排行榜且位列榜首。"

"枫木家已经放出消息，不久后枫木行少爷的成人礼上，他将正式成为枫木家的掌权人，打理目前枫木家在亚洲和欧洲的所有古董业务。"

"松原冽和宫流月又一次代表季风岛参加国际古琴大赛和国际围棋大赛，均获得特等奖。"

"中华学院四百年校庆举办在即，这也是我们季风岛居民迁入季风岛的四百周年纪念日，届时中华学院将会举办盛大的庆祝仪式，热烈欢迎各位居民到场观看。"

……

突兀的新闻播报声打断了我的回忆。

这些都是什么啊，本来只是好奇这里的电视机是不是真的能放，结果出来一堆乱七八糟的新闻，主持人的语气也太夸张了吧，季风岛是什么地方啊？

"滕川家二少爷滕川照今年一共向世界贫困地区的儿童捐款两千万元整，请问滕川少爷有什么想说的吗？"电视里，语气夸张的主持人把话筒递到一个看起来年纪跟我差不多大的少年面前。

嗯，长得不错，这么年轻就捐了两千万，不愧是有钱人家的少爷。

"助人为乐是我们中华民族的传统美德，也是我们滕川家一直奉行的原则，其实我们做得还远远不够，要做出更多更大的贡献才行。"电视里那个帅哥好看的嘴唇一张一合，声音也格外好听。

画面一转，电视上帅哥的脸消失，又变成无聊的社会新闻。

我烦躁地按下电视的关机键，向室外走去。

辽阔的海面上，豪华游轮正不急不缓地行进，一尘不染的船体反射着水面的粼粼波光，远远看去就像这艘游轮自己在散发光芒一样。

漆成天蓝色的甲板上有一个露天观景台，从这里可以看到整个大海的风景。

海风温暖湿润，天蓝色的海水和天空几乎连成一线。头顶上，海鸥在空中翱翔，偶尔发出一两声清亮的叫声。一只海鸥就停在离我不远的甲板上休息，看起来非常可爱。

前方，相隔不远的两座岛屿已经从起初的两个点到渐渐能看清轮廓。

哪一座是我即将到达的步吉岛呢？

我坐到旁边的躺椅上，沐浴着阳光，优雅地拿起一杯漂着柠檬片的果汁，轻啜一口，丝丝甘甜入口。

哇！真是美味！

昨天我还在教室里帮同学解题、跑腿，还被教导主任冤枉砸了玻璃，今天就已经成了豪门的唯一继承人，房车、游轮、用人、保镖……哈哈哈，这些电视剧里的情景一一出现在我面前，比每天班里那堆女生讨论的肥皂剧剧情还要离奇，真是让人不敢相信。

我伸出右手，用力掐了一下自己的脸蛋。

"嘶——好痛。哈哈哈哈……"眼泪都快流出来了，我却还是忍不住笑出了声。

这一切竟然都是真的！

"小姐！"

咦，管家爷爷什么时候站到了我的身后？

"嗯？找我有什么事吗？"我一边回答一边转过头，发现管家爷爷不知什么时候换了一套白色的西装，顿时年轻了不少呢！

"小姐，您这一打扮我险些没有认出来，真是太漂亮了，而且气质一看就和别的女孩不一样，不愧是步家的继承人！"

"谢谢。"我抑制住心里的喜悦，淡然地回答。

我可是继承人，怎么可以因为几句夸奖就随便傻乐呢？

"小姐，季风岛马上就到了。"

"真的吗？那我不是马上就可以见到爷爷了？呜呜呜……没想到真的有这么一天……"

哈哈哈，我终于可以不用为钱发愁啦！

慢着，季风岛？我不是步吉岛的继承人吗？

"那个，爷爷现在住在季风岛上吗？"有钱人果然任性，想住哪个岛就住哪个岛。

"小姐，是这样的，想做好继承人，并不是一件容易的事，因此在那之前，您需要通过一个小小的考验。我想，对于小姐来说，这应该是不成问题的。"

什么？

考验？

"什么考验？"我摆出严肃的神情。

"在您爷爷的爷爷那一辈时，象征着步家继承权的名为'仁心'的宝石被盗走，后来被从事古董生意的枫木家族买回，因为当时步家和枫木家正在赌气，所以枫木家不愿意把宝石还给步家，并且立下了遗嘱，这颗宝石，以后要由枫木家的每一任继承人保管……"管家爷爷扶了扶架在鼻梁上的眼镜。

"停！停！停！这是我爷爷的爷爷他们那一辈人的事，和我有什么关系啊？"

"小姐，您爷爷的爷爷他们那一辈人的事情可能和您没有太大的关系，但那颗名为'仁心'的宝石，和您就有密切的联系了——您只有拿回那颗宝石，才可以证明自己的能力，有了宝石，您才能名正言顺地成为继承人。"

"您是说，我必须拿回那颗宝石，才能做继承人？"

"小姐，您可以这样理解。"

"如果找不到呢？"

"那您就将失去继承人的身份。"

"失去继承人的身份？"我一字一句地重复道。

我腾地从躺椅上站起来，摘掉了脸上一直戴着的墨镜。

"我不去了！我不当继承人了！我要回家！"

骗子！一群骗子！

让我在一座陌生的岛屿上找到一颗见都没见过的宝石，而且我连它放在哪里都不知道，怎么可能找得到？

明明就是不想让我做继承人才找这么多借口。

"不知道您指的'家'是哪里？如果是指步吉岛，您没有找到宝石，无法回去；如果是指您以前住的地方……"管家爷爷突然变脸，冷哼一声，差点把胡子给吹起来，"回去可以，但是我们只负责把您接来，并不负责把您送回去，如果您决定放弃继承权，那就自己想办法回去吧！"

什么？你们这么轻易就放弃继承人？电视里根本不是这么演的啊，你们应该惊慌失措地求我回去做继承人才是啊！

"真……真的把我丢在这里吗？我可是步家的继承人啊！"

"可是小姐您已经主动放弃了继承权，就不是步家的继承人了，生与死，都与我们步家没有任何关系了。"管家爷爷的神情变得非常冷漠，慈爱的表情仿佛从来没有出现过。

开玩笑，你们把我丢在这里，是要我游回去吗？我又不是美人鱼。

而且我哪里来的钱买机票、船票啊——昨天晚上知道自己是继承人之后，我就把自己辛苦攒下的钱全都捐出去啦！

我觉得内心的怒火马上就要喷涌出来了，但是，看着管家爷爷冰冷的眼神，我害怕自己下一秒就会被丢下船。

"等等！我……我听您的，我找宝石！"我咬咬牙，说出自己的决定。

"小姐，这就对了，只要找到'仁心'宝石，您就是步家正式的继承人了。"管家爷爷又重新换上慈爱的笑容。

呵呵，他还真是会演戏。

我不理他，等到船靠岸便率先大摇大摆地走了下去。

既然我已经来了，就一定要找到宝石，凭我步吉星的聪明才智，你们就等着我成为继承人之后施以的惩罚吧。

"小姐，请上车。"管家爷爷一脸笑意，装作看不见我阴沉的脸色，为我拉开黑色房车的车门。

"哼！"

少来这一套，我绝对不会原谅你的！

车门关上，车子缓缓启动，两旁巨大的树木倒退而去，马路两边尽是高楼林立，各种各样的店铺和金光闪闪的招牌随处可见，比电影里那些国际大都市还要高级的感觉。

车缓缓停稳，车门打开。

"小姐，到了。"管家爷爷慈爱的笑容又一次出现在我眼前。

"这里是……"我看着面前的豪华别墅，嘴巴张得可以塞进一个，不，两个鸡蛋。

"这是步家的别墅，您暂时先住在这里吧。"

步家的别墅？这里都归步家所有？

花纹繁复的镂空大门徐徐关上，发出"嘀"的一声。

我环顾被精致的黑色雕花栏杆围起来的院子，院子的左边有一架紫藤秋千，盛开的紫藤花洋溢着欢快的气息。地上飘落了几片紫藤花瓣，却完全没有沾染上泥土。

眼前是一栋依山傍水的三层欧式楼房，鹅卵石铺就的小路从我脚底一直延伸到大门前，庭院里种满了高大的树和争奇斗艳的花。

一个穿着园丁服、戴着草帽的大叔正拿着一把大剪刀在修剪庭前的蔷薇枝，身旁放着浇花壶。看到我，他微微点头致意。

"小姐，请跟我来。"管家爷爷领着我走过鹅卵石小路，停在了实木大门前。

只见门旁挂着一块泛着金属光泽的银色门牌，极具艺术气息的花体字勾勒出"步家"两个字。

不知道为什么，我的心"怦怦"地跳得好快。即使我已经有过无数关于有钱人的幻想，但是，实际看到这一切的时候，我还是止不住心跳加速。

实木大门缓缓打开……

我呆呆地换上早已准备好的拖鞋，听着管家爷爷说话。

"小姐，为了迎接您的到来，别墅重新装修过了。这幅是枫木家珍藏的传说中毕加索的最后一幅作品，是您的爷爷特意高价从拍卖会上买来送给您的礼物。另外还有一艘小型游艇已经停靠在岛上的港口处，如果您想出海看风景，可以让用人去准备。您的房间在二楼，如果装饰您不喜欢尽管告诉我，将立刻为您更换。"

"喜……喜欢。"我看着客厅里华丽的装饰，眼睛都不敢眨一下，只能呆呆地回答。

沙发前面是水晶茶几，上面摆放着各种热带水果，果香扑鼻而来。

头顶华美的施华洛世奇水晶吊灯是我在时尚杂志上看过的限量款。

小巧的玻璃壁炉安静地待在客厅一角，里面有火苗在跳动。

"这样不热吗？"话一出口，我就懊悔不已，继承人怎么能问出这么愚蠢的问题？

"哦，这是新来的那位欧洲设计师的杰作，如果小姐您不喜欢，我立刻让他撤走。"管家轻声回复。

"不用了，就这样吧，带我去房间休息吧。"

我虚弱地出声，觉得自己急需躺下缓一下神，此时的我真的有种被超级幸运大奖冲昏了头脑的感觉。

我真的要住在这样的房子里了，窄小的出租屋我再也不想回去了，蟑螂、老鼠，我也不想打了……

我一定要拿到宝石，成为继承人！一定！

2.

我缓缓睁开眼睛，粉色的圆顶宫廷纱帐映入眼帘，身上盖着的粉红被褥柔软光滑，四周，浅浅的纱帐半遮半挡，如梦似幻。

我把纱帐微微撩起，用紫色丝带系在了床柱上。面前是粉蓝相间的暗花壁纸，一张象牙白的布艺沙发静静地摆放在角落。旁边米白色的书桌上，玻璃制成的长条形花瓶立在那里，里面是娇艳欲滴的香水玫瑰。

我提起睡裙的裙摆，在镜子前优雅地转了一圈，露出完美的微笑。

没错，现在站在这里的就是我——步吉岛未来的继承人步吉星小姐。

"砰砰砰——"

一阵规律的敲门声传来，我赶紧放下了裙摆。

"喀喀，请进！"我清了清嗓子，镇定地说。

门被轻轻推开，一个穿着碎花公主裙、头上绑着蕾丝蝴蝶结的女孩站在门口。

"吉星小姐，早上好。"她冲我一笑，露出了整齐的牙齿，"早餐已经准备好了，可以换衣服下来吃喽！"

"哦……好……"我点头答应，目送女孩关门离去，忍不住感叹，她的气质真好，像是真正的公主呢！

我迅速在琳琅满目的衣柜里挑了一条可爱又低调的米白色连衣裙换上，再疏好头发，绑上小兔子头花，便迈着轻快的步子下了楼。

"吉星小姐你真可爱！"坐在餐桌旁等待我的女孩听到我的脚步声，转头微笑地看着我说。

餐桌上，清香四溢的果篮摆在正中间，温热的牛奶飘散着香甜的气息。我不熟练地用刀子切下一块三明治送进了嘴里，溢出来的果酱弄脏了我的嘴角。

一条洁白的手帕出现在我的视野里。

"啊……谢谢……"我有些不好意思地接过手帕。

她对我莞尔一笑，接着用叉子叉起一块糕点轻轻一咬，蜜桃色的嘴唇微动，整套动作看起来就像是电视里的大小姐一样优雅，让我忍不住自惭形秽。

"哦！对了，忘记自我介绍了！我是管家爷爷的孙女，我叫步晴一，你叫我晴一就好。"说完，女孩伸出一只手，"爷爷让我负责照顾吉星小姐，所以还请多多关照。"

步晴一，好好听的名字啊！想到自己以前总是因为名字被周围的人认为是"不吉星"，我不禁有些羡慕。

原来她是管家爷爷的孙女，比起我来，她才更像公主吧。

"我刚刚来到这里，很多东西都不太懂，以后就麻烦晴一你多多指教了。"我露出唯一有自信的完美微笑。

"小姐，你太谦虚啦！你一定可以拿到宝石，顺利地当上继承人的。"步晴一眨了眨明亮的眼睛，喝完自己杯子里的牛奶，"我去让司机准备，今天我们要去中华学院参观。"

没错！我一定可以拿到宝石，当上继承人的！

"不用叫我小姐，直接叫我吉星就好啦！"我迅速吃完剩下的三明治，喝完牛奶。

中华学院，我来了！

3.

车子平稳地在平坦宽阔的柏油马路上行进，微咸的海风透过半开的车窗吹入，两边是高耸的大树，树枝上，不知名的美丽小鸟在叽叽喳喳地歌唱。

"中华学院是季风岛上唯一的学校，也是世界十大名校之一，它只对季风岛和步吉岛的居民开放。它已经有四百年的历史了，是我们的祖先迁入季风岛和步吉岛时为了文化的传承共同创立的。"步晴一半靠在真皮椅背上滔滔不绝地向我介绍中华学院。

四百年？我想起去年铃兰学院六十周年校庆上，校长激动地陈述学校悠久历史的一幕，不禁对中华学院充满了憧憬。

"星星，你一定可以考上大学的！"养母充满希冀的声音突然浮现在我脑海里。我用力吸了吸鼻子，不让自己再回忆以前的事，继续听着晴一的介绍。

"小姐，到了。"司机将车稳稳地停住，下车替我打开车门。

"哇！"我看着眼前的大门，眼睛亮了起来。

巨大的米白色石柱组成一大两小三个拱门，气势恢宏。仔细看会发现，石柱上雕刻着繁体字，似乎是一篇文章。拱门的顶端，有着"中华学院"四个龙飞凤舞的

镏金大字，威严之感扑面而来。

"不要看校门看起来很古朴，我们学校里的高科技设施可是一应俱全哦，而且奖学金很高。"晴一拉着我的手，带着我走进了大门。

哈哈哈……还有高额奖学金，那不就是为我这种超优生准备的吗？以前在学校，可是从来没有人在考试上超过我呢。

我尽力维持甜美优雅的笑容，以免内心的狂喜泄露。

道路两旁种着樱花树，淡淡的香气把我包围，踩着地上的樱花花瓣，就好像漫步在童话世界里一样。

从樱花树间的空隙望向旁边，可以看到雕刻着浪花图案的音乐喷泉，水柱随着轻音乐的旋律变换形状，水流从滚动的琉璃球上倾泻而下，看起来美轮美奂。

浅绿的草坪旁，种植着一整排玫瑰。和樱花树不同，它们看起没有那么浑然一体，而是争奇斗艳，花香浓烈。

然后，一座城堡般的欧式建筑出现在眼前。

"这就是教学楼了。"晴一温柔的声音响起，"是岛上最古老的城堡，世界文化遗产之一哦。"

"那边是剧院。"她用手一指，另一座城堡映入眼帘。

步晴一逐一给我做着介绍，可是我感觉自己的脑子里乱成了一团糨糊，完全分不清。

"我先带你参观一下学院的博物馆吧，那里收藏了很多古董。"步晴一骄傲地说道。

道路两侧盛开着白色蔷薇，清晨的露珠宛如透明的水晶一般从洁白的花瓣上滚落，在阳光的照耀下折射出七彩的光芒。

"那里就是博物馆。"步晴一抬手指向不远处。

我顺着她手指的方向望去，一幢三角形的白色建筑出现在我的面前。走上十几级台阶，穿过一排洁白的石柱，我们来到了博物馆的大门前。两个身穿黑色西装的男人分左右而立，冲着我们微微欠身。

进门后顿时觉得光线暗了下来，双脚踩上了米黄色印花的羊绒地毯，一条宽阔的走道曲折延伸，走道两旁的玻璃展示柜里陈列着让人目不暇接的物品，物品下方是对应的介绍。

其中，一个一米多高的青花瓷瓶吸引住了我，虽然它被放在一个透明的玻璃柜里，但我还是没忍住用手隔着玻璃摸了摸。它的表面绘制的是一幅优美的山水画，画中，红日躲在云后，远处的青山高耸入云；在一片郁郁葱葱下，一条瀑布飞流直下，特别壮观；鸟儿看起来好像在飞舞盘旋，栩栩如生；山脚，一条小溪源源不断地流淌，上面画着点点小舟，仔细一看，小舟上面还有人呢。

"这是青花瓷，又叫作白地青花瓷，是中国瓷器里保留较好的主流品种之一。成熟的青花瓷作品可以追溯到元代，清康熙时发展到了顶峰，在明清时期，创造了五彩。"

"哇！你懂得真多！"我用钦佩的目光看向步晴一。

顺着一排青花瓷往里走，有一个可以容纳上百人的展厅，正对面的墙上，一幅巨大的画挂在那里。

我停下了脚步，诧异地看着画中那群穿着绣着各种图案的古装的女生，她们外披长长的薄纱，莲步轻移，气质脱俗。

"这是我们校庆的画面。"步晴一的声音响起。

"校庆还需要穿古装，难道是要拍纪录片？"我目不转睛地盯着画里的人，她们的衣服真的太漂亮了。

"这是汉服！"步晴一听到我的问题笑了出来。

"汉服，又叫汉衣冠，是我们汉民族的传统服饰，有着三千多年的历史，是以华夏礼仪为中心的民族服饰，有很多种款式，这些以后的汉服课上会教授。校庆日身着汉服参加是我们中华学院的传统哦，以后你也会有的。"步晴一耐心地给我解释。

我听得一愣一愣的。

"走！我带你去那边看看，那边是书画展区。"步晴一拉住我的手，往另一边走去。

"咦，这是什么？"我在一幅镶嵌在金框中的书法作品前停下了脚步。

字迹龙飞凤舞，写了些什么我看不太懂，但是落款处的几个大字我还是认得出来的：枫木行。

"这座博物馆是枫木家族和宫家共同投资建造的，而枫木家在书法上的造诣很高，枫木行更是新一代中的佼佼者。你看这里，笔锋流利，字形饱满……"步晴一看着眼前的作品，发表了一串我听不懂的感慨。

看来枫木家还真是不简单，想从他们家拿到宝石，并不是件容易的事啊。

参观完博物馆，步晴一一路把我送到了老师的办公室，然后就离开了。

"步吉星，欢迎你的到来，我是你的班主任。"一位梳着丸子头、戴着圆框眼镜的中年女士和蔼地看着我，一笑起来眼睛就眯成了一条缝。

班主任的声音很温柔，态度也很友好，让我紧张的心情一下子放松下来。

"这是学校的制度手册和课程表，我想你会用得到的。"她把一本紫色封皮的书和一张纸放到我的手上。

"谢谢老师。"我微笑着说，嘴角却微不可察地僵硬了一下。

制度手册……说得那么轻松，实际上却像字典一样厚。这个中华学院，哪里来的那么多规章制度啊……

"在这里稍等一下，我去帮你办理入学手续。"班主任说完这句话，快步走了出去，把我一个人留在了办公室里。

我翻开那本制度手册，对着目录查找起来。

咦？在这里！奖学金——207页！

快速翻开，一行行字映入我的眼帘。

什么……一等奖学金一万元！是我以前学校特等奖学金的三倍还多！

发财了！发财了！我想象着走上领奖台的画面，校长得发一个多大的红包给我啊，不会是直接发一张银行卡吧？

哈哈哈……我光是想想就笑出了声。

等等，下面好像还写了其他内容。

奖学金评定科目：琴、棋、书、画。

考核标准：一等奖学金：古琴、围棋、书法、国画，四门主学科优秀，年度学习排名在年级排名前1%；二等奖学金：古琴、围棋、书法、国画，四门主学科优秀，年度学习排名在年级排名前3%；三等奖学金：古琴、围棋、书法、国画，四门主学科优秀，年度学习排名在年级排名前5%······

什么？主学科不应该是语文、数学、英语吗，为什么会有围棋、书法这些奇怪的东西？

还要优秀？优秀的标准是什么啊？该不会是要能弹出一首曲子、画出一幅名作吧？

我瞪大眼睛，完全不敢相信这本制度手册上所写的内容。

还记得小学时我唯一学过的乐器是竖笛，围棋倒是有一副，只是大家当成五子棋玩，另外，如果每天的作业、笔记和上课的涂鸦能够算得上书法和画画的话······

完了！

别说一万元了，现在就连一毛钱都跟我没有关系了！

老天爷！你为何总是一次一次打击我！

呜呜呜······我抱着厚厚的制度手册，悲伤得快要把脸埋进去了。

4.

"步吉星，你好！欢迎来到中华学院！"就在我陷入几乎绝望的悲伤时，办公室的大门突然被推开，一捧巨大的玫瑰花向我扑过来，我刚从制度手册里抬起头，花就直接撞到了我的鼻子上。

"啊！好痛！"我尖叫一声，从鼻子上拔下一根玫瑰花上的尖刺。

搞什么，有这么欢迎人的吗？竟然用玫瑰花刺扎我！

不过，玫瑰花？

我看着面前鲜艳欲滴的玫瑰花，饱满的花瓣簇拥着，上面似乎还残留着清晨的露水，散发出一阵阵迷人的清香。

刚刚听到的好像是个男生的声音啊，该不会我第一天来到中华学院，就要被人表白吧？难道我步吉星的魅力这么大？喀喀，那我得在追求者面前保持一个好形象才行。

我清了清嗓子，撩了撩散到脸颊边的头发，正准备开口。

"步吉星，你好，我叫滕川照，听说你今天来学校，所以我是专程过来欢迎你的。"玫瑰花被移开，眼前出现一张堪称完美的俊脸——皮肤白皙如雪，两道浓浓的眉毛微微上挑，深邃的黑眸像是一汪泉水，高挺的鼻子下，桃红色的薄唇微微张开，嘴角弯起了一个好看的弧度。

欢迎我？

我把这个突然出现的帅哥从头到脚打量了一遍。

咦，有点眼熟，可我怎么也想不起在哪里见过。

"你……"

我正想问他到底是谁，他眨眨眼睛，露出了更加灿烂的笑容，再次开口说道："嘘！我知道，你现在一定很疑惑、很惶恐、很紧张，但是不要怕，步吉星，来到了这里，我一定会好好照顾你的，不让你受半点委屈！"

"啊？"

帅哥的眼神里满是真挚，而我因为他的话完全愣在了原地。

照顾我？不让我受半点委屈？这个人到底是谁？难道是整蛊节目派来的？

"你放心，为了你的到来，我已经做好了最全面的准备。如果你想要迅速了解季风岛和中华学院，我已经为你聘请了季风岛最资深的导游；如果你觉得离开家心情烦闷不能适应，或者刚刚得知亲人的消息，勾起了内心的痛苦，我也帮你找好了享誉国际的心理医生……"

这都是什么啊？

"喂，跟你说，我是不会上电视的，如果你们敢把我的片段播出去，我会去告你们的哦！"

我才不相信这个人说的话。这么浮夸的玫瑰花、这样过分热情的语调，哼，这个家伙如果不是傻瓜就是天生的演技派。但中华学院怎么可能会有傻瓜，所以，我心里断定这人肯定是在演戏。

"电视？不，不，步吉星，这不是拍电视节目，我是真心要来帮助你的！"帅气男生见我不相信，有点着急地否认道。

"我才不相信你！我也不需要你的帮助！"我依旧果断地拒绝道。我步吉星才不会那么容易被骗呢。

"啊，我知道了，你是怕我照顾不好你吧？"帅哥一再被我拒绝，有些苦恼地皱了下眉。因为他帅气的脸庞，这个表情也显得特别可爱。他思考了大概两秒钟，突然露出一副恍然大悟的表情，大声说道："这样，我证明给你看——"

说着，他"啪啪"地拍了两下手，办公室的门突然打开，一群黑衣黑裤戴着黑墨镜的人进入了办公室，原本宽敞的办公室瞬间变得拥挤起来。他又拍了两下手，一队穿着女仆装、脸上带着职业微笑的女佣也走了进来。

"步小姐好！"一列黑衣人和一列女佣在大帅哥的一个眼神示意下全部摆出弯腰鞠躬的姿势向我问好。

"这是什么？"我大脑一片空白，缩在墙角艰难地呼吸。

这个电视整蛊节目的预算也太多了吧？居然找了一大帮群众演员来配戏！要不要这么严肃啊！

"看到了吗？"自称滕川照的帅哥突然上前一步，热情地给我介绍道，"这就是我能照顾好你的证明。这是我专门为你精心挑选的保镖，还有我滕川家培训多年的一流女佣，有他们在，你的安全和生活都有保证了！"

"你……你到底想干什么啊？我根本就不认识你，你干吗一定要照顾我啊？我才不需要这些，你们通通都走开！"

我的脸憋得通红。角落真的太挤了，个子不高的我连一点新鲜空气都呼吸不到了。

"我知道，我全都知道，步吉星，我知道你一时间很难接受我突如其来的帮助。"完全听不懂拒绝的话的帅气男生眼睛里闪着晶莹的泪光，用一种无比同情又怜悯的眼神望着我，"从看到你的资料后我就明白，你从小受了很多苦，被步家的人带来这个陌生的地方，心情也一定是既彷徨又害怕……"

你想多了！我只有碰到你这么一个自来熟又神经质的家伙才既彷徨又害怕……

"但你放心，我滕川照既然知道了你的存在、知道了你的身世，就一定会好好帮助你、保护你，让你在中华学院快乐地生活下去……"

说着，他一把抓住了我的右手，眼中饱含泪水："步吉星，只要我在你的身边，我就不会让你难过。相信我，我会好好保护你的！"

"啊——"被他突然触碰，我大吼一声，用力将他推开。

滕川照跟跄几步，就要倒下的时候被后面训练有素的保镖一下子扶住了。

"说了不要你照顾啊……"

我原本想吼回去，不过，看到被单膝跪地的保镖扶着、一脸受打击表情的滕川照，我挠了挠头，平复了焦躁的情绪。

"你先让他们出去，我们再说话，不然……"我换上了害怕的语气，"面对这么多人，我会害怕。"

听到我回复，滕川照受打击的表情一下子散去，他猛地站起来，又是"啪啪"两声，两秒钟之内，这群奇怪的保镖和女佣像龙卷风一样又迅速退出了办公室，最后一个出去的虚掩上了门，一切和他们进来之前一模一样。

"你说吧，你到底想干什么？"我终于找到机会说出一句完整的话。如果不是整蛊，那么这个自来熟的帅哥也太奇怪了。

什么不让我受委屈，不让我难过，好好照顾我？他以为自己是老母鸡要照顾小鸡吗？

呸呸，什么啊，我才不是小鸡呢！

"我……我知道有新的转学生要来，无意中看到了你的照片和资料……就突然很想好好照顾你，让你在中华学院好好生活！"自称滕川照的帅气男生激动地向我走近一步，他望向我的眼神就像炙热的太阳，里面的温度几乎要把我灼伤。

"喂，我才不需要人照顾，我一个人好好的！"我后退三步，把手挡在两人之间，防止他再次靠近。

"怎么会不需要人照顾呢？吉星，你的一切我都了解。"滕川照的眼中突然多了一股深情，"资料上说你小时候跟父母去旅游被坏人抱走，后来养父母又因为车祸身亡，所以你辗转流连于亲戚家好几年，直到前几天被你的爷爷找回……"

"你……你怎么知道得这么清楚？"我惊讶得张大嘴，用颤抖的左手指着滕川照。我一个转学生的资料居然这么详细？

"对每一个新来的学生，我都会特意收集齐全资料的。吉星，我没想到个性开朗的你竟然有这么悲惨的身世。你看——"说着，滕川照从上衣口袋里珍宝般地掏出一张皱巴巴的报纸。

我接过报纸，迅速展开。

"季风日报？"我疑惑地念出报纸上的四个大字。

"为了欢迎你也为了让大家更了解你，我特意买下了今天《季风日报》的头版刊登了你的故事呢！"滕川照的声音带着骄傲和得意，手指着报纸上的另外一个标题——"自强的辛蒂瑞拉哟，命途多舛终归苦尽甘来"。

看到这个标题，我的额头滑下一滴冷汗。

我迅速地看完了整篇报道，里面介绍了从我出生一直到我来到季风岛的全部经历，除了船上管家爷爷威胁我如果我没有拿到宝石就不能成为继承人的事。

"你竟然把我的事刊登在报纸头版上，还写得这么清楚？"我难以置信地问滕川照，感觉胸膛里冒出一股火气，巨大的愤怒快要把我淹没。

怎么会有这样的人？竟然不经过我同意就把我的事情全都写在报纸上，还口口声声说什么欢迎我、关心我、了解我。难道被坏人拐走、亲生父母离世、养父母意外去世、被亲戚们当成皮球一样踢来踢去是很光荣的事吗？而且，我自己的事情凭什么要他一个陌生人来指手画脚！

"没有没有，其实报纸上写得还不够清楚，我比报纸上写的，更加了解你

哦！"滕川照轻轻抿抿花瓣般的嘴唇，双眼含笑，荡漾出一抹如春天般亲切的柔和之意。

"你还了解些什么？"我咬牙切齿地问出这个问题。

"还有很多啊，身高161厘米，体重92斤，平时靠在学校帮同学跑腿挣钱……"滕川照还在滔滔不绝地说着，我感觉自己的头顶已经冒出了一阵青烟。

"够了！不要再说了！"我粗暴地打断他的话，不过大概是出于以前步吉星微笑服务的原因，即使到了这种时候，我脸上都还带着标准的微笑。也许正是因为这样，滕川照仍旧没有领悟到我的意思。

"我知道你想说什么，刚刚来到新的学校一定有很多的不适应，我都明白的。你不要害怕，有什么不懂的尽管问我，我是中华学院最热心的人，无论什么问题我都会帮你解决的。"滕川照从我手中抽走报纸，仔细地叠好，然后把玫瑰花塞到我的手中，"玫瑰花是我今天亲自在我家的花园里摘的，枫木行说女生都会喜欢玫瑰花，看你的样子，应该是会喜欢的吧！"

"最热心？我看是最恐怖吧。我不需要你的帮助，我一个人挺好的。"我排斥地摆摆手，压抑住内心的怒火，尽量保持冷静。

中华学院怎么会有这么奇怪的人？虽然长相不错，还有阳光般灿烂的笑容，看起来热情又心地善良，但根本就是个迟钝的大傻瓜吧！

我不想跟这个脑子不正常的家伙说话了，甩开他，大步朝外面走去。

"吉星，你这就走了吗？可我还有欢迎宴会的事没跟你说呢！我特意给你准备了一场欢迎宴会……"

那个家伙的声音，因为我加快的步伐而被远远地甩在了后面。

哼，从今天起，我要离这个叫滕川照的家伙远远的！

5.

走在路上，我看到一群女生手里拿着报纸在叽叽喳喳地议论着。

"哈哈哈，这则新闻笑死我了……"

"撰写人……滕川照？"

"新转学生是步家的人啊？滕川照这次又要助人为乐了。"

"中华学院四大校草里最奇怪的就是滕川照了，虽然脸长得帅，画画也不错，可他的性格谁受得了啊！"

"对哦，对哦，太喜欢胡乱帮助人了。"

"不说话的时候是校草，一说话就……"

"……"

原来我刚刚碰到的那个家伙，果然是个脑子有问题、喜欢帮助人的热心大傻瓜啊！

上帝果然是公平的，给了你一张完美的脸，就会给你一个不健全的脑子啊。我一路腹诽，也不知道自己走到了哪里。

"步吉星，你怎么一个人跑到这里来了？"班主任的声音从我的身后传来。

啊！班主任帮我去办理入学手续，让我等在办公室里，我却跑出来了，真是失礼，万一给班主任留下不好的印象，那我离奖学金又远了一步。不行不行，我步吉星最擅长的就是和别人搞好关系，千万不能给班主任留下坏印象。

"老师，对不起，因为我透过办公室的窗户看到校园的景色实在太美了，所以忍不住想出来看看。"我转过身低下头，像个犯错的小孩一样，努力让自己的声音带上一点鼻音。

果然，班主任笑了笑，和蔼地说："没关系，下次我让同学带你好好参观校园。来，我先带你去教室。"

"嗯，谢谢老师。"我乖巧地点头，脸上浮现恰到好处的欣喜神色。

班主任看着我，露出了满意的笑容。

五分钟后，一年级天字班教室——中华学院每个年级都有天、地、玄、黄四个班级，而我转入的班级便是天字班。

"今天，有一位新同学转到我们天字班来，她就是步吉岛的继承人步吉星，我

们用掌声欢迎她的到来。"

我站在班级门口，看着班主任在讲台上热情地介绍我，说完后，她还对我眨了眨眼睛，大概是示意我不要紧张。

嗯，这种小场面有什么好紧张的，当初我在学校发放"步吉星微笑服务表"的传单时，可是要跟学校里的每一个同学热情介绍我的贴心服务呢。

调整了一下呼吸后，我抬头挺胸、大步流星地走了进去。不过，讲台下的同学们的表情怎么都这么奇怪？

眼尖的我看到了最前排的同学的桌子上平铺着《季风日报》。啊，该死，这些同学早在我来之前就已经知道我所有的事了吧！滕川照这个莫名其妙的家伙，到底为什么要把我的事到处宣扬啊！

"嗨，大家好，我叫步吉星，还请大家多多关照。"我假装没有看见那张报纸，嘴角微扬，露出招牌微笑。

"我还以为步吉星会长成什么样子呢，原来就是一个不知道从哪儿找来的普通人，就这副模样，哪里配做步吉岛的继承人啊！真是开玩笑！"尖刻的嘲讽声响起。

我忍不住皱起了眉。

我抬起头，看向不远处一张盛气凌人的脸。只见她留着披肩长发，斜刘海儿垂在额前，脸上充满了鄙夷的神情，细长的眼睛眯成了一条缝，正幸灾乐祸地看着我。

"步七七，不可以这样对待新同学，以后步吉星就是我们班级里的一员了，大家要团结友爱。"

步七七？竟然和我是一个姓氏。我默默记下了她的名字。

"老师，我只是实话实说。步吉星是我们步吉岛的继承人，我们总得对她要求严格一些啊，可不能让那些来历不明的人继承我们步吉岛。"步七七挑衅地看向我。

"就是！"几个人在一旁附和。

有个女生紧张地拉住步七七的手示意她别说了，却被步七七一眼瞪了回去。

"老师。"我轻轻地开口，"步七七同学说得对，我是来历不明的人，我以前连自己的亲生父母是谁都不知道，直到爷爷找到我……"我低下头，假装声音哽咽，说不出话来，然后抬起手擦了擦眼角，眼角的余光瞥到了班主任心疼的表情。

"步七七，步吉岛的事我不管，但你这是对待新同学该有的态度吗？步吉星同学的身世这么悲惨，你还要这样欺负她，第一节课下课后到办公室来一趟，罚抄《弟子规》一百遍！"

"老师……"

步七七还想说什么，却被班主任一挥手打断了："不要再说了，开始上课。"

哼，跟我斗！

于是，在所有同学的注视下，我"乖巧"地坐到了早早给我安排好的座位上，翻开书本假装认真听课的样子。

阳光透过玻璃洒落在我靠窗的座位上，把书桌照得暖暖的。

唉，明明算是打了胜仗，但是不知道为什么，一坐下来，我的心情就变得有些失落。本以为换一个环境，就听不到周围那些议论纷纷的声音了，但是没想到，来到这里却有了新的难题。

同学们看起来对我都不是很友善的样子，好像还对我继承人的身份有很大的看法。不过，我步吉星也不是任人捏的软柿子，现在你们都瞧不起我，怀疑我的继承人身份，那就等我找到了宝石，用事实说服你们吧！

6.

"小姐，第一天上学还习惯吗？"放学回到家，别墅的管家在门口迎接我，他一看到我，就眉开眼笑地问。

"嗯，同学们对我都很好。"我心虚地回答。

"那就好，小姐这么可爱，大家肯定都很喜欢小姐。"管家接过我的书包帮我

放好。

我坐在柔软的沙发上，搓揉一下面部肌肉——笑了一天累死我了！

"小姐，这是滕川家给您的请柬。"一个用人恭敬地双手递上请柬。

我接过请柬，摩挲了一下。金色的封面绘着精美的图案，凹凸的设计显得很有质感。

这么精致的请柬，是有很多好吃的东西的宴会吗？

想到这里，我迫不及待地打开请柬，第一眼看到的竟然是落款处的三个大字——

滕川照。

一张英俊的脸浮现在我的脑海里，这不就是那个莫名其妙抱我的傻瓜吗？我的目光迅速扫过请柬内容——

步吉星小姐：

欢迎于今晚七点参加在滕川家特意为你举办的欢迎宴会。一定要来哦，不来我会超级伤心的！

滕川照

哼，为我举办的欢迎宴会，还想邀请我去参加，我怕我会控制不住自己砸掉你的场子！

垃圾桶离得太远，我又懒得动，便随意地把请柬往茶几上一扔，靠在沙发上闭目养神。

"吉星。"步晴一甜美的声音传来，我睁开眼睛，却看见了她吃惊的眼神，"天啊！这不是滕川照的请柬吗？"

"是啊，这个莫名其妙的滕川照，一大早就拦住我说什么要帮助我，给我举办宴会，现在还送了张请柬过来，你说他是不是脑袋有病啊。"我撇撇嘴，忍不住吐槽道。

可步晴一一把抓住了我的胳膊，激动地摇晃着："是滕川照亲自邀请的你？天啊！那你怎么还不去？再磨蹭就迟到了！"

我疑惑地抬起头，看到她激动得脸都红了。真是奇怪，一个欢迎宴会而已，至于激动成这个样子吗？而且万一去了有什么奇怪的事情发生怎么办？衡量了一下滕川照和我的身高差，我还是觉得要为自己的安全着想。

"我才懒得去呢。"我抿了一口凉凉的橘子汁。哇！真好喝！下次再多放点冰块一定会更过瘾！

晴一皱起了眉，她看着我"咕咚咕咚"地把橘子汁喝掉一大半，缓缓张嘴道："为什么啊？"

"唉，虽然宴会上有很多好吃的东西，但那种需要假笑的场面，想想我都觉得累。与其浪费那些时间和精力，还不如在家里吹吹空调睡一觉舒服，反正滕川照也不是什么重要的人。对了！我也顺便思考一下拿回宝石的计划，我现在还一点头绪都没有呢！"放下橘子汁，我起身准备朝房间走去。

"你知道滕川照是谁吗？他可是我们季风岛的首富滕川家的二儿子。"

首富的儿子？听起来很厉害的样子，但是对我又没有帮助，还是把精力放在找宝石上要紧。

"唉……不知道枫木家族的人会不会去。这次的宴会一定很盛大，枫木行一定也接到请柬了吧，好想去看看他穿燕尾服的样子……"晴一叹了口气，失望地说。

什么？枫木家族？

如果没记错的话，管家爷爷说的"仁心"宝石现在就在枫木家。枫木家的人现在可是我的重要目标，我不能错过任何一个可能拿到宝石的机会，这可直接关系到我的继承权。

"等等！滕川照和枫木家族的人认识？"我转过身，两步走到晴一面前，睁大了眼睛。

"当然！他们不但认识，关系还特别好呢！"晴一似乎对我的转变有点反应不过来。

那么滕川照的宴会就等于滕川照的好朋友、我的目标人物枫木行也会出现？

机会来得是那么突然！

我猛地往外跑去，恨不得自己长出翅膀，就这样飞过去——刚刚浪费太多时间了。

"喂！吉星你去哪儿？"晴一大喊道。

"当然是去参加宴会啊，再不快点就来不及了！"

"那你也不能穿着校服就去了呀！何况还穿着拖鞋……"

第二章

接近枫木行
大作战

1.

长长的睫毛扑扇扑扇的，大眼睛眨巴眨巴的，轻柔的长卷发垂落至腰间，胸前水滴形状的红宝石项链闪烁着耀眼的光芒。

洁白的公主裙上点缀着九十九颗珍珠，轻轻一闻，还有一丝淡淡的玫瑰香味。

我看着镜子中的自己，惊讶得合不拢嘴。

"哇！吉星，你好漂亮，这样终于有了继承人的样子！"晴一凑到我身边，看着镜子中的我，忍不住连连称赞。

我脸红地低下头。第一次穿成这样，还被女生这样夸奖，我有些不好意思。

"可是，我真的要一个人去吗？"目前为止我去过的最隆重的场合不过是学校的校庆晚会而已啊。

"你一个人去，滕川照才会特别照顾你，你才更有机会接近枫木行啊！"晴一走到我的身后，把手里那片涂着银粉的羽毛用发卡固定在了我的头发上。

"好了！快走吧，再不出发就迟到了。"晴一在身后催促。

看看时间真的不早了，我站起身，刚准备迈开步子，就感觉到有点不对劲。

脚上穿着据说是意大利设计师设计的全球限量的鞋子，鞋面闪烁着璀璨的金色光芒，八厘米的细跟上金丝缠绕，可是我摇摇晃晃像是喝醉了酒一样，每走一步都提心吊胆，这辈子第一次感受到原来走路会是这么痛苦的一件事情。

"吉星，好好表现！"晴一挥着小手嘱咐我。

我小心翼翼地上了车，风从我的耳边呼啸而过，两旁的景物飞快地倒退。

唉……

我在心里叹了口气，然后握起双拳鼓励自己，为了靠近枫木行，为了得到宝石的下落，好好努力吧，就从那个富豪傻瓜滕川照开始！

大海的味道扑面而来，咸咸的。视线的尽头，夕阳沉沉向海面坠去。

"小姐，滕川家到了。"车子稳稳地停住，司机恭恭敬敬地替我打开门。

我深吸一口气，故作镇定地下了车。

眼前，一扇白色的图腾装饰的大门好像知道我要来一样，缓缓地打开。

我迈动步子。

庭院里矗立着用贝壳砌成的三层喷泉，水花随着灯光的变换喷洒出不同的形状。正中间，一座精致的美人鱼雕像伫立在那里，她的手上拿着一颗大大的宝石，光芒闪烁。

右边的两棵樱花树下，露天游泳池十分宽敞，几片樱花花瓣飘落在水面，水面泛起了微微的涟漪。

哇！真的是太奢华了！看来和滕川照打好关系也不错，万一没有找到宝石流落街头，也可以开口向他借点钱来花……

我自我肯定地点了两下头。

啊，不行！不能做这种最坏的打算！我可是步吉岛的继承人，这件事情，没有万一！我一定要拿到宝石！

一个盘着头发、穿着女仆长裙的人向我走来，她停在我的面前，对我恭敬地微微欠身："吉星小姐，宴会快要开始了，我领您进去。"

我抬起头，对着她露出浅浅的一笑。

"这是少爷亲自准备的，正好九百九十九朵，图案也是少爷特别嘱咐的。"路上，用人指着旁边一大束星星形状的玫瑰向我介绍。

是指我的名字步吉星吗？没想到这个滕川照还挺浪漫的。

"怎么办？我好紧张！听说枫木行、宫流月和松原冽都来了！"甜美的女声从

旁边传来。

我转头看去，四个女生优雅地坐在紫藤花架下的秋千上，脸上期待的表情泄漏了她们此时的情绪。

"我还是最喜欢宫流月！他古琴弹得那么好，还那么温柔，尤其那双手，比女生的还要好看！如果能做他的女朋友，那该有多幸福啊！"中间紫色小礼服的女生希冀地说。

"我觉得松原洌才有魅力呢！虽然他不爱说话，但是他的眼睛好像一眼可以看穿你在想什么，那眼神好有魅力，尤其是下围棋的时候，我看一眼就要晕倒了！"天蓝色公主裙的女生夸张地捂着胸口。

"你们不觉得滕川照很可爱？总是喜欢帮助别人，国画还画得那么好！虽然是二公子，但是比其他人亲切很多啊！"粉色露肩礼服的女生眨着可爱的大眼睛说。

"还是枫木行最帅！家中的独子，唯一的继承人！你们看没看上次校庆他的书法作品啊，真是太棒了！"黑色吊带长礼服的女生撩了撩长发。

我看了她一眼，暗暗记住了她的长相——对枫木行有想法的都是潜在敌人。

"吉星小姐，这边。"用人轻声提醒我。

我加快脚步，"噔噔噔"上了三级台阶，惊讶地发现这几步路走得还挺顺畅，完全不像从家里出门时那样摇摇晃晃了。

走进宴会大厅，我努力稳住心神，尽量让自己集中注意力。

黑色大理石铺成的地板、明亮如镜的瓷砖、华丽的水晶吊灯，迈入大厅的那一刻，我以为自己进入了童话里描绘的王宫中。

我站在门口，看着打扮得无比华丽的宾客，一时间有些不知道干什么好。我是应该拿起红酒和他们一一碰杯，还是应该找个角落坐下静观其变？

"步吉星，你来啦！"滕川照快步朝我走来。此时的他穿着一件黑色的燕尾服，衬衣上同色系的领结简约优雅，特意做了造型的头发让他显得更加挺拔，耀眼的灯光照进他满是温柔的眼睛，高挺的鼻梁落下一片阴影，使他的五官看起来更加立体，果冻般的嘴唇轻轻抿着，此时的他如同童话里走出来的王子一般帅气。

可惜，他一走过来就热情地抓住了我的手。

"喂！干什么一看见我就动手动脚的！"我试图甩开滕川照的手，但是围观的人太多，我又不好意思让自己挣扎的动作太明显，结果滕川照竟然径直拉着我走到了一个小型舞台上。

滕川照大手一挥，身边乐队的演奏戛然而止。

这阵势把我吓了一跳，我紧张地看着他，不知道他想干什么。我今天的目的可是结识枫木家的人，快把枫木家的人介绍给我认识啊！

不知道他从哪里掏出了一个麦克风："各位先生，还有各位美丽的小姐，特别感谢大家在百忙之中抽出时间，参加今天的宴会。"滕川照的声音透过音箱传遍大厅，他停顿了一下，如雷贯耳的掌声响起来。

"给大家介绍一下，我旁边这位美丽的小姐，就是今天的主角，步吉星！"滕川照稍稍往后退了一步，把我留在舞台的中央。

唉！

我在心里叹了一口气，又要开始自我介绍了吗？

我舔了舔嘴唇正准备说话，突然，"砰"的一声，周围竟然炸开了烟花。

"啊！"我尖叫着往旁边跳了两步，生怕火星会溅到身上。

不过我忘了自己今天踩着一双细跟的"恨天高"，惊慌失措的我跳了两步之后来到了原本就不大的舞台边缘，却没有站稳，直直地朝一米多高的舞台下方摔去。

真是，这个滕川照为什么要拉着我上舞台啊？呜呜呜，从这么高的地方摔下去，不知道会不会骨折啊？万一落下残疾就完了，步吉岛会要一个残疾的继承人吗？

地板在我面前放大，我明显看到站得离我最近的一个女生往后退了两步。我绝望地闭上了眼睛，一边在心里诅咒着滕川照，一边等待疼痛的到来。

咦？怎么回事？预想中的剧痛没有到来，我好像落入了一个有力的怀抱。

我缓缓睁开眼睛，却因眼前的人惊呆了。

哇，中华学院真的有好多帅哥啊，一个滕川照已经甩我以前学校的校草十条街了，而现在眼前这个帅哥，臂膀有力，五官俊朗，几缕栗色的头发垂在额前，一双浅褐色眸子里满是不羁的笑意，此时，这双充满笑意的眼睛正盯着我，好像盯着一个有意思的玩具一般。

轰地一下，身体里的血液全部涌上了我的面部，我感觉自己脸红得可以滴下血来，完全不知道应该怎么办，也没有意识到，自己此刻正躺在这个陌生男孩的怀抱里。

"唉！"他叹了一口气，伸出一只修长的手松了松脖子上的领带，"今天穿得太正式了，差点没有接到。"

我刚想道谢，却被旁边传来的嘲笑声打断："这个步吉星也太笨了吧，竟然会被冷烟花吓到？"

"这也不能怪她，她以前流落在外，不知道在哪所乡下学校念书，乡巴佬没见过这种东西很正常啊。"

什么乡巴佬，我现在的身份好歹也是步吉岛的继承人。我抬起头，想看看是谁在乱嚼舌根，却看到旁边的人都是一副鄙夷的神色。

"枫木行，真是多亏了你！"

滕川照从舞台上下来出现在我的身边，一脸担忧地看着我："吉星，你有没有摔伤？"

等等，他叫那男生什么？枫木行？

我的目光在滕川照和男生之间转了一个来回，突然有了主意。

我咬了咬嘴唇，轻轻拉住枫木行的衣袖，让声音带上一丝颤抖："那个……我的脚……好像扭伤了。"

哈哈哈……说完，我在心里一阵狂笑，枫木行，他应该会明白我的意思送我去医院吧！

突然，我整个人僵住了，浑身仿佛被一股电流击中。我像机器人一般扭动脖子，看向滕川照，此时他竟然握住了我的脚踝，一脸严肃地说："不要乱动，这样吧，我们先去休息室，我马上打电话让私人医生过来。"

说完，他皱着眉看着惊恐的我，两秒钟后，他朝我靠近了一步，一只手扶住我的肩膀，一只手穿过我的膝弯，我整个人离地而起。

大脑一片空白的我无奈地松开了枫木行的衣袖，双手环住滕川照的脖颈。

"啊，好羡慕这个步吉星，刚刚被枫木行英雄救美，现在又被滕川照公主抱，如果我能享受到这样的待遇，我也愿意从舞台上毫无形象地摔下来！"旁边不知道哪个女生感叹了一句，引来一群女生的附和。

喂喂喂，这是什么情况啊，滕川照这个家伙脑子有病吧，我才不想被他抱着去看什么私人医生，我只想找个机会和枫木行认识！而且，什么叫毫无形象地摔下来，怎么说我步吉星也不会和"毫无形象"这四个字沾上边吧。

"等一下！"就在滕川照抱着我打算离开的时候，我及时拉住了还没有离开我可以触碰到的范围的枫木行。

所有人的目光一下子集中到了我身上，我明显可以感觉到嫉妒的成分。

"那个，我还没有好好感谢你。"我娇羞地说出这句话。

"对了，枫木行，我也要好好谢谢你，要是没有你，吉星不知道会摔成什么样子。你也去休息室吧，正好我把吉星介绍给你认识。"滕川照说完，迈着沉稳的步子抱着我往门口走去。

这个滕川照总算做了一件好事，正好我可以趁此机会好好和枫木行认识一下。就是不知道枫木行是什么样的人，喜欢些什么东西，还有，怎样开口打听宝石的事才好呢？

我想着这些，目光越过滕川照的肩膀偷瞟走在后面的枫木行。他穿着一身华贵的黑色西装，胸前的口袋里优雅地插着一枝白玫瑰，一只手插在裤兜里，一只手

拉扯着胸前的领带，轮廓分明的俊脸上带着忍耐的神色，但这不仅没有破坏他的优雅，反而生出另一种不羁的感觉来。

2.

休息室里，滕川照一脸严肃的神情，我好说歹说，在原地蹦跳了一分钟，他才相信我刚刚只是受了点惊吓，但还是坚持要让私人医生来给我好好检查一下。

"我绝对不能让你受到一点伤害。"滕川照的语气认真得像是电视剧里的男主角在教堂宣誓一样。

我在心里默默翻了个白眼，不想理他，现在，认识这个叫枫木行的帅哥才是我的正事。

"你好，我叫步吉星。刚刚真是太感谢你了，如果没有你，我都不知道会摔成什么样。"我礼貌地朝他鞠了一躬，声音甜美地说道。

"步吉星？呵呵！"他念着我的名字，突然笑了出来，声音带着戏谑，"步家新来的继承人啊。要是你爷爷看到你给枫木家的人鞠了一个躬，不知道心里会怎么想呢？"

"什么？"我抬起头，不明所以地看着他，这关我爷爷什么事？

"没什么！"枫木行看了我五秒钟，突然热情一笑，"你好，我叫枫木行，很高兴认识你。"

哇，他笑起来好帅，和滕川照不一样的帅，滕川照笑起来的时候像温暖的太阳，感觉要把人的心都融化了，而他笑起来，更像是春风，挠得人的心都痒痒的。

"啊，差点忘了！"一旁的滕川照突然大叫一声。

我斜眼看向他，滕川照，你能不能不要这么烦，我正在跟枫木行培养感情呢！

"不知道月和冽现在在哪里，我还没把吉星介绍给他们认识。"

什么月和冽啊，他们又是谁？我可不想随便认识这么多人，我的目标只有枫木行一个人而已！

滕川照刚说完，休息室的门就被推开了，一个眼睛里满含温柔笑意的帅哥和一个面无表情的帅哥一起走了进来，他们一个穿着白色西装，一个穿着黑色西装，连西装上的袖扣都是一样的。

这是什么，黑白无常吗？本来有个滕川照在这里当电灯泡就够烦了，怎么又来两个？他们该不会就是滕川照口中说的什么月和冽吧？

"吉星，我来给你介绍！"滕川照一脸兴奋地把我拉到刚进来的"黑白无常"面前，"这是宫流月和松原冽！"

这都是谁啊，我根本不想关心啦！我的目光胶着在枫木行身上。

不过，枫木行也一脸笑意地看着"黑白无常"，似乎很熟的样子，看来他们也是枫木行的朋友吧。

"你们好，我是步吉星，初次见面，请多多关照！"我转过头微微欠身，微笑着打招呼。

"你好，我是宫流月。"白西装的帅哥朝我伸出手。

哇，皮肤白皙，骨节修长，简直是堪称完美的手。

我双手握了上去，果然，皮肤和想象中的一样光滑，不过每根手指的指腹似乎有些茧。

"这可是月投保两百万的手呢，我想握都握不到！"枫木行凑上前来，搭上宫流月的肩膀。

两百万？听到这个数字，我的心狠狠地颤抖了一下，差点忘记松开宫流月的手。

我晃晃脑袋，让自己回过神来："原来你就是那个古琴弹得超级好的宫流月啊！我在网上看过你弹琴的视频，真的太帅了！"

虽然我根本不了解宫流月这个人，不过刚刚进来时听别人议论，他好像挺会弹古琴的，我好好恭维恭维他，争取留下良好的第一印象。

"网络上有视频吗？我怎么记得月的表演视频是不允许外传的？吉星，你能不能把网址发给我？"滕川照好像对视频特别感兴趣，凑到我旁边一脸期待地说。

"啊……这个，好像是我记错了，应该是晴一给我看的视频，私人视频吧。呵呵！"我转动眼珠随便想了个解释。

为了迅速化解尴尬，我看向旁边那位脸色比西装还要黑的帅哥："你……你好，我是步吉星。"说着，我伸出了手。

可我的肩膀都快要僵硬了，悬在空中的手还是没有得到任何回应。

嗯，大概是不喜欢握手吧。

我讪讪地缩回手，摆出最标准的步吉星微笑，可是这个叫松原洌的冷酷帅哥也只是随意地瞥了我一眼。

"哈哈，不要在意，洌就是这样冷漠的人。"滕川照及时出声，"吉星，他们三个是我最好的朋友，如果你遇到了什么困难，又找不到我，找他们也是一样的哦！"

嗯？我惊讶地看着滕川照，他把他最好的朋友都介绍给我认识了，是这个意思吗？我看着滕川照明亮的眼睛，皱了皱眉。

滕川照热情地把枫木行、宫流月和松原洌介绍给我，还一直滔滔不绝地说着三个人的事，我无聊得都快要睡着了。谁要听这三个人小时候的趣事啊，我只想打听宝石在哪里！

"对了，枫木行，听说你的书法很好，我刚刚来到中华学院，在书法上有很多不明白的地方，改天可以向你请教一下吗？"两个小时后，我终于找到一个空隙，眨巴着大眼睛看向枫木行。

先接近枫木行，再一步步打听宝石的事！

"原来吉星你喜欢书法啊！"枫木行还没开口，滕川照就像发现新大陆一般开心不已，"不过你这种初学者，枫木行可能没什么耐心教，要不我先教你吧，我书法也不错，可以帮你把基础打好。"

"这太麻烦了吧？"我僵着脸想拒绝。

这个滕川照还说自己是中华学院最热心的人？我看是最欠揍的人吧！为什么每次我要接近枫木行的时候他总是跳出来捣乱？

"一点也不麻烦！吉星你的事怎么会是麻烦呢？就这么说定了，我会好好教你的！"滕川照拍着胸脯保证道，完全无视我已经冷下来的脸。

"步小姐看起来好像并不怎么想让滕川照教的样子？"一直沉默的松原洌突然开口，但是一开口就让我下不来台。

"呵呵！"我干笑道，"怎么会呢，我就是怕太麻烦了，怕他太辛苦嘛！哈哈哈哈哈……"

就在我笑得眼角都快要飙出泪花的时候，滕川照终于出声打破了尴尬的局面："没想到吉星你竟然这么为人着想，你放心，我绝对不会怕辛苦的！"

啊——我一边维持着尴尬的笑容，一边在心里疯狂地咆哮，我根本不想学书法，我只想接近枫木行，滕川照你这个绊脚石不要再出现了！

接下来，枫木行、宫流月、松原洌三个人都离开了，滕川照却还拉着我滔滔不绝地讲了一个小时的书法基础，我已经濒临崩溃的边缘了。

"啊，没想到这么晚了。"滕川照抬起手看看腕表，"吉星，今天真是不好意思，害得你被吓到还差点受伤，我送你回家吧。"

哼，你也知道很晚了吗？你介绍三个人的趣事花了两个小时，还一次又一次地阻止我接近枫木行，又给我讲了一个小时乱七八糟的东西，我现在一点也不想看见你！

"不用了，今天谢谢你，我先走了。"我敷衍地跟滕川照道谢，快步走出了滕川家。

赶快回家，不然我的怒火就要喷涌出来了。

3.

从滕川家回来后，我早就把滕川照说的什么"七天练笔画计划"抛到脑后，连夜拉着晴一制订了完整的"接近枫木行计划"，还在计划后面特别标注了，一定要在滕川照不在场的时候下手。

第二天一大早，我提着可爱的饭盒站在路边，旁边是一辆四个车胎都瘪了下去的轿车——是我让司机自己扎的啦。

不一会儿，一辆黑色的高级轿车出现在我的视野里。我定睛一看，立刻跑到路边朝车子开来的方向招了招手，做出了"求助"的手势。

"枫木行，是你啊？"我装作惊讶地看着缓缓摇下的车窗后露出的俊脸。

"步吉星？"枫木行微笑地望着我。

"那个，我家的车子坏了，能拜托你载我去学校吗？"我指着身后自己家的车子说。

哼，为了防止他车上有备胎，我可是特意扎了四个车胎。

"嗯，可以是可以……"枫木行停顿了一秒，"不过你也知道枫木家和步家的关系，所以，枫木家有一条家规——凡是步家的人有求于枫木家，此人必须双腿叉开、手指苍天、高呼三声'拜托了，拜托了，拜托了'。"

啊？这是什么东西？我僵硬地看着枫木行，枫木家和步家的关系是这样的吗？听起来很差的样子！

而且，这是枫木家哪个人想出来的家规啊，这个姿势光听起来就很丑啊，我步吉星怎么可能摆出这种姿势来？虽然宝石重要，但是……

"不好意思了。"枫木行看着沉默的我，缓缓将车窗摇上，却在一秒后戛然而止。

"你这是……"看着我毅然伸进车里阻止车窗上升的手，他吃惊地说道。

我深吸一口气，如果今天不坐上枫木行的车，我的计划就无法开始，反正现在路上没人，谁也不知道我做过这个。

"喂，枫木行，你看好了！"我叉开双腿，保持着半蹲的姿势，高举右手指向天空，"拜托了，拜托了，拜托了。"一字一句地说完后，我黑着脸站了起来。

"吉星，真是辛苦你了。"枫木行嘴角流露出遮掩不住的笑意，"其实我也不想的，但是家族规定没办法。你快上车吧，要迟到了。"

我愤愤地打开车门。

好不容易上了枫木行的车，接下来的计划可千万不要出什么差错啊！我默默向上天祈祷。

上车后，我拿出了事先准备好的早餐，露出了自己在镜子前练习过无数次的友好笑容。

"枫木行，你还没吃早餐吧，那个……我今天带了很好吃的蛋糕，你要不要尝一尝？"说着，我把餐盒盖子打开了。

奶油和芝士的香气瞬间飘荡在整个车厢里，我自己都忍不住吞了吞口水。哈哈，不愧是晴一找的五星级饭店的大厨专门制作的蛋糕，看起来就十分美味的样子。

看着枫木行慢慢朝蛋糕伸出手，我的心里被喜悦填满，像是引诱白雪公主吃毒苹果的巫婆一样在心里默念："吃吧，吃吧，吃完我们好聊一聊宝石的事啊。"

正当枫木行就要碰到蛋糕的时候，原本平稳行驶的车子突然猛地朝一个方向拐去，随即紧急刹车。

"啊！"我发出尖叫，身体控制不住地朝枫木行身上撞去，手里的餐盒也随着惯性直接拍在了枫木行的胸口。

糟糕！我从枫木行身上爬起来暗叫不好，奶油全都沾在了枫木行洁白的校服衬衣上，黑色的巧克力和红色的樱桃酱在枫木行的胸口留下了一团大大的污渍，看起来格外恶心。

我还没来得及开口道歉，枫木行就一把推开我往车下跑去。

我从另一边下车，看到枫木行正扶着滕川照站起来。

又是滕川照。刚刚是他突然出现破坏了我的好事吗？这个倒霉星，只要有他的地方我总是不能顺意。

"你怎么回事？"枫木行看着滕川照，虽然语气严肃，但是掩饰不住浓浓的关心。

"嘿嘿，我刚刚在路边看到了一只受伤的小猫，下车想要看看它的伤势，没想到它却忽然跑到了这里，我才冲过来的。"滕川照不好意思地挠挠头。

一只小白猫从滕川照的怀里探出了头，湿漉漉的眼睛好奇地看着周围，头顶的毛发上粘着干涸的泥土。

"喵呜！"小猫叫了一声。

我的心里毛毛的，小时候被邻居家的猫吓过，我很怕猫，不禁稍稍后退了一步。这种脏死了的流浪猫也只有滕川照这种傻瓜才会抱在怀里吧，枫木行这种帅气的男生绝对不会喜欢这种脏兮兮的东西……

"好像真的受伤了，它好可爱啊！"

枫木行竟然伸手摸了摸猫咪的头。

我简直大跌眼镜。

"是吧，我也觉得很可爱呢！"滕川照举起猫咪，一下子放到我面前，"吉星，你看，是不是很可爱。"

"哇！好可爱的小猫啊！"我发出一声惊喜的感叹，浑身的汗毛却已经仿佛应对危险般竖了起来。

"喵呜，喵呜！"小猫仿佛看穿了我的害怕，连连朝我叫了几声。

"它好像真的很喜欢你呢，你想不想抱抱它？"滕川照惊喜地开口。

我的眼珠子都快要瞪出来了。它这哪里是喜欢我的样子，明明就是看到我怕它所以想欺负我啊！

"好吧，我抱抱。"可是，既然这是枫木行都喜欢的猫，我总不能表现出讨厌它的样子吧，这样一定会给枫木行留下没有爱心的印象，我得表现出喜欢的样子，博得他的好感。

这个讨厌的滕川照，为什么会弄一只这么恐怖的猫来啊，他上辈子一定跟我有仇！

这样腹诽着，我接过了滕川照手上的小猫，不停地抚摸着："真的好可爱啊！小猫，你以后可不能乱跑了哦，马路上很危险，有很多车，会撞到你的！知道了吗？"

它满身的泥土蹭了我一手，还有，它因为害怕而瑟瑟发抖，爪子紧紧地抠着我的胳膊，生疼生疼的。

好难闻的味道……

喂！你抖什么抖，抖的应该是我才对吧……

"吉星，不好意思，我得先回去换衣服了，这里离学校不远，你可以走路去学校。"枫木行摸了摸我怀中小猫的头，留下一句话，便坐车离开了。

我恋恋不舍地望着枫木行离开的方向，目光却被滕川照烦人的声音拉了回来："吉星你真有爱心！我以为一般的女生都很讨厌动物，没想到你却和她们不一样！"

什么啊？看着滕川照洋溢的笑容我才意识到，那只小猫现在还在我的怀里。

"书包好重，小猫就拜托你好好照顾了哦！"我立刻把小猫还给了滕川照，不想和它在一起多待一秒。

"我先走了，上学要迟到了！"我拉了拉书包带子，跟滕川照挥手作别。

"你去学校吗？我们一起吧！"滕川照竟然跟了上来。

"滕川照，你还是先带小猫去看医生比较好吧！"我想尽办法希望滕川照别跟我一起走，我一点也不想和他待在一起，每次有他在，就没有什么好事发生，何况现在他手上还抱着一只我最讨厌的猫。

"最近的医务室在学校啊，我就带着小猫去学校检查。你的书包很重吗？要不我帮你拿书包，你来抱小猫啊，小猫很轻的！"滕川照竟然试图来拿我的书包。

啊，滕川照，你真的好烦啊！我宁愿被书包压死也不要抱恐怖的小猫。

"啊，我突然想起一件事，要快点去学校才行。我先走了，你好好照顾小猫，再见。"说完，我拿出百米冲刺的速度头也不回地朝学校跑去。

拜托，不要再有任何人跟上来了，让我一个人静一静吧！

4.

连续几天没有见到滕川照和枫木行，我的生活平静了不少。

"唉——"我重重地叹了口气。现在除了接近枫木行这个大问题，另外一个巨大的问题也摆在了我的眼前。

"同学们，今天的字将要评分，下课时请写好名字，统一交到讲台上。"书法老师站在讲台上一脸严肃地说。

我一脸愁容地看着面前的笔墨纸砚，同学们手握毛笔，行云流水般在纸上写出一幅幅大作，我也只好硬着头皮拿起毛笔，蘸上墨汁，颤颤巍巍地下了笔。

"老师！步吉星她在偷懒，她没有写字，她在画画！"只见步七七举起了手，一脸鄙夷地看着我。

又是步七七！我抬头怒视她。自从我转到中华学院以来，步七七一直在挑我的刺，不是说我画画比涂鸦还丑，就是说我弹琴侮辱了"噪音"两个字，好像不管我做什么她都要针对我。

不过，比起步七七来，滕川照才是我最不能忍受的。

想到上次他害得我不小心把蛋糕糊了枫木行一身，还让我抱了最害怕的小猫，我宁愿忍受步七七的冷嘲热讽。反正应付这种事我早就得心应手了，至少不会影响我拿到宝石。

"老师，我没有画画，我在写字，不信您可以过来看看。"我撇着嘴回答，不过看看自己写的这些字，我还是不太敢看老师的眼睛。

"这……"老师走到了我面前，扶了扶脸上的圆框眼镜，一时间有些语塞，"步吉星，你这字想要通过考试，那肯定是不行的，回去多练习练习书法。"

"我知道了。"我小声回答。

"你们看，步吉星的脸上全是墨汁，就像一只大花猫，好搞笑啊！"步七七讨厌的声音再次传来。

我深吸一口气……忍！

对于从来没有学过书法的我，能写成这样已经很不错了，要求那么高干什么！

"教科书第45页是枫木行的字帖，他的那一篇适合初学者练习，你可以好好看看。"老师再次看了一眼我的字，和蔼地说道。

还好中华学院的老师们都很和蔼，并不会因为我在"四艺课"上的差劲表现而对我疾言厉色。

我叹了口气，慢慢打开教科书。

咦，刚刚老师说什么，是说到了枫木行吗？原来他的字都成为范本了。

突然，一道灵光从我脑海中闪过。

既然枫木行书法这么好，不如我去请教一下，趁机接近他，还可以营造出谦虚好学的形象，顺便拉近关系！

哈哈哈，其实字练得不好也不是完全没有益处的。我喜滋滋地翻开教科书，欣赏着枫木行的字，觉得连步七七的冷哼声都可爱了不少。

好不容易结束了书法课挨到了放学，我立刻冲到晴一班上准备跟她商量一下这个新想到的计划。

"你说你要去枫木家向枫木行请教书法？"晴一站在墙角的窗边，紧皱着眉说。

"怎么？不可以吗？"滕川照不是说我要是遇到困难可以去找他的朋友吗？

"你清楚枫木家和步家的关系吗？"晴一的表情有点奇怪。

我不明所以地看着她。

"枫木家和步家以前的关系很好，但是到了枫木行的爷爷的爷爷和你爷爷的爷爷那一辈，虽然两家的关系还是很好，两人却总是喜欢竞争。后来步家的'仁心'宝石被偷，辗转到了枫木家，枫木行爷爷的爷爷说步家要拿回宝石，你爷爷的爷爷就必须叉开双腿，手指苍天，说三声'拜托了，拜托了，拜托了'，你爷爷的爷爷不肯，于是枫木家就拒绝归还宝石，还把宝石当成了枫木家的传家宝。"

"所以枫木家那奇怪的家规是枫木行的爷爷的爷爷定下的？"我瞪大了眼睛。这两位老人家还真是，怎么跟小孩子一样，要是没有他们，根本就不会有拿回宝石这个难题。

"唉，虽然枫木家和步家的关系经过这么多年已经有所缓和，但这条家规一直存在，所以如果你去找枫木行请教，就要做这个，你……"晴一有些为难地看着我。

又要做那个动作？我皱起眉，那个动作实在太丑了啊！我回忆起自己早上的样子。

可是不这样的话又不能接近枫木行。如果去枫木家，我还有可能看到宝石，说不定还有机会偷回，哦，不，拿回宝石。

想到这里，我心中的天平已经偏向了一边。

管他的，这个动作我又不是没做过，不是说一回生二回熟吗，我步吉星为了宝石豁出去了！

"晴一，帮我准备好笔墨纸砚，我一会儿就去枫木家！"我露出一副英勇就义的表情。

晴一立刻掏出手机吩咐用人，因此当我们回到家时，用人已经备好了成套的书法工具，装在一个布袋里递给我。

晴一把我送上车，用鼓励的眼神看着我："吉星，加油！"

我用力地点点头，关上车门，为自己打气。

步吉星，坚持住，胜利就在前方。只要没有滕川照的地方，你一定可以成功接近枫木行；只要能够进入枫木家，拿到宝石，当继承人就指日可待。做几个丢脸的动作算什么，成大事者不拘小节！

"步小姐，您好，少爷和滕川少爷正在作画，请跟我来。"当我向枫木家的仆人说明是来找枫木行时，听到的竟然是这样一句话，我差点当场昏死过去。

滕川照，又是滕川照！这个名字为什么到哪里都阴魂不散？他和枫木行是连体婴吗？我在心里把"滕川照"这三个字狠狠吐槽了一万遍。

"步小姐，少爷就在园子里，您请进。"仆人说完这一句，礼节十足地朝我躬身，然后走开了。

"呼！"

深呼吸了一次后，我抬脚踏进了园子。就算有滕川照在，我也要努力一下才行，这可是个难得的机会！

不过我没想到自己看到的竟然是这样一幕——

极具山水画气息的古典庭院里，一座四边飞角的亭子格外显眼，亭子里是两个如画般的少年。身形挺拔的滕川照正拿着笔对着面前的石桌思索着什么，眉毛微微皱起，阳光洒在他高挺的鼻梁上，落下阴影，一直覆盖到紧抿的嘴唇上。突然，他的唇边荡漾开一抹令人心醉的笑意，飞快地在纸上画起来。

笔走龙蛇，不知道为什么，上书法课时老师说过的这个成语立刻在我脑海中浮现出来。

一旁的枫木行正微笑地看着滕川照下笔，脸上满是赞赏，连平时总是带着懒散和随意的眸子都显露出认真的神色。

"步吉星！你怎么来了？快进来，正好看看我画得怎么样！"不知过了多久，滕川照放下画笔，抬头看到了我，立刻向我跑来。

我表情一垮，一种不好的预感从心里缓缓升起。唉，滕川照为什么不能永远是

刚刚那副安静的美少年模样，这样我就不会一听到他的名字就忍不住想揍人了。

滕川照把我拉进亭子，枫木行似乎正在滕川照刚画好的画上题完字，滕川照把那幅还没干的画举到了我的眼前。

"你来看看！'一天秋色冷晴湾，无数峰峦远近间'，怎么样？"滕川照一脸兴奋的样子。

诗听起来挺美的，画看起来也挺艺术的，但是我根本就看不懂这画上画的是什么！

那乌黑的一片是什么？山吗？前面断断续续的是什么？海吗？那上面的蚂蚁又是什么？帆船吗？

再看看枫木行刚刚题好的字，龙飞凤舞，看不明白，如果不是滕川照刚刚念的那句诗似曾相识，我想破脑袋也看不出上面写的是什么。

不过，看看滕川照脸上得意扬扬的表情，再看看枫木行微笑的脸，我只好深吸了一口气，说："哇！这简直是太棒了！那连绵不绝的山、波光粼粼的海、看似孤独的小船，在夕阳西下的景色中简直融为了一体！还有，那字写得行云流水，字里行间全是诗情画意啊！"

我把这一段夸赞说得绘声绘色，就差拍手鼓掌了。

说到这里，我终于想起了我来枫木家的目的，正好枫木行刚题完字，这个时机再好不过了。

"枫木行，你的字写得真是太好了，我最近想好好练习一下书法，可以拜你为师，向你学习一段时间吗？"我向枫木行投去崇拜的目光。

我真是太佩服自己的智商了，既显得自己谦虚好学，又可以借机和枫木行建立一种长期关系，这样再来找他就不用想别的理由了。

不知道为什么，我总觉得枫木行听完我的话之后嘴边又露出了一抹若有若无的笑意："吉星，你知道我们枫木家的家规吧。"

"吉星，你又要做那个动作啊？"我还没回答，一旁的滕川照就惊呼起来。

我微不可察地皱眉，真想让滕川照闭嘴。

"那个……一定要做吗？我早上不是已经……"我不死心地问出口。

"家规我也没办法。"枫木行无奈地摊手。

好吧！我一咬牙，摆好架势准备豁出去，一只手突然重重地拍在了我的肩膀上，差点让我整个人坐到地上去。

"吉星，我没想到你竟然是这么热爱书法的人，难怪宴会那天你就一直想找枫木行学书法，真是太令人感动了。我知道你作为步家人一定不想做那个动作，可是你竟然愿意为了书法献出自己的尊严……"滕川照认真地看着我，眼睛似乎还有一点湿润，嘴里噼里啪啦说了一大串话。

呃，什么尊严不尊严的！我的面部肌肉抽搐了一下，一种不祥的预感油然而生。

"吉星，我愿意成为你的书法老师！"果然，滕川照重重地点头，说出了这句让我恨不得让他立马消失的话。

"嗯，滕川照在书法上的造诣也是很高的，是个不错的老师，这样吉星你还可以不用顾忌我们枫木家的家规。"枫木行也点头说道。

"不……"我刚准备说"不用"，就立刻被滕川照打断。

"没什么不好意思的，吉星，只要你开心就好！"滕川照拿过我肩上背的装有文房四宝的袋子，放在了石桌上。

"啊，对了，我答应了冽要给他在新定制的棋盘上题字，我先走了。"枫木行眨眨眼睛，挥手离开了花园。

"枫木……"我还想说些什么，滕川照却已经拿出了书法工具又开始了滔滔不绝的书法课。

"吉星，虽然我没有枫木行写得那么好，但教你还是绰绰有余的。我先教你一些基本的东西，从笔画练起。"滕川照说完从旁边的桌子上拿过了纸笔。

啊！要疯了，果然听到滕川照这个名字就不是什么好兆头，只要他在的地方就

没有好事！

"不……不用了！那个，今天天气挺热的，你刚刚画了一整幅画也挺累的，还是改天吧。"

我急忙摆摆手。拜托我，只是想和枫木行一起练书法增进感情而已，这个滕川照没事添什么乱啊！

"你不用客气，其实我知道你是很谦虚好学的，反正闲着也是闲着，我先教你基本的比画，你好好练。你这么好学，一定学得很快的！"

架不住滕川照的热情，我无奈地坐在了藤椅上，滕川照弯着腰手把手地教我一笔一画地写字。

"在这里落笔，在这里抬笔，落笔的时候要稳，抬笔的时候要轻，心一定要静，呼气……吐气……"滕川照温柔的声音在我耳边响起。

我承认，滕川照真的是一个好老师，但是……但是我真的不想学书法啊！

这么好的天，如果不是待在这里，而是在海边漫步，那该多好……

可是再美的画面也只是想象，我只能安安静静地待在这里，手酸得要命还得强颜欢笑，这到底是为了什么！

"步吉星，我从来没有见过你这么专心的女生，练习了这么久，连句累都不说，还一直很谦虚，真的好可爱！"

可爱？我在心里翻了一个大大的白眼，要不是看在你是枫木行好朋友的面子上，我怎么可能会对你这么亲切。

在滕川照的精心指导下，我终于写完了整整三页字，走出枫木家的大门时，我整个人像是霜打的茄子一样蔫蔫的。

不行！这样旁敲侧击，效率太低了！我得想一个可以直接和枫木行扯上关系的好方法。

可是，哪有那么容易和枫木行扯上关系呢？这真是个难题……

看来，得拿出杀手锏了。

如果可以当上他的女朋友，一切难题不就迎刃而解了吗？况且枫木行长得那么帅，字也写得好，还是枫木家族的继承人，和他在一起，我也并不吃亏啊！

我咬咬牙。

好！为了我的将来，有必要来一个美人计了！

5.

第二天一大早，我就被窗外悦耳的鸟叫声唤醒。嗯，晴空万里，阳光明媚，正适合计划的实施。

我穿上一件带着暗色花纹的米白色公主裙，领子和袖口的地方点缀着淡紫色的蕾丝花边，使得轻薄的裙子看起来更加精致。腰部围绕了一圈花朵拼接成的腰带，看起来有一种春天般的浪漫气息。

我把头发高高盘起，精美的淡紫色蝴蝶结做成了装饰，再露出一个大大的微笑，堪称完美！

午休时，低头看着自己的精心装扮，我的心跳越发剧烈。不知道等会儿枫木行看到我会是什么样的反应？

没错，我的计划就是向枫木行表白，要是枫木行答应了我，拿到宝石不是轻而易举的事吗？那样滕川照应该也会识趣地远离我吧！

"哈哈哈……"我又一次因为自己的计划而忍不住笑出了声。

不过，如果什么都不说就把告白信递给他，会不会太唐突了？会不会降低表白的成功率？

不行！如果不这样速战速决，指不定遇到滕川照还会发生什么奇怪的事。这么好的计划绝对不能拖延，无论如何也要达到目的！如果枫木行真的拒绝我，我就说些肉麻的话，实在不行我就哭，没有男生会忍心看女生哭吧？

我深吸一口气，给自己加油打气。

突然，一股愧疚感从我心底升起。

欺骗别人的感情，只为了得到宝石的下落，这难道不是干坏事吗？

虽然我偶尔小气贪财，但是也没有做过这样的事。

唉，算了，不想了，就这一次！

想到宝石近在眼前，我一咬牙一跺脚，拿着告白信出了教室，往枫木行所在的班级走去。

枫木行的教室门口，两个女生正站在那里说笑，我快步走上前，把头探进教室张望，却没有看到要找的人。

"你是步吉星吗？"一个女生突然叫出我的名字。

我回过头，看向她水汪汪的大眼睛。她的眼神这么明亮，心地应该很善良吧。

"呃，我是。"我疑惑地看着她。

"我昨天就听说过你的名字了，没想到今天就看到你了，真是荣幸。"女生露出甜美的笑容，让人感觉十分亲切。

我有些不好意思地笑了笑，忽然想到或许可以通过她打听到枫木行的下落。

"请问，你知道枫木行在哪里吗？"

"枫木行啊……"她想了想，"我猜他应该在书法教室里，他几乎每天中午都会去那里，你去那里找一找吧。"

"谢谢！"我朝女生甜美一笑，快步走出了教学楼。

突然，几个黑影出现在我的面前，挡住了我的去路。

"不要急着走，我想和你聊聊。"刚刚在教室门口遇到的女孩出现在我面前。

我停下了脚步，上下打量了一下眼前这个大波浪披肩长发的女孩。她很漂亮，五官精致得像洋娃娃一样，之前甜美的笑容却消失了，原本明亮的眼睛中透出不友善的神色。

我皱起眉，一股不祥的预感在心中升起。

"不好意思，我赶时间。"

我想绕过她，她却伸手拦住了我的去路。

"哼！想走？你知道我是谁吗？"女生瞪大了眼睛，脸上写满了"骄傲"两个字。

拜托！我可是刚刚转到这个学校来的，连找自己的班级都会迷路，怎么会认识你？

我诧异地看着她。

看她来者不善的样子，我不敢把话说得那么难听，只好强颜欢笑道："美女，你认错人了吧。"

"步吉星！我怎么可能认错人！你不就是那个传得沸沸扬扬的步吉岛的继承人吗？"鄙夷的声音从她口中发出，让我忍不住深吸了一口气。

"可是我真的不认识你。"

没想到我这么有名啊！不过我是谁，和她有关系吗？

只见她昂着头，字字清晰地说道："我堂堂枫木行后援会的会长钱若拉，你难道不知道？"

枫木行后援会的会长……是枫木行的粉丝吗？可是管她是粉丝还是粉条，她来找我干什么？

突然，另外两个短头发的女生出现，挡在了我的左右两边，三个人把我围在中间，死死地拦住了我的去路。

看着她们气势汹汹的样子，我急忙后退了两步，可是后面一个女生挡在那里，我差点撞到了她的身上。

"你……你们想要干什么？"

我故作镇定，声音却忍不住有些颤抖。莫名其妙地被三个女生堵在这里，我步吉星到底做错什么事得罪了她们啊！

"我问你，你是不是喜欢枫木行？"钱若拉双手叉腰，眯起眼睛字字清晰地质问道。

什么？我难以置信地瞪大了眼睛。她怎么知道我要给枫木行送告白信？我明明都还没有送出去啊，而且谁都没有告诉，难道我表现得这么明显吗？

看着她那双好像要冒出火焰一样的眼睛，我做了一个深呼吸。不行！不管出于什么目的，我绝对不可以承认，不然说不定会惹祸上身！

"你搞错了，我不喜欢他。"我一字一字地说道。我本来就不喜欢他，只是想拿到宝石而已啊。

"不喜欢他？你骗谁呢？那天在宴会上他救了你，我亲眼看到你们两个眉来眼去，你怎么解释！"

"我只是感谢他救了我而已，我和他真的没有任何关系！"我努力让表情显得真诚。

不能承认，打死都不能承认！

"你真的不喜欢他？"她边说边向我逼近，一张一合的嘴都要贴到我的鼻子上了。

"喜欢他？怎么可能！我不喜欢他！"

我厌恶地转过头，想要从她的身边逃脱。不料，其中一个女孩一把抓住了我的衣服，我口袋中的那封告白信就像白色的蝴蝶一样随风飘到了脚边绿油油的草地上。

"这是什么？"

钱若拉瞪了我一眼，弯腰把信捡起来，拆开了粉色的信封。

糟糕，要是她发现这是写给枫木行的告白信，那我岂不是吃不了兜着走！

十秒钟后，她把告白信举到我的眼前，眼中燃烧着怒火。

"还装蒜！这封告白信是不是写给枫木行的？还说你不喜欢他！这上面明明说你想做他的女朋友！"

"你凭什么说这是我写给枫木行的告白信啊！真是莫名其妙！你仔细看看，上面有他的名字吗？我根本就不是写给他的！"我故意挺胸说道。还好我为了表示诚意想当面把告白信交给枫木行，所以没有在告白信上写名字。

"那你是写给谁的？"

谁？我轻轻搓着手，不知该怎么回答。

"为什么要告诉你啊！你问我什么我就要回答什么吗？况且告白信属于个人隐私，我为什么要告诉你？"我嘴硬道。

可能是这句话又引起了钱若拉的怀疑，她上前一步逼近我，美丽的眸子里全都是厌恶的神色，语气也带上了威胁的意味："你这是心虚吗？不敢告诉我是写给谁的，那就一定是写给枫木行的，我说得没错吧！"

"胡说八道！我才不是心虚！"

"那是写给谁的，你说啊！你说了我就相信你！"钱若拉的口水几乎都喷到了我的脸上。

我的脑子里飞速闪过好几个名字，忽然，一张如同阳光般温暖的脸浮现在了我脑海里。

对，就滕川照了！他不是想要帮助我吗，这个时候就拿他来当一下挡箭牌吧！

我清清嗓子，尽可能地让自己的声音听起来自然一些："我……我是写给滕川照的。"

"滕川照？"钱拉若皱起了眉。

"是啊！滕川照！你认识他？"

钱若拉点点头，眼神中闪过一丝迟疑："这封信你真的是写给滕川照的？怎么感觉不太对啊！"

我把手握成拳。这个忽然冒出来的钱若拉真是不好对付，我明明说出了滕川照的名字，可她还是不走！

我仰起脸，语气中带着一丝不耐烦："都说了我不喜欢枫木行，不喜欢为什么要向他表白？这封告白信我就是写给滕川照的，他在我心里就是这样的，你为什么不相信我？"

"不是我不相信你，是宴会那天你和枫木行之间的互动实在是太可疑了！"

啊，这个钱若拉真是，难道我那天真的表现得那么明显吗？

"虽然宴会那天枫木行救了我，但是是滕川照抱我去的休息室啊，而且他还为我举办那么大的欢迎宴会，我又怎么会喜欢枫木行呢！"

看到钱若拉眼里慢慢消失的火焰，我挺起了胸膛。虽然奇怪自己为什么可以无比自然地说出这些话，但是管他呢，能解除眼前的危机就好了。

"总之我不喜欢他！我也没有必要因为一个不喜欢的人在这里和你浪费时间！我要走了！再见！"我潇洒地转身，正准备离开。

"吉星！"身后一个熟悉的声音传了过来。

滕川照！

我猛地回过头，脸上的表情瞬间变得僵硬。

他缓步向我走来，阳光下的他五官俊秀，笑容温暖，好看得像是一幅画一样。

"你在这里干什么？交了新朋友吗？"滕川照看着我周围的几个女生，露出友善的笑容。

什么新朋友，你看不见她们堵住了我吗？

不过看到滕川照的那一刻，一种说谎后的罪恶感油然而生。刚刚才拿他当了挡箭牌，没想到这么快他就出现了……

哎呀，告白信！

我猛地抬起头，把目光投向钱若拉手里紧攥着的告白信。

不能让滕川照看到那封信，一定要抢过来！

正当我绕开滕川照想要抢过钱若拉手里的告白信逃之天天时，钱拉若却先一步把那封告白信递给了滕川照。

"滕川照，你来得正好，这是步吉星写给你的告白信。"

"嗡"的一声，我的脑海变得一片空白，一个念头生出，那就是，绝对不可以让滕川照看到那封信！

这样想着，我不顾一切地冲向滕川照。不知道为什么，我就是不想让他看到我写给枫木行的告白信。

十秒钟后，我僵住了。

旁边的几个女生同时发出一声惊呼。

我扑倒了滕川照！

此刻的我趴在滕川照的身上，嘴唇磕到了他的牙齿，有点发麻。滕川照瞪大了眼睛，本来白皙的俊脸上泛起一丝微红。

我手忙脚乱地从滕川照身上爬起来，一个翻身坐在草地上："那个……刚刚……什么都没有发生，我的鞋带松了，我……我先系一下鞋带。"

我有点语无伦次，抖着手想把松掉的鞋带绑好，却怎么也绑不好。

突然，一双好看的手出现在我的眼前，手指翻飞，轻轻松松打出一个好看的蝴蝶结。

我战战兢兢地抬起头，看到了滕川照微笑的脸。

"滕川照，这是告白信。"刚刚因为意外被我撞掉的告白信又一次被烦人的钱若拉捡起，递给滕川照。

他神情认真地看着那张背面印着爱心的粉红色信纸。

一想到那些在《情书大全》上摘抄下来的句子会被滕川照看到，我就绝望地闭上了眼睛。

唉，算了，反正滕川照这个大傻瓜又不喜欢我，大不了被他拒绝。

可是，明明已经这样安慰自己了，我的心跳还是像擂鼓一样阵阵作响。

滕川照，快拒绝我啊！我在心里默念。

"吉星……"滕川照皱了皱眉，轻轻呼唤我的名字。

"嗯。"我重新睁开眼睛。

忽然，面前的滕川照张开双臂，给了我一个拥抱："没想到你这么喜欢我，昨天你离开之后，我晚上睡觉还梦见了你练字的样子，早上起来还问自己，该不会是

接近枫木行大作战 第二章

喜欢上你了吧，结果没想到今天你竟然给我告白信……"

他脸上的惊喜要多真有多真！

"你说什么？"我僵硬地用手推了推滕川照，希望他放开我，可是一点用都没有。

"吉星，你是我见过的最善良、最可爱、最谦虚的女孩子，看到这封信，我实在太感动了，所以，我们交往吧！"滕川照的声音在我的耳边响起，呼出的热气喷在了我的脖颈上。

为什么会这样？我已经呆滞得连挣扎都不会了。滕川照，你为什么会喜欢我？我真的很讨厌你啊，每次只要你一出现，我的计划就会被全盘打破。

难道现在我要成为滕川照的女朋友？

不！这绝对不是真的！

"步吉星，不好意思，我刚刚误会你了，我向你道歉，并在这里祝福你们，希望你们可以很开心很幸福。"钱若拉的眼睛似乎也有点湿润，她真诚地看着我和滕川照。

听到钱若拉的话，滕川照终于放开了我，认真地看着钱若拉："谢谢你！多亏了你，我才知道了吉星对我的心意！"

这都是什么啊？我已经无力吐槽面前的这一切了，钱拉若最后说了什么，我已经听不清了，脑子里充斥着自己内心崩塌的声音……

为什么？为什么会这样……

第三章

温柔男友
滕川照

1.

好事不出门，坏事传千里。

唉……对于我来说，稀里糊涂地和滕川照扯在了一起，还莫名其妙地成了他的女朋友，简直就是天底下最糟糕的事情了。

虽然我步吉星也曾经想过像明星一样走到哪里都备受瞩目，偶尔还可以大发慈悲给热情的小粉丝签个名拍个照之类，说不定因为那样还能多赚点外快，但是我从来没想过，我的一夜成名竟然会是因为我成了滕川照的女朋友！

短短半个多小时的时间里，我和滕川照谈恋爱的消息就传遍了整个校园，害得我走到哪里都被当作怪物一样上下打量。

"看看看！她就是步吉星！步吉岛的继承人！"

"天啊！滕川照怎么会和她在一起？长得又不好看！滕川照究竟喜欢她哪一点！"

"谁知道她用了什么方法追到了滕川照……"

各种各样的窃窃私语传进了我的耳朵，就像当初我来到季风岛之前，同学们整天对我指手画脚一样，这种感觉真让我抓狂。

本来只想接近枫木行，现在却莫名其妙地成了滕川照的女朋友！啊——都怪我自己出的馊主意！如果没有写那封告白信，如果没有自作聪明地说出滕川照的名字，那就不会发生这种事情了。

我忍不住想撞墙，可是现在米已成炊，后悔也来不及了。

"唉……唉……唉……"我恨恨地把脚下的碎石块踢到一边，闭上眼睛仰天连叹了三口气。

除了后悔，我还有一点点心虚，毕竟，我欺骗了滕川照。

但事情都这样了，我也没有别的办法了。整整一上午，我都没有心情听课。唉，除了接近枫木行，还有什么有效的方法可以尽快得到宝石呢？我都快要想破脑袋了啊！

"喂！步吉星！你怎么还愣在这里？"

一个温柔的声音把我从思绪中拉了出来，只见学习委员抱着课本站在我面前，我看了看四周，发现大家都在朝教室外面走。

"他们要去哪里？"

"去上课啊！下一节是围棋课，你该不会不知道吧？不管你了，我也要走了。"说完，她头也不回地跑出了教室。

围棋课？哎呀，一直想着滕川照的事，我都忘记今天要去围棋教室上课了，要是迟到了，奖学金肯定是拿不到的，虽然不迟到我的希望也很渺茫，但我还是要努力一下啊！

我匆匆忙忙地从课桌里翻出了那本崭新的围棋书，迅速起身，忽然，一张字条从书里掉了出来。

"步吉星，离枫木行远一点！如果我发现你再接近他，一定会让你好看！"我捡起字条，正疑惑着，却被字条上醒目的红色大字吓了一跳。

这……这难道就是电影里常常出现的恐吓信！

我稳定心神，翻来覆去看了好几遍，没找到署名，只有字条的右边有一个骷髅头图案。

我慌乱地把字条塞到了课桌最深处，下意识地朝教室里仅剩的几个同学看去，还好他们没有注意到。渐渐地，教室里只剩下了我一个人。

我皱着眉坐在座位上思索了片刻，却没有一点头绪。

究竟是谁知道我想要接近枫木行？能够往我课桌里塞恐吓信而不被怀疑，对方应该是中华学院的学生。

我警惕地看向四周，完全没有任何线索。我的目的已经暴露了吗？我会不会被赶出季风岛？如果这样，我也去不了步吉岛，难道真的要被扔在南太平洋里吗？不行，绝对不行！

唉，我抱着书站起身，还是先去上课吧。

我刚走到围棋教室门口，就听到里面沸沸扬扬一片。奇怪，围棋教室不是应该很安静吗，怎么会这么热闹？

我疑惑地走了进去，惊讶地发现松原冽站在讲台的一边，本来个子就高的他站得笔直，桀骜的下巴绷出好看的弧线，嘴唇紧抿。他静静地站在那里，但是眼神中的犀利与冰冷让人无法忽略。

怎么回事？松原冽怎么来了？

"哇！今天又是松原冽来当助教！真是太好了！"

"就是！他棋艺超级厉害，眼神也好有魅力……"

助教？我坐在座位上，再次把视线移向了他的脸。原来松原冽下棋这么厉害啊，我又想起了第一次去滕川家参加宴会时听到的议论。

嗯，是不是滕川照、枫木行和宫流月也都这么厉害啊，这四个人，把琴棋书画都占全了啊。唉！上天真是不公平，为什么这么厉害的人还能长得这么帅啊！我脑子里不禁浮现出滕川照的脸。

呸呸呸！滕川照哪里帅了！我承认他的脸是长得让人想入非非，但是每次他一出现，我就一定没有好事发生！现在他还莫名其妙地成了我的男朋友，指不定以后会发生什么不得了的事！

我愤愤地想着，突然，一道带着杀气的目光朝我投来，我回过神来，发现松原冽正黑着脸看着我。

啊，我忘了自己是在盯着松原冽看，刚刚想到那些，我脸上肯定浮现出了各种表情，不知道的还以为我看着松原冽在想些什么呢！

我迅速收回目光低下头。算了，我还是好好想想那封恐吓信究竟是怎么一回事吧！到底是谁胆子那么大，光天化日之下敢做这种事？难道真的有人知道我的真实目的是接近枫木行吗？那个人会揭穿我的目的吗？那他是不是也知道了我对藤川照的感情其实不是……

"步吉星！步吉星！"一个严厉的声音把我拉回了现实。

围棋老师踩着高跟鞋来到了我的面前，她用手里的戒尺毫不留情地敲了敲我的桌子。

我瞬间回过神，装作认真听课的样子看着她。

她的红唇上扬，但是紧盯着我的目光凌厉到有些吓人："你来翻译一下，'两处有情方可断'是什么意思？"

她的嘴巴一张一合，吐出的字每一个我都听懂了，可就是不知道组合在一起是什么意思。

这是什么？古诗词吗？我皱着眉思考，"两处有情方可断"，有点耳熟……这应该是指感情方面的事情吧……

"就是……就是指……两个人要是……嗯，有感情呢，就……就要果断结婚，不然可能……会夜长梦多吧！"我结结巴巴地说道，说完恨不得咬掉自己的舌头。

果然，我刚说出答案，全班同学就哄堂大笑，围棋老师再次把戒尺狠狠地一敲。

"吵什么吵！这是上课！"老师大吼，又狠狠瞪了我一眼，"哪位同学来给步吉星解释一下这个句子！"

不知道是不是错觉，我觉得老师有点咬牙切齿的意思。

"老师，我知道，'两处有情方可断'，是指想要切断对方的棋路时，如果可以对其两片区域的棋进行有效的攻击，就要切断它；反之切断之后，两片区域的棋没有被攻的危险，那就会成为负担，这样的切断不好。"步七七站起来一字一句地说，说完，还神气地看了我一眼。

"明白了吗，步吉星同学？"老师听完步七七的解释之后脸色好转了一点。

"明白了。"我装作谦虚地点点头，在老师点头后坐下，其实根本没有听懂步七七的解释。

"上课要认真，尤其是围棋课，不要想着其他事。"老师说完走回讲台上，继续讲课。

我撇撇嘴，脸上的热度还没有消退。我不敢再想其他，只好认真听着天书一般的围棋课。

终于熬过了讲课时间，要进行对弈练习了。

可是，每个人都有自己的搭档，只有我是一个人坐在棋盘前的，我不知道应该怎么办。

"松原洌，你去和步吉星做搭档吧，正好她刚开始接触围棋，很多地方不懂，你多教教她。"老师看到我，叹了一口气，转身向如同门神一般站着的松原洌下达了命令。

"好。"惜字如金的松原洌挤出一个字，然后就朝我大步流星地走来，表情不像是要教我下棋，反倒像是我欠了他两百万来讨债一样。我不禁有点想念教我写了一个下午字的藤川照，虽然他很烦人，但是至少没有松原洌这么恐怖。

"那个……松原洌，请多多指教，手下留情。"我摆出谦虚的样子。

松原洌却仿佛没有听见我的话，正襟危坐之后，只说了一句："步吉星，以后围棋课请你好好听课，不要另有目的。"

我的脑袋轰地一响，像是被一个天雷劈中一样。

这是我和他认识这么长时间以来，他第一次和我说这么长一句话，可是……"另有目的"这几个字，让我觉得有些刺耳。

松原洌为什么要对我说这个？他是不是知道些什么？难道是他放的恐吓信？

我警惕地看向他的眼睛，想从中看出些什么，可是此时的他已经拿起黑子，下了第一颗棋，他的眼睛专注地盯着棋盘，根本就没有再看我一眼。

这……

不想先输了气势，我也学着他的样子，一脸严肃地下起棋来。没吃过猪肉还没见过猪跑吗？围棋，不就是用我手中的白子想方设法地把他的黑子围个水泄不通吗？

可是……

谁给我解释一下，为什么我每盘棋都活不过五分钟？

虽然愿赌服输，但我步吉星并不是受虐狂啊，眼睁睁地看着他一盘一盘如摧枯拉朽般把我的棋子吃掉，我都快要抓狂了。

"老师，我和松原洌的水准相差太多了，我根本就失去了下棋的乐趣啊，我想换一个搭档。"我主动找到围棋老师，愤愤地提出抗议。

"老师，我想步吉星同学现在的这种水平，只有我才有能力指导她进步，换了别人反而没有效果。"可没等围棋老师开口，松原洌就抢先说道。

什么？

我瞪大眼睛，松原洌竟然主动要求来指导我？

"步吉星，你要认真学习，在围棋课上，不要想一些与围棋无关的事情，我想你应该很快就可以进步的。"松原洌冷冷的目光直视着我，语气不带丝毫温度。

"松原洌同学说得对，步吉星，你好好学习围棋，不要开小差。"老师听了松原洌的话连连点头，然后便转身去指导别的同学对弈了。

我只好面如死灰地回到座位上，继续半死不活地在棋盘上挣扎。

为什么松原洌今天这么反常，还总是说一些听起来别有深意的话？难道放恐吓信的人真的是他？他不让老师帮我换搭档，是为了监视我吗？

我咬住下唇，心情更加烦躁了。

因为心静不下来，我输得比刚才还要惨，而松原洌看着棋盘，脸色越来越难看。

"滕川照那个家伙的眼光真是太差了。"

抓耳挠腮拿着棋子不知道该往哪儿放的我突然听到松原洌说出这样一句话。

滕川照？干吗突然提到滕川照的名字？难道……我的心猛地跳了一下，他知道我对滕川照的欺骗了！

"你……你干什么突然提到滕川照？"我无心思考，随意地把棋子下在一个位置，战战兢兢地问。

"烦死了！还不是那个家伙说你是他女朋友，要我们几个好好帮助你！"松原冽突然低吼一声，一改刚刚的"铁血"作风，转而给我细致地解释起围棋的基本原理来。

虽然脸很臭，一副不情愿的样子，但他把每一条都讲得细致通俗，而且都是针对我所不懂的地方，而我被他的气势压迫，也开始认真起来。

没多久便下课了，我的围棋技术在松原冽的指导下竟然突飞猛进。

而这一切，竟然是托我是滕川照女朋友这个身份的福。

难道滕川照那个家伙不是我的命中克星吗？

带着满腹疑虑，我收拾好书本微笑着冲松原冽说再见，他竟然连头都不回一下就迅速离开了。

看着他快步走开的背影，我沉思了两秒，然后迅速跟了上去。

松原冽，我要跟踪他，看看他到底是不是知道些什么！

我偷偷跟在脚步匆忙的松原冽身后，一路到了学院的后山，看到他在一张石桌前停了下来。

咦？怎么宫流月、枫木行，还有滕川照都在，而且都是一副表情严肃的样子？

我怕被他们发现，紧紧地靠在了离他们十米开外的假山后面。

"冽，你来了？"滕川照看到松原冽，迎了上来，"我拜托你的事怎么样了？"

拜托松原冽？什么事？我在心里嘀咕道。

"嗯，教完了，她真是太笨了！"松原冽露出一脸嫌弃的表情。

"辛苦你了！我们说说月的事吧。"滕川照揽过松原冽的肩膀，坐在了石桌旁的凳子上。

滕川照和松原冽坐下之后，石桌旁的气氛似乎变得很凝重，宫流月的脸上甚至露出了失落和痛苦的神色。

其他三个人在和他说些什么，可是声音太小，我什么都听不清，只能从他们的神色上推测似乎是宫流月发生了什么事，其他三人在安慰他。

宫流月？我看看那个痛苦地将脸埋入掌心的俊秀少年，他不是一直都像春风一样温柔吗？到底出了什么事呢？

2.

在假山后面站了很久的我什么有价值的消息都没有偷听到，等他们四人离开，我也回到了家里，但是好多问题一直萦绕在我的脑海里挥之不去。

莫名其妙的恐吓信、奇怪的松原冽、难过的宫流月……一个个问题快要打成死结，还有最让我烦心的滕川照，只要有他在，我永远都不会有好事发生，偏偏现在他还成了我的男朋友，岂不是躲都躲不掉了？

我的眉头皱得紧紧的。宝石真是个大难题，直到现在我都没有见到宝石的影子。根据晴一提供的情报列了那么多计划也都被滕川照一一破坏了，看来我可能要改变攻势了。可是一时半会儿也没有头绪，我烦恼地挠了挠头皮。

不如……我猛地一眨眼，危机就是时机啊，我想到刚刚枫木行和滕川照在一起的画面，他们两个人关系不是很好吗，也经常看到他们走在一起，如果我能利用滕川照女朋友的身份总是和他在一起，不就有了接近枫木行的机会吗？

哈哈！没错！真是天无绝人之路，也只有我步吉星才能想出这样化险为夷的办法了！

"吉星！"正当我为自己想出了这么一个绝妙的主意沾沾自喜时，一个银铃般的声音打断了我的思绪。

"嗯？"我看着晴一有些泛红的脸庞，那似乎是害羞的神色。

"步辰星少爷受爷爷的委托来看你了。"晴一拨弄了一下有点凌乱的刘海儿，顺便把耳边的长发别到耳后，脸上的红晕渐渐消退，又显出一副安静美好的样子。

"步辰星？"

名字和我很像啊，是我的什么亲戚吗？难道除了爷爷，我还有别的亲戚？

"你该不会连堂哥是谁都不知道吧？"晴一瞪大了眼睛，黑珍珠一般的眼眸里满是惊讶。

我咬咬嘴唇，又回忆了一遍，确定没有听说过这个名字，于是面带疑惑地摇摇头。

"步辰星少爷是你的堂哥，在你没有被找回的时候，他被指定为步吉岛的继承人，现在你回来了，但是没有找到'仁心'宝石，所以他的身份还是步吉岛的继承人。"晴一耐心地对我解释。

"原来是这样。"我点点头。可是，听晴一话里的意思，这个堂哥似乎是我的竞争对手啊？他也要找宝石吗？

我向晴一提出这个疑问，晴一却说："步辰星少爷是继承人，不需要找宝石，只有吉星你才需要通过这个考验。"

原来只有我这种外面回来的半吊子继承人才需要通过考验啊，如果通不过，这个堂哥就会一直是继承人吧。想到这里，我的情绪低落下来。

"吉星，你才是名正言顺的继承人，只不过你现在还没有找到宝石而已，我相信你一定可以做到。"晴一似乎看穿了我的心思，大声地鼓励我，但是声音里似乎有种说不出的味道。

"谢谢你，晴一！"不过我听了晴一的话还是从低落的情绪中缓了过来，笑着对她说。

整理了一下身上的衣服，我深吸一口气，去了客厅。

沙发上，一个穿着高级面料制成的西装的男人侧对着我，他手里端着一杯茶，白色的骨瓷杯和他修长的手指相得益彰，热气袅袅飘散，仍然遮不住他那好看的侧脸弧线。

我从来没有见过步家的人，连照片也没有，这可是我见到的第一个有血缘关系的亲戚，我心里不禁升起了一股别样的感情。

"堂哥？"我试探地叫道。

沙发上的男人转过头来。

哇！好帅！我忍不住在心里发出一声惊叹，紧张地看着这个叫步辰星的堂哥。

他的西装和领结一丝不苟，清爽的短发根根分明，看起来比我大不了几岁，却是一副优雅从容的样子。他的帅不像滕川照和枫木行那么纯净，反而像电视里那些光彩照人的明星，有种成功人士的干练。

面对这样的堂哥，我突然感到一阵自卑，觉得自己像是灰姑娘，虽然外表光鲜亮丽，但是午夜就要到来，魔法即将消失。

"吉星。"步辰星朝我咧嘴一笑，露出整齐洁白的牙齿，脸部线条瞬间柔和下来，有种亲切的感觉，"今天终于见到你了，这些年一个人生活在外面真是辛苦了。"

我愣住了。这个堂哥说出来的话，让我好想哭，第一次有一个亲戚对我说出辛苦了这种话，我的心底瞬间涌过一股暖流。

"也……也没有，我一个人也挺好的，谢谢堂哥的关心。"我有点语无伦次，手脚也不知道该往哪里放，之前还以为他是竞争对手，没想到他竟然这么亲切。

他从沙发上站起来，走到我的身边："你不用对我这么客气，我是你的哥哥，有责任照顾你的。现在你回到了属于你的地方，我也是你的家人。"说着，他伸手拍了拍我的肩膀。

听到这句话，我心里一暖。自从养父母离开我之后，再也没有人跟我说过"家"这个概念，现在一个和我有血缘关系的人站在我面前跟我说"家"字，让我感动得不知道说什么才好。

"吉星，你要尽快找到宝石，这样才可以早点拿到继承权，真正回到属于你的家，我相信你一定可以的。"

步辰星的鼓励掷地有声，把我之前心里的胡乱猜测都冲散了。

"谢谢堂哥！"我已经不像之前那样拘谨了，果然血缘至亲和别的人是不一样的，我对这个堂哥充满尊敬。

"吉星，有什么需要的就直接让用人找我，爷爷让我来看你一趟，他也希望你能快点回去，所以你要加油哦！"堂哥和我一起在别墅里转了一圈，跟我说了许多步吉岛和爷爷的事。

"好的，谢谢你，辰星哥。"经过一番交谈，我对他的称呼也变得更亲近了。

"好啦，一会儿还有事情要忙，我就先走了，你好好照顾自己，有什么事情一定要跟晴一说，你们同龄人也比较好交流。"堂哥走到别墅门口，跟我说了最后的嘱咐后，坐车离开了。

咦？晴一呢？听到晴一的名字我才想起，刚刚晴一来通知我之后人就不见了。

我目送车子缓缓开走，结果却看到了不远处一个完全不想看见的人——滕川照抱着一只小猫，手里提着一个精致的圆形礼盒从大门处走进来，和堂哥的车擦身而过时，他还好奇地看了一眼。

"吉星！"滕川照收回目光，露出灿烂的笑容。

"刚刚那是谁啊？"他疑惑地看着我。

"是我堂哥步辰星，你认识他吗？"我看向滕川照，他手里拿着的盒子上精致的蝴蝶结非常扎眼，是什么？

"步辰星？"滕川照念出这个名字，脸色突然沉了下来，"吉星，你以后不要跟你这个堂哥太亲近，他看起来不像是好人。"

什么？我把目光从礼盒上收回，皱眉看着滕川照，以为他在开玩笑，可是他一脸认真的表情。

哼，这个滕川照，他有什么权利这样说我堂哥啊！什么叫看起来不像好人？我还觉得他看起来不像好人呢，每次他一出现就没什么好事！

这个话题之后，一阵沉默在我和滕川照之间蔓延开来，我有点尴尬，甚至突然冒出"我们不会就这样分手了吧"的念头。

事实证明，是我多虑了。不到一分钟，沉默就被滕川照打破，他好像完全没有意识到我的不悦与尴尬。

"步吉星，告诉你一个好消息哦——喵喵在我的精心照顾下，伤已经完全好了！"滕川照的语气里透出兴奋和开心，连眼睛都亮了起来。

喵喵？我在脑海中搜寻着这一号人物，似乎没有什么线索。

"喵喵是谁？"我疑惑地问。

"看！就是它喽！它就是喵喵！"滕川照突然把左手一举，一只黑色的小猫出现在离我不到五十厘米的地方。

我吓了一跳，下意识地后退一步，倒吸了一口凉气。

我平时离猫可是至少要五米以上的，上次那只猫造成的心理阴影都还没消散，为什么现在又来一只？

我警惕地看向滕川照手中的猫，不过仔细看看，这只猫似乎有些眼熟，特别是头顶的那一撮白毛。

"是它？你救的那只猫？"我脑海里好像有什么不好的记忆复苏了，全身都冒起了鸡皮疙瘩。

"没错，就是它！原来你还记得啊！"滕川照兴奋地点头，把猫举得更近了，我吓得连汗毛都竖起来了。

我终于想起了那只忽然跑到车前，害得我把早餐全都倒在枫木行身上的小猫，也不知道滕川照什么时候给它起了"喵喵"这个名字。

"哈哈哈……真的太好了，终于康复了呢！"我强颜欢笑道。它似乎被照顾得很好，毛发不像那天一样结满了干涸的泥垢，而是蓬松干净，一双大眼睛滴溜溜转，害得我差点没认出它来。

我浑身僵硬，却故作亲昵地抚摸了两下它的毛发。啊啊啊，我在心里大叫，这种触感真是太恐怖了！

"对了，吉星，我有样东西要送给你。"滕川照眨着亮晶晶的眼睛，凑近我的耳旁，热气喷在我的脸上。

我后退一步，站稳，慌张地问："什么东西啊？"

不知道为什么，滕川照凑过来的时候，我的心跳得飞快，像是擂鼓一般。

我重新看向滕川照，等等，他刚刚说什么？要送我礼物？我心中警铃大作，仿佛听到末日来临的消息般看着他手中的那只猫，该不会……

滕川照弯下腰把喵喵放在了地上。

哇，长得帅的人就连弯腰的姿势都这么好看呢！可是他为什么突然把喵喵放到地上？

喵喵，你千万不要过来啊！我不自觉地又往后退了一步。

"你打开看看！"滕川照放下喵喵后，自己走近了我，双手递上了那个漂亮的礼盒。

这是什么？嗯，不管是什么，都比那只喵喵好太多了！可是万一里面是另外一只猫呢？我想象着滕川照一脸开心地说，我想把喵喵送给你，可是又怕它太孤单，所以再送一只给你。呵呵，如果是这样，我应该会头也不回地离开季风岛吧！

我战战兢兢地打开眼前的礼盒，瞬间因为盒子里的东西惊呆了。

淡粉色的轻纱、奶白色的纯棉布料、裙边还绣着一枝粉白的桃花——竟然是一套汉服。上回在博物馆里，画上的女孩们就穿着这个，晴一告诉过我，穿汉服是这里的传统。

"呼——"我憋了好久的一口气终于吐了出来。只要不是猫，别的什么都好，何况还是这么好看的汉服。

"要不要立马换给你看？"我被兴奋冲昏了头脑，竟然说出了这么一句话，说完之后看到滕川照羞红了脸点了点头，才意识到自己说了什么，顿时恨不得咬掉自己的舌头。

不过既然都说出来了，总不能反悔吧，不就是试衣服吗？轻而易举的事！

十分钟后，我踩着布鞋扭扭捏捏地走到了镜子前。长裙拖地，腰间粉色的腰带把我的腰裹得紧紧的，虽然有些奇怪，但是真的有一种古香古色的味道。

我低头看看裙边绣着的那枝桃花，好担心出门会不小心把它弄脏。

我硬着头皮慢吞吞地走出了门，看到滕川照的一瞬间，我竟然尴尬得立刻转移了视线。

过了好久，滕川照都没有说话，我皱眉看向他，只见他呆立在原地，嘴巴张得大大的，一副被雷劈到的震惊表情。

"嗯……是不是很奇怪，我……我现在就去换掉它……"

简直太尴尬了，为什么我会有这么奇怪的感觉，好像连心脏都不听自己的使唤了，一直扑通扑通地狂跳。可是，滕川照为什么是这副表情，该不是我穿着汉服的样子太丑了吧？

"吉星！"滕川照突然大叫一声扑过来，激动地扶住我的肩膀，把我吓了一跳，"你穿这件汉服真是太好看了！它简直就是为你量身定做的！我一定要给你画一幅画！"

我看着他夸张的表情，额头滑下一滴冷汗。不过好歹是对我的赞扬，女生听到赞扬当然都会高兴啦！不过，画画？那岂不是要跟他一直面对面坐着，还是不要吧。

"还是算……"我刚准备说算了，一声猫叫让我浑身冒出鸡皮疙瘩。啊，差点忘了这个恐怖的家伙！要是不画画，滕川照该不会让我和喵喵一起玩吧？

"今天天气这么好，画画真是太合适了，我们快去花园吧！"我摆出招牌微笑，迅速拉着滕川照去了花园。

"喵喵……"

滕川照似乎想带着喵喵一起去，我用力攥紧他的手说："喵喵已经康复了，我

们不能过度照顾它，让它自己玩吧。"

绝对不可以让喵喵跟来！

花园的秋千上，我安静地坐着，身后深深浅浅的绿色把我淡粉色的汉服衬得格外好看。滕川照坐在草地上，在临时架起的小桌子前低头专心地画画，头发遮住了眼睛，高挺的鼻梁下面是丰润的唇。哇，好帅！

我惬意地坐着，阳光洒落，微风轻拂，裙摆轻轻飘起，真是一种享受啊，哈哈哈！

不过，十分钟后，我就有点坐不住了，却不得不摆出一副开心的样子。这样坐着真的好累好无聊啊，而且滕川照还会不停地让我不要动，可是维持一个姿势真的很累啊！原来比画画更辛苦的是当模特！

我百无聊赖地环顾四周。

咦，一只花蝴蝶！

我的目光随着花蝴蝶的起落无意识地飘忽，渐渐集中到一点。

那里，滕川静静坐在草地上，额前的头发随风飘动，眉间仿佛泛着柔柔的涟漪，嘴角微微带着笑意。他的眼神是那样专注，好像眼前的宣纸上有着他的全世界一样。

他坐得笔挺，牢牢地握着手中的毛笔，一笔一画都是那么全神贯注。洒在他身后的阳光似乎都没有他那么耀眼。

想想他对我的关心、对我说过的那些温暖的话，我竟然不自觉地有些心动。

不！这怎么可能！之所以选择和他在一起，不就是为了接近他好打听到宝石的下落吗？

我的心情有点躁动不安，不想再在原地坐下去了。不管了，我不想画了！我正准备站起身，心底却突然升起一种不祥的预感，是危险临近的感觉。

果然，两秒钟之后，我的身后竟然响起了一声猫叫。我像机器人般僵硬地转动脖子，不知道什么时候喵喵竟然跑到了花园里，而且就在我的身后。

我一屁股坐回了秋千上，双腿僵硬地抬起。

但是喵喵似乎看穿了我害怕它，竟然在一旁趴了下来，并且时不时挠一下地面，就这样和我大眼瞪小眼。

我只好保持高度紧张，僵硬地维持着这个动作。腿好酸，腰也好酸，整个人都快石化了。

哼，就算石化，我也不要离开这个喵喵够不到的地方！呜呜呜，老天啊，快点让滕川照画完画带喵喵回家吧！

不知道过了多久，我甚至怀疑自己已经石化马上就要变成粉末被风吹散时，终于听到了滕川照的声音："步吉星，画好喽，你快来看！"

滕川照放下了笔："咦，喵喵，你什么时候来的？原来你这么喜欢吉星啊！"滕川照走过来一只手抱起喵喵，一只手牵住我，把我带到桌子前。

我心里一阵紧张。滕川照会把我画成什么样子呢？会不会无法直视啊？

我忐忑地把目光投过去，只见宣纸上，一个身穿淡粉色汉服的少女静静地坐在秋千上，几缕头发轻盈地飘在空中，两只蝴蝶环绕在她的身边。她望着远处，看起来有一些心不在焉。

这真的是我吗？我难以置信地睁大了眼睛。

我……我怎么可能这么美？

"谢谢你……你画得真好！还把我画得这么美！"我不好意思地低下头，手不安地抚摸着身上的轻纱，心里涌起一股别样的感觉。

"你本来就这么美啊！我还担心画不好呢！"滕川照凑近我，仔细地盯着我的脸。

我连他扑扇扑扇的睫毛都看得一清二楚，心猛地跳了两下，手心都出汗了。

可他像是完全没有察觉到我的异样，自顾自地说："嗯，果然还是没有把你的美完全画出来啊！"

讨厌，滕川照怎么突然这么会说话了？我的脸烫得都快能煎鸡蛋了。

"吉星，我把这幅画送给你好不好？"滕川照突然变得有些害羞，还不好意思地低下了头。

明明是他送东西给我，他不好意思什么啊，他这样纯情的样子还真是可爱，比破坏我计划的时候可爱多了！

"好啊！谢谢你！我真的很喜欢这幅画！"我开心地捧起画，对着滕川照展露完美的微笑。

看着手里的那幅画，我的笑容越来越大，虽然打破了完美的步吉星微笑，却是从心底发出来的。我多久没有这样笑过了呢？

"你喜欢就太好了！"滕川照露出惊喜的微笑，"时候不早了，我先带喵喵走了，下次再来找你哦！"

"好的，再见。"我一听他终于要把喵喵带走了，不禁更加开心了。

目送滕川照离开后，我哼着小曲回到了自己的房间。我把汉服脱下叠好，小心翼翼地放进了衣柜。这可是我的第一套汉服，我想起之前在博物馆的画上看到的穿着汉服的女孩们，想象着自己莲步轻移的样子，却一偏头看到了被我放在桌上的画。

我看着画中的自己陷入了沉思，刚刚的事情好像还在眼前，滕川照画得无比细致，就连衣服上的纹路都那么清晰，从小到大，我似乎从来没有被人这样认真地对待过……

可是，我对滕川照……我只是在利用他接近枫木行而已……

想到这里，我的心里竟然涌出一股从未有过的负罪感。

3.

时间过得飞快，我好像已经习惯了滕川照女朋友这个身份，步七七还是喜欢鄙视我，挑我的刺，不过自从被滕川照撞见一次，他出面维护了我之后，她就没那么明目张胆了。因为这件事，我们还被评为了那个星期的学院最佳情侣。

虽然滕川照经常带着我去看枫木行的书法展，听宫流月的小型音乐会，但是宝石的事还是没有任何进展，不过好在我最近也没有再收到恐吓信。

而对于第一怀疑对象松原洌，不知道是因为滕川照的关系，还是我最近都没有什么行动，总之，他见到我虽然还是带着那种冰冷的眼神，但偶尔也可以感觉到他似乎并不那么有距离感了。

周末滕川照都会来找我，以至于我都习惯了有他陪我过周末。还好在我跟他说明我有点对喵喵的毛过敏之后，他便再也没有带喵喵来找我了，还泪眼汪汪地看着我说："吉星，你真善良，对喵喵的毛过敏还愿意摸它！"

这个滕川照，他一定是被保护得太好，从来没有被人骗过吧，不然为什么这么好骗，我随便找了个化妆师帮我化了一下妆，他就相信我真的因为喵喵过敏了。

唉，我百无聊赖地坐在沙发上发呆。这个周末滕川照去参加一个国画展了，晴一也不知道在忙些什么，最近老是不见人，真的好无聊啊！

我晃晃头，却发现情况似乎有些不对——我怎么像是真的在和滕川照谈恋爱一样？我明明就是为了接近枫木行拿到宝石才阴差阳错地跟滕川照形成这种关系的，找到宝石才是最重要的事，我怎么可以差点忘掉这件事！

我皱着眉拼命谴责自己，可是快要想破脑袋也想不出该怎样跟枫木行提宝石的事。

"吉星，刚刚枫木家的夫人打来电话，邀请你去枫木家做客，说一会儿就派人来接你。"不知道晴一什么时候出现了。

"枫木家的夫人？"我疑惑地反问。

"就是枫木行的妈妈啊。听说她以前跟已故的大小姐，就是吉星你的妈妈是很好的姐妹。"晴一及时为我解答疑惑。

我眼前一亮，原来还有这样的关系，那么我借这个机会去枫木家说不定可以让宝石的事有一些进展呢！

太好了！我从沙发上一跃而起，跑到房间挑选让我看起来最乖巧可爱的衣服。

"吉星，枫木家的人来接你了。"晴一敲门喊道。

我赶紧整理了一下自己的粉色裙子，在头上绑上一个乖巧可爱的粉色蝴蝶结。好啦，出门！

晴一把我送到别墅门口，我打开车门看到后座上的人时不禁吃了一惊。

"枫木行？"我惊讶地出声。

枫木行随意地一笑："枫木女士让我来接你。"

"谢谢！"我甜甜一笑，优雅地坐进车里，心里却在咆哮。

呜呜呜，为什么之前枫木阿姨不出现？我之前一直在找一个接近枫木行的机会，却老是被滕川照破坏，现在天上掉下这么大一个馅饼，让人根本不敢相信啊！

可是……我偷瞟一旁在看窗外风景的枫木行，现在我成了滕川照的女朋友，如果说一些亲昵的话，不是会很奇怪吗？唉……

在心里唉声叹气的我丝毫没有发现，我跟枫木行沉默了一路，错过了一个最好的打听宝石的机会，直到车平稳地停在枫木家门口，我才意识到，自己又犯傻了。

我垂头丧气地下车，却差点被一个冲过来的身影晃花了眼。

"星星！呜呜呜……你果然长得跟你妈妈一样可爱！"一个女人就这样抱住了我，我却一点也没有不适感，反而觉得很亲切。

过了一会儿，她松开了我，我这才看清，面前的女人穿着一条简约大方的连衣裙，精心的裁剪凸显出了她奢而不华的品位，脚上踩着一双黑色的细带高跟鞋，酒红色的长卷发随意地披在肩上，在阳光下散发出耀眼的光泽。

看到我不知所措的样子，她露出慈爱的笑容："星星啊，我是枫木行的妈妈，以前和你妈妈是最好的朋友哦！"说完，她的眼睛湿润了。

"阿姨好！"我眨了一下眼睛，甜甜地说。枫木阿姨好可爱，我好喜欢她！

"好有礼貌的星星！来来来，快进来！都是小行，之前一定要给我报个去北极的旅行团，害得我一直都不知道星星的消息，昨天回来后才知道，不然阿姨早就来找你了！"枫木阿姨拉着我一路走进了大门。

听到这个消息，我心里又是一阵咆哮。果然有些事情就是这么不凑巧啊，要是枫木阿姨一早就在，我现在怎么会成为滕川照的女朋友？呜呜呜……心累！

我乖巧地坐在沙发上。

枫木阿姨从茶几上拿起一个精致的小盒子："这是我特意送给你的哦！"她冲我眨眨眼。

我好奇地打开盒子，嘴巴张大了——红宝石当见面礼？这……这也太贵重了吧！

"不行！"我急忙推辞，"阿姨，这个太贵重了，我不能收这么贵重的东西。"

阿姨朝我的身边靠了靠，把红宝石项链拿起放到了我的眼前，眼睛又一次湿润了："星星，你知道吗？这项链其实一共有两条，一条在我这里，另一条在你妈妈那里。现在她不在了，我希望你可以代替我守护这条项链，好吗？"

我看着枫木阿姨的样子，不知道该怎么办。

"这条项链其实是有故事的。我和你妈妈一直是最好的朋友，可是后来我嫁到枫木家，她嫁到步家，你也知道两家的事情，虽然没有什么矛盾，但是因为枫木家的家规，注定我们俩以后是没有办法互相帮忙的，所以，我们就买了一模一样的项链，虽然两个人以后要过不同的生活，但友情还是不会变的！"

这……

我迟疑地接过项链，看着那晶莹剔透的红宝石，轻轻地用指尖触摸宝石上的纹路，心里不禁有些伤感，眼睛也湿润了。

妈妈……

"哎呀，星星，都怪我让你想起了伤心的事情！你别难过，以后我会保护好你的，你就把我当成你的妈妈，千万不要客气，有什么事情一定要和我说！"

接着，我被阿姨搂进了怀里，心里涌起一股巨大的暖流。

"阿姨……我……"一向伶牙俐齿的我竟然说不出话来。

阿姨摸摸我的头发，心疼地看着我："星星，你记住了，以后你的事情就是我的事情，我会像疼爱自己的孩子一样疼爱你的！"说完，她松开我，把早就摆放在桌子上的相册翻开。

"你一定还没有看过你妈妈的照片吧，阿姨可是珍藏了很多呢！你看，这就是你的妈妈，是不是长得很可爱？你们两个真的长得太像了！"阿姨一边翻着照片，一边跟我讲妈妈的事。

我看着照片上的妈妈，二十几岁的样子，穿着一条波西米亚风格的浅黄色长裙，大檐帽下，齐肩的头发微微卷曲，刘海儿被风吹到了一边。她笑得好甜，眼睛眯成了一条缝，嘴角弯弯的，还有一个小酒窝，脖子上戴着一条和我手上这条一模一样的红宝石项链。

我用指尖抚摸着照片上妈妈的脸，心里喃喃着：妈妈……妈妈……

我的妈妈真的好漂亮。

看完妈妈的照片，我正准备说几句话来感谢一下枫木阿姨，却因枫木阿姨接下来的话愣住了。

"对了，星星，听说你和滕川照正在谈恋爱，还听说是你先送的告白信？"

枫木阿姨的一句话把我从伤感的情绪里拉了出来，一时间觉得有些汗颜。

"阿姨，这些小道消息您都是从哪里听来的……"

"真是便宜滕川照那小子了！呜呜呜，我从来没想过你妈妈竟然会有一个女儿，要不是小行早就订婚了，我现在一定让小行追你！"枫木阿姨完全忽视了我的问题。

枫木行订婚了？我心里一惊。还好之前表白错了，早早切断了这条已经被堵住的路。不知道为什么，我心里似乎有点窃喜。

对了！说别的话题吧，还是别让阿姨说我跟滕川照了，不然不知道会说出些什么来。

"哇！这项链在发光！"眼看着话题立刻就要转到滕川照身上去，我立刻说道。

"发……发光？"枫木阿姨诧异地看向我手里的项链，"哪里在发光？"

"哈哈，大概是我看错了，应该是阳光晃的。"

说到宝石，另一颗宝石的事浮上心头，正好趁此机会打听一下！

我清了清嗓子："阿姨，听说'仁心'宝石和步家有关系？"

"是啊，原来星星你知道啊。那颗宝石原来是步家的，后来失窃辗转落到了小行爷爷的爷爷手上，因为他老人家跟你爷爷的爷爷从小就喜欢争东西，所以还立下家规说让枫木家每一任的继承人保管宝石。"

我认真地听着枫木阿姨讲述宝石的历史，希望能从中发现什么线索，却一阵失望，枫木阿姨说的都是我之前就听说过的。

正当我垂头丧气的时候，枫木阿姨却警惕地看了看四周，然后附在我的耳边小声说："星星，你知道吗，其实步家是有希望拿回宝石的，因为枫木家有一条隐藏的遗嘱！"

"啊？"我顿时来了精神，有希望拿回宝石？终于看到希望了！我兴奋地凑近枫木阿姨。

"因为小行爷爷的爷爷去世后，家人在整理他的日记时，发现里面有一条隐藏的遗嘱，上面写着，如果步家和枫木家的继承人结成了法律意义的婚姻关系，那么宝石就会放在聘礼里还给步家。不过这条家规一定要等到枫木家的继承人订婚的时候才能告诉继承人，所以小行到现在都不知道这件事！"说完，枫木阿姨做了一个噤声的动作，眼睛里满是兴奋。

原来和枫木行订婚就可以拿到宝石了！这个拿回宝石的条件很简单嘛！

可是对于现在的我来说，这个条件简直就等于不可能啊！我在心里重重地叹了一口气。先不说枫木行已经订婚了，现在的我可是滕川照的女朋友啊，与其走这条路，大概还不如我先去学几年功夫再来偷宝石来得快！

"枫木家的那位长辈也真是，还要立下这样一条规矩，好像谁为了一颗宝石就会和自己不喜欢的人结婚一样，怎么可能嘛！枫木爸爸还让我不要告诉小行，真是，憋了这么多年，我终于找到人说出来啦！"

枫木阿姨看着我的眼睛里满是兴奋和安慰，一滴冷汗却从我的额头滑落。为了一颗宝石就和不喜欢的人结婚，这不正是我现在做的事吗？虽然还没有到结婚这个程度，但是现在我接近滕川照，不就是为了宝石吗？唉，果然这种行为不是正常人会有的吧。

枫木阿姨继续拉着我眉飞色舞地说着，我也全神贯注地听着，丝毫没有注意到一墙之隔的餐厅内正在倒水的枫木行。

4.

和枫木阿姨聊天实在是太愉快了，因为整个过程根本不需要我说些什么。就这样，我知道了许许多多的事，包括滕川照小时候被绑架过，松原冽小时候被打扮成小女孩的样子出现在枫木行的生日宴会上，枫木行曾经因为弄坏了宫流月的一把琴被温柔的宫流月揍了一顿……

我听得津津有味，一想到帅得人神共愤的四个人也有这种黑暗历史就忍不住哈哈大笑。

就这样，一整个下午过去了，直到客厅里响起了五点整的挂钟报时声，我才想起，今天还没有得到任何关于宝石的有用线索。

"对了！阿姨，听您这么说，'仁心'宝石是在枫木行的手里吗？"当枫木阿姨说到"仁心"宝石曾经在季风岛几大家族内部做过一次展览的时候，我终于找到机会提出了一个有关宝石的问题。

"对呀，宝石就在小行手里。小行那种性格稳妥的人应该会好好珍藏吧！星星你想看吗？"枫木阿姨双眼放光。

枫木行的性格真的稳妥吗？我的嘴角抽了抽。但是听说可以看宝石，我开心得不得了。

不过我还是压下自己内心的兴奋，礼貌地问："这么珍贵，我真的可以看吗？"

"当然啦！星星你这么可爱，就算再怎么珍贵也会给你看啊！"枫木阿姨拍着胸脯保证道，立刻把在楼上的枫木行叫了下来。

于是，在枫木阿姨的吩咐下，枫木行带着我走进了他的房间。

不知道是不是我的错觉，总觉得今天的枫木行不像以前那样随性，反而看起来是有心事的样子。

枫木行的卧室以蓝色为主——蓝色的衣柜静静立在角落，蓝色的书桌上整整齐齐地放着两本书，蓝色的布艺窗帘随着微风轻拂，就连墙上的壁纸都是浅蓝色带波浪花纹的，像是在海洋世界里一样。

墙壁上挂的是他的书法作品，龙飞凤舞，我基本上看不懂。右手边，一个透明的大柜子立在那里，里面全都是大大小小金灿灿的奖牌和奖杯。

"我先找找看宝石放在哪里。"枫木行抛下一句话，便开始了地毯式搜寻。抽屉里、柜子里、阳台上的纸盒里，就连床底下，他都爬进去找了两圈。

我惊讶得下巴都要掉到地上了，枫木阿姨不是说他好好珍藏着宝石吗？

"那个……枫木行，你确定是放在这个屋子里吗？"我的嘴角有些抽搐。

可枫木行一脸淡然的样子："应该是，我记得上个月还在哪里看到过。"

应该是？上个月？

终于，十几分钟后，枫木行从书桌与墙之间的缝隙里掏出了一个实木小盒子，擦擦额头的汗，把盒子递到我的面前。

"这个就是了，不知道什么时候掉到了那里。"枫木行另一只手插进口袋，摆了个随意的姿势。

我赶紧接过小盒子，心情无比激动："这就是'仁心'宝石？传说中的……那

第三章

温柔男友 滕川照

Chapter03

颗宝石？"

枫木行倒是很淡然，好像这颗宝石和他一点关系都没有一样。

我小心翼翼地把盒子打开，一块晶莹剔透的紫色宝石映入我的眼帘。水滴形状的设计，细致规整的切割，只一眼，就感受到了无限的尊贵。

阳光下，宝石闪烁着暗紫色的光芒，好像一双充满魔力的眼睛透露出来的目光一样，充满魅力。

"哇！好漂亮啊！不愧是'仁心'宝石，就是不一样。"我轻轻用手碰了碰，凉凉的。虽然我告诫自己，看一眼就把宝石还给枫木行，不要引起怀疑，但我还是盯着宝石看了老半天舍不得放下。

呜呜呜，要是宝石是我的多好！

"步吉星。"枫木行突然叫我的名字，吓得我手一抖差点把宝石丢掉。

我抬头看向枫木行，却发现他好像和平时不太一样。

"怎么了？"我不由得开口询问。

"你们步家是想拿回宝石吧？"

枫木行的话让我的心"咯噔"一下，差点从胸腔里跳出来。

"啊？什么？"我勉强压住狂跳的心，冷静地询问。

"我爷爷的爷爷因为和你爷爷的爷爷赌气而收藏了步家的宝石不愿归还，还立下奇怪的家规，但是从我爷爷开始，就很想把宝石还给步家，却一直找不到好的理由，但是今天我想到了，只是不知道你会不会答应？"枫木行看着我的眼睛，一字一句说出这些话，仿佛做出了一个重大决定一般。

"什么理由？"我瞪大眼睛，似乎得到宝石的希望就在眼前。

"枫木家是中华学院最大的投资者之一，为了鼓励学生，每五年会举办一次'四艺挑战赛'，并从私人藏馆中选出一件收藏品来作为挑战赛的奖品。今年的挑战赛即将举办，如果你愿意，而且步家也想拿回宝石，我可以作主将'仁心'宝石当作今年的奖品。"说完，枫木行双臂环抱在胸前，定睛看着我，似乎在等我的回答。

"四艺挑战赛？那是什么？"我说出自己的疑惑。

"中华学院琴棋书画每一门学科都有一位顶尖的学生，目前，这四个人分别是宫流月、松原洌、我，还有滕川照，如果你能在这几门学科中打败我们之中的任何一人，你就是四艺挑战赛的冠军。"枫木行一边耐心地给我解释，一边把玩着宝石。

我思考着他的话，尽量让自己把目光从宝石上移开。

"可是这样步家不一定能拿到宝石啊。"我艰难地开口，要打败他们四个可不是一件容易的事。

"这是你们步家唯一能拿到宝石的方法，愿不愿意试就看你啦！"说完，枫木行大大咧咧地在椅子上坐了下来，抬头看着我，嘴角带着一丝若有若无的笑意。

"枫木行，你为什么突然提出这么一个条件？"我皱着眉问。枫木行为什么这么急着要把宝石送出去，他在想些什么？宝石在他手里并不会怎么样啊，应该着急的是我才对。

"唉！"枫木行叹了一口气，把椅子转过去背对着我，"我刚刚不小心听到了你和我妈妈的对话，才知道了隐藏遗嘱的事。我不想让宝石成为步家和枫木家的芥蒂，也不想让别人和我一样受到联姻的困扰，这样把东西物归原主也是一件好事。"

物归原主？可是这个挑战赛，以我的资质，怎么可能赢？宝石肯定会被别人赢走啊！

"那要是别人赢了怎么办？"我忍不住提出了这个问题。

枫木行顿了顿，似乎在思考，接着开口说道："如果我没有猜错，你在步家的继承人地位也不够稳固吧，步家之前似乎有个叫什么步辰星的继承人，如果你能拿到宝石，也可以大大稳固你的继承人地位，所以能不能拿到宝石就要看你自己的本事了。"

枫木行把宝石放在桌子上，手指有节奏地在桌子上敲着，让我的眼睛不自觉地看着他修长的手指。

大家都知道我的继承人位置不稳吗？其实，何止是不稳，我现在只是个顶着继承人头衔的灰姑娘罢了，如果没拿到宝石，灰姑娘就要去过自己原来悲惨的生活了。呜呜呜，想想都觉得伤心。

"所以我问你的决定。这件事有风险，却是把宝石还给步家的唯一机会。吉星你这么聪明，我相信你的天赋。"枫木行语调轻松地说，却给了我巨大的压力。

唯一机会……我仔细咀嚼着这几个字。没错，这是我拿回宝石最快捷的方法了，不用欺骗任何人，只要自己努力练习就行，虽然有风险，但是希望更大不是吗？

"喀喀。"我清了清嗓子，尽量让自己的声调平稳，"我同意！"

这是唯一能拿到宝石的方法，拿到宝石之后，我就可以去布吉岛过想象中的继承人生活，彻底摆脱滕川照这个烦人鬼了。

没错，就是这样！所以不管怎样，我一定要拿到宝石！

第四章

"仁心" 计划之
琴棋书画大挑战

1.

时间转瞬即逝，我的心灵却在短短的一个星期内遭受了无数次打击。

枫木行说他会给我一个星期的时间来练习，因为一个星期后，四艺挑战赛正式开始，他就会公布奖品。

一想到这里，我就拼命鼓励自己抓紧练习，可是看到一幅幅不堪入目的书法作品，我的自尊心受到了严重的打击。写成这个样子，怎么挑战字被放在博物馆的枫木行啊！

我一屁股坐在了地上，把脚边的宣纸扔到了一边。也许再给我十年的时间，我才能向枫木行挑战吧。

不行，我不能在一棵树上吊死，十年之后，宝石早就被别人拿走了！

书法不行，那就试试……围棋？

我从抽屉里找出围棋，"哗啦哗啦"一股脑地把棋子全部倒在了地上，但是下一秒我的脑袋"嗡"的一声变得一片空白，不知道应该做些什么好。

黑色棋子光滑的表面映出了紧蹙眉头的我的样子，忽然间，我想到了自己和松原冽下棋的惨状……屡战屡败的"英雄事迹"，回忆起来一点都不光彩。

我苦恼地把黑子放下，用手抓了抓头发。真的快要疯掉了，虽然我不愿意认输，但让我去和松原冽对局，光是想想我就胆怯。

唉……好累……还是吹吹风吧……

走到阳台，眼前一片郁郁葱葱，水池中几条红斑鲤鱼游得逍遥自在，忽然间，我好羡慕它们无拘无束的生活。

我把胳膊搭在护栏上，忽然间脑袋里灵光一现——如果我在庭院里练习古琴，让自己的心情和周围的景色融为一体，那是不是会有明显的进步呢？

而且古琴不就七根弦吗，我一共十根手指头，一根手指搞定一根琴弦，那还不是绰绰有余！

十分钟后，我坐在了庭院里。微风徐徐，花香四溢，两只花蝴蝶在我的眼前飞过。哇，好舒服！

阳光透过树叶的缝隙洒落在我的脸上，如果在这里摆一张藤木摇椅，再来上一杯缤纷的果汁，睡上一个懒觉，那该有多惬意……

想到这里，我闭上了眼睛，仿佛这样就可以进入梦乡。

"如果你能拿到宝石，也可以大大稳固你的继承人地位，所以能不能拿到宝石就要看你自己的本事了。"枫木行那张放大的俊脸浮现在我的脑海里，嘴巴一张一合。

不行！我不能虚度光阴！为了得到宝石，我要好好练习古琴！

我坐直了身体，重新打起了十二分的精神，把手指稳稳地放在了琴弦上，装模作样地看着面前的简谱，深吸一口气，想象着指尖轻弹，高低音聚在一起变成了美妙的旋律，余音绕梁，引来了翩翩蝴蝶……

可是，现实太残酷，当我拨动琴弦，脑海中只出现了四个字——魔音灌耳！就连隔壁家的小狗都"汪汪汪"地叫个不停。

不对不对！一定是哪里不对！

我站起身，做了几个深呼吸又重新坐下，像模像样地把双手重新放在琴弦上，回忆着老师上课时教的指法。

可是，手指一动，只听"当当当"三声，像是公鸡嗓子嘶哑了打鸣一般不堪入耳的声音传出，连我自己都下意识地捂住了耳朵。

呜呜呜，怎么会这么难听！我对自己产生了深深的怀疑。

不行，绝对不能放弃，不是说，只要功夫深，铁杵磨成针吗？我要坚持！

我把简谱放到一边，一咬牙，把手指再一次放到了琴弦上，猛地一弹，只听

"咚"的一声，琴弦断了，几滴血从我的指尖落到了琴弦上。

啊——好痛！我猛地缩回手，眉头皱到了一起。

"吉星，你怎么流血了！"匆忙的脚步声传来，急切的声音出现在我耳边。

我本就皱着的眉皱得更紧了。

滕川照？他怎么来了？

我抬头看去，他眉头紧锁，几缕垂下来的头发搭在额前，眼睛一眨不眨地盯着我的手指，一脸的紧张与严肃，和平时轻松随意的他截然不同。

"没……没事，一会儿就好了。"我故作镇定地摆摆手，明明是我受了伤，却是我安慰他。

"不行，不行！我抱你回去包扎！"滕川照一把抓住我乱动的手，表情严肃地说道。

抱？拜托，我伤的是手，不是脚！

我想挣脱滕川照的手，可是滕川照根本就不给我反抗的机会，他霸道地一把抱起我，匆匆地朝屋内走去。

"喂！放我下来！"我无奈地用手环住他的脖子，心"扑通扑通"止不住地狂跳。这是他第二次抱我了。为什么每次我受伤的时候都是他出现在我身边？啊啊啊，这样温柔的滕川照，我一点都不习惯，心里充满负罪感。

"不要动，马上就到了。"他的声音很沉稳。

我偷偷看向他的侧脸，一滴汗珠顺着他的脸颊流下……

"小姐！小姐，你怎么了？"我被放到了沙发上，用人们看到这阵势吓了一跳，急忙围过来。

"小姐，你要坚持住！我立刻叫救护车！"

"只是划伤而已，救护车就不用了，给我一个创可贴就可以了。"我急忙对已经拿起电话听筒的用人说道，然后瞪了滕川照一眼——都怪他小题大做。

"不！把医药箱拿来！还有一次性手套！"滕川照看到我阻止了用人，似乎十分不满，皱着眉吩咐道。

用人似乎也被他这样的气势吓到了，立刻小跑着去拿医药箱，还差点撞倒了沙发旁的花瓶。

不一会儿，三层的医药箱在桌上摊开，露出里面的瓶瓶罐罐和大大小小的盒子。

只见滕川照戴上一次性手套，拿起棉签，蘸了一点不知道是什么的黄色液体，小心翼翼地将它涂在了我的伤口上，那表情，好像在对待一件稀世珍宝一样。

药水引起的刺痛让我皱起了眉，下意识地缩回了手。

"这是杀菌的药水，伤口里一定有细菌，不消毒会感染的，而且落下疤痕就不好看了。"滕川照拉过我的手固定住。

他的手心十分温暖，我的心里一阵悸动。

可是，我看了看自己手指上三厘米不到的小伤口，感染、疤痕……滕川照是不是幻想症患者啊？

不过注意到他认真的神色，还有因为着急额头渗出的点点汗珠，我还是乖乖地任由他来来回回用棉签帮我消毒了十几次。

本以为消完毒贴上创可贴就大功告成了，没想到他却拿起纱布，一本正经地帮我缠了起来。

"是不是很痛？忍一下就好了，我会尽量轻一点的。"滕川照的语气里带着歉意和心疼。

我被他的语气惊呆了，一股暖流从心底淌过，这种被捧在手心呵护的感觉，好久好久没有感受到了……

以前寄人篱下的时候，我为了讨别人喜欢，每天主动承担很多很多家务。我像是一个灰姑娘，不能穿漂亮的衣服，因为做家务的时候会弄脏，当然我也知道，我不会拥有漂亮的裙子。

有一次搬花瓶的时候，我一不小心把花瓶摔碎了，碎片割伤了我的手，鲜血不

住地流。可是亲戚们的态度像冰一样冷漠，他们不但不担心我，反而责怪我笨手笨脚的，还私下里说我的名字不吉利，什么都做不好，克死了我的养父母……

想到这里，眼泪打湿了我的眼眶，豆大的泪滴不受控制地流了下来，像断了线的珠子，怎么都停不下来。

这么多年，我一直故作坚强不在别人面前掉一滴泪，可是不知道为什么，滕川照对我的呵护，让我冰封的心融化了。

"对不起……我……"我想说，我没事，只是有点感动而已，话还没说完，就被滕川照一把抱在了怀里。

"乖，不哭，是不是很痛啊？"他轻轻拍了拍我的背，然后俯下身在我的手指上吹了吹。

"已经不痛了……谢谢。"我忍住哽咽，抽回了手。

滕川照收拾好医药箱，坐到我的旁边，突然疑惑地问我："对了，你怎么突然开始弹古琴了？"

"呃，那个……"我能解释是因为四艺挑战赛吗？这个消息现在应该还没有公布吧。

"其实是我上次听到宫流月弹琴觉得太好听了，所以自己也想学习一下。"我摆出好学的样子。

"原来是这样。"滕川照一副被我的好学感动到了的表情，"那你好好练习，说不定可以打败月，拿到枫木家的宝石哦！"

我诧异地抬起头："什么？"滕川照也知道这件事了吗？

"中华学院一年一度的四艺挑战赛公告已经发出来了，这回枫木家拿出的奖品是之前代表步家继承权的'仁心'宝石。吉星，你也可以加油试试哦！"滕川照嘴角扬起，温柔地看着我，眼神中有鼓励的意味。

什么！难道就这样过了一个星期吗？我回忆着上次去枫木家的时间，果然，时间就这样不知不觉过去了，可我的成品就是地上那一堆废纸一般的书法作品、四处散落的棋子和现在受伤了的手指而已！

呜呜呜，那可是代表继承权的宝石，难道我真的这么没天赋，只能眼睁睁看着宝石落到别人手里？

不行，我要静下心来好好想办法才行！既然现在枫木家已经发出了公告，我就要加快努力的步伐，从现在开始闭门练习！

于是我站起身来不顾滕川照诧异的眼神，把他推出了家门。

"你说得对，我要加油试试，我现在要开始练习了！"我严肃地说出这样一句话，转身关上门，留给滕川照一个背影。

2.

今天的天空特别蓝，像一块清透的蓝水晶，一朵朵像棉花糖一般的白云点缀其中，把天空装饰得像是一幅画。几只小鸟叽叽喳喳地飞过，停在了不远处的藤椅上。

学校的后花园里，娇艳欲滴的玫瑰开得正盛，刚刚洒过水，水滴在阳光的照耀下散发出五颜六色的光芒。

面对如此美丽的画面，我却一直提不起精神。

"这么重要的'仁心'宝石，如果我可以拿到就好了！"

"就是啊！如果我拿到了宝石，是不是就代表着我比他们都厉害？好，我一定要挑战试试看！"

"这可是这么多年来四艺挑战赛最好的奖品，这么好的机会，我也一定要好好把握！我就不信，我成绩这么好，难道连他们其中一个都打败不了吗？"

……

耳边滔滔不绝的议论声让我想要找两团棉花塞住耳朵。

唉……自从枫木行贴出公告，整个校园就没有安静过，走到哪里都能听到"仁

心宝石"四个字，到处都是哪个同学要向谁挑战的消息。再这样下去，我真的要疯了，这对我来说完全就是折磨啊！

如果宝石落到了别人手里，我这么久的良苦用心不就白费了吗？

"唉……"我仰天长叹，这样下去真的不是办法，不但拿不到宝石，我还会因为整天担心宝石被别人赢走而得抑郁症的！

可是琴棋书画怎么可能一下子就练好，虽然我已经在家闭门练习了好几天，可是写出来和画出来的东西似乎比之前还要差，大概连中华学院最差的学生也比不上。

"吉星！"

正当我无比烦恼的时候，滕川照的声音传来。

我转过头，滕川照的俊脸出现在我的视线里，风吹过他额前的碎发，露出带着笑意的眼睛。

"难道今天中午没有人向你挑战？刚刚我还听好几个人说要找时间向你挑战呢。"我酸溜溜地说道。最近滕川照因为接受挑战，来找我的时间也大大减少了。

哼！我才不是因为这样才不高兴，是因为有人向他挑战有机会拿走宝石，我才会这样！

"我刚接受完一个人的挑战，你猜是谁？"滕川照丝毫没有感受到我的生气，在我身边坐了下来。

"我怎么可能会知道。"我低头看向自己的脚尖，嘟起嘴。我才不关心谁向你挑战了，我只关心宝石还在不在。

"是和你住在一起的步晴一哦！"滕川照突然把手搭了我的肩上，吓了我一跳，可是我现在没心情管这个了。

晴一？

我瞬间瞪大了眼睛，她完全没有和我商量过啊，怎么会擅自找滕川照挑战呢？不过要是晴一挑战成功了，那宝石……

"那……那她挑战成功了？"我心里默念着"让晴一拿到宝石"，小心翼翼地问出口。

"怎么可能！"滕川照挑眉道，"她的画虽然很灵动，但是构图太复杂，下笔也很稚嫩，总的来说，完全不是我的对手。"

"哦，你太厉害了。"看着滕川照眉飞色舞的样子，我一阵失望，漫不经心地附和道，心里却想着，要是晴一赢了多好啊！

"不要难过了，不就是差几颗棋子就赢了吗？不要灰心，又不是说只能挑战一次！还有机会！"几个男生经过，说的话真是想不听见都不行。

"加油！我相信你一定行！"另一个人拍了拍中间男生的肩膀，"你一定能够得到宝石的！"

这句话像匕首一样刺在我的心上，让我的心好痛。学校高手这么多，难保有人运气好可以赢得宝石。而且再这样发展下去，等我有能力向他们挑战，全校同学都能拿到宝石了！

"喂！你又发什么呆？"滕川照伸出五指在我的眼前晃了晃。

我一把抓住了他的手，忽然间，灵光一现，滕川照不是喜欢我吗，以他和我现在的关系，如果我撒娇求他帮忙……

嗯，虽然撒娇不是我的强项，但现在这是唯一的好办法了！

我把耳边的碎发拢到了耳后，故作腼腆地笑了笑："那个……我刚刚听那几个男生说，其中一个差点赢了松原冽呢，真的好厉害。"

滕川照的表情却出奇淡然："嗯，你放心啦，冽的棋艺可是很厉害的，他家是围棋世家，我想学校里应该还没有人可以赢他吧。吉星，你是在担心冽吗？"

"嗯？"我看向滕川照的眼睛，他该不会是在吃醋吧？

"那个，没有啦，我不是在担心他啦，我只是想看看谁能拿到'仁心'宝石啊，毕竟那颗宝石曾经代表我们步家的继承权呢！"

"原来是这样。"滕川照紧绷的神情一下子放松下来。

"而且，我也想挑战一下你们四个人呢，要是能够拿到宝石就更好啦！"我故作俏皮地说道，朝滕川照眨眨眼睛，希望他能明白我的意思。

"那你好好加油！只要努力，没有什么事情是办不了的！"滕川照听了我的话，竟然拍了拍我的肩膀，鼓励我。

是我暗示得不够吗？

我撇撇嘴，对滕川照的话嗤之以鼻。只要努力，说得轻巧，要是给我十年二十年的时间研究围棋或是国画，我可能会有赢的把握，可到了那时候，宝石早就不知道落到了谁手里，哪有那么多时间等着我去努力啊！况且这个挑战对于刚刚来到这里的我来说，根本就是不公平的！

不行！步吉星，沉住气！要温柔，要使出你的美人计！

"那个……滕川照。"我眨眨眼睛，"你说，我现在是你的女朋友吗？"

"当然是呀，吉星，能遇见你真好！"

眼看着滕川照又要温柔泛滥，我在心里翻了一个白眼，拜托，这些根本就不是我表达的重点。

"可是……可是作为你的女朋友，我压力好大啊。"我委婉地转移了话题，眉头微微蹙起。

只见滕川照瞬间皱紧眉毛，拳头都跟着攥紧了。

"怎么回事？谁给你压力了？告诉我，我现在就去找他问清楚！吉星，以后有谁欺负你，第一时间告诉我！"

啊！我要疯了，这个滕川照，怎么总是看不懂别人的情绪啊！我阻止了他挽起衣袖想要拉我走的举动，深吸了一口气，说："你误会了，我的意思是说，所有同学都在准备挑战，可是你知道我根本就不会下围棋，弹古琴还划伤了手指，书法更是不行了，写出来的字像是鬼画符一样，能比的也就只剩下国画了，可是你又那么厉害……"

我抿了抿嘴唇，没有再说下去，用渴望的眼神看着滕川照。

我都已经表现得这么明显了，他应该知道了吧！

"原来是这样。吉星，你刚接触这些，要放平心态慢慢来，一定都能学会的，不要着急。"滕川照一副了然的表情，还拍了拍我的背示意我冷静下来。

什么不要着急。我不禁在心里翻了无数个白眼。

看着滕川照说教的样子，我一狠心，决定再直白一点："可是……可是人家想要赢得比赛，为自己争光！"

"吉星。"他握住了我的手，"不要在乎那些，我只希望你快乐，我可以保护好你，这样就够了。"

"可是我在乎啊！我想让别人知道，其实我步吉星也是很厉害的！"说完，我的心跳莫名地加快了。

本来我不想这么明显地说出来，可是不说出来滕川照又根本不明白我的意思，便直入主题："滕川照，不如这样，我找你挑战，你故意放水，让我赢好不好？"

我故作轻松地歪着头眨了眨眼睛，滕川照，你一定要答应我！一定！

"不行，那是说谎，我不会说谎的，赢了就是赢了，输了就是输了，怎么能故意让你赢呢，这样对其他同学也是不公平的。"滕川照听到我的话，皱紧了眉头，还把背挺直了。

为什么要这么认真呢？比赛而已，谁赢不是赢，难道就不能让我赢让我开心吗？

"可是我和他们不一样啊！你说希望我快乐的啊！"刚刚不是说只希望我快乐吗，这个要求都不能答应我吗？我的眼睛都湿润了。

滕川照却变得更加严肃，冲我摇摇头，一本正经地说："相信我，这样赢得比赛，你的内心绝对不会快乐的。"

滕川照，你会不会想太多了！不行，这样下去，他一定不会答应我的。撒娇！我要狠狠地撒娇！

"滕川照……"我拉住他的两只手左右晃了晃，"我知道你对我最好了，就帮我这一次吧。"我摆出招牌微笑，希望滕川照让步。

可是滕川照似乎完全不为我的话所动，还是一副坚持的样子："不行！我有我的原则，而且我是为了你好，如果想赢我，你一定要好好学习国画，再向我挑战。"

啊！真是个固执的人！我都这么低声下气了，这个滕川照怎么一点同情心都没有！

"滕川照，真的不可以帮我这一次吗？"我抱着最后的希望开口。

"我会找时间好好教你的，放心好了，只要虚心学习，一定会有进步的。"滕川照说，不是拒绝，却比拒绝更让人生气。

"那好吧，我回去虚心学习了！"说完这句话，我直接回了家。

哼，我才不要跟滕川照这样的白痴待在一起，什么女朋友，见鬼去吧！

骂了滕川照一路，直到坐在家里的沙发上，我还是气得不行。男生都这样吗，嘴上说得好听，其实什么都不会去做！哼！滕川照，我之前一直被你的外表骗了！

"吉星，我回来啦！"

晴一甜美的声音出现在我身边，打断了我的思绪。

我看向她，突然想起滕川照说的晴一找他挑战的事，可是晴一为什么没跟我说呢？

"晴一，我听说今天中午你去找滕川照挑战了？"我好奇地问。

"嗯？是啊。"她愣了一下，然后微笑着吐了吐舌头，"其实我早就知道自己不可能赢的，就当学习了。而且我准备找机会向宫流月挑战一下古琴呢，要是我赢了还可以顺便帮吉星你拿到宝石啊！"

原来晴一是把挑战当成学习啊，我还差点误会她呢！

"可是宫流月的古琴也很厉害，到目前为止还没有人打败他赢得挑战呢，不知道怎么样才能打败他！"我肩膀一垮，无力地抱怨。

唉，没想到这个四艺挑战赛这么难，但这是我唯一能拿到宝石的方法了。呜呜呜，真不知道如果被别人拿走了，我该怎么办。

"我知道啊，不过宫流月脾气那么好，性格那么温和，能和他同台挑战的机会很少，所以我想试试。"晴一将耳边的碎发别到耳后。

不知道为什么，她看起来有些不自在的样子。

不过我也没多想，因为晴一的一句话把我点醒了。

我怎么没有想到，那么温柔的宫流月看起来应该是很好说话的人，而且前几天他看起来有烦恼的样子，如果我帮他解决烦恼，然后适时提出让我赢得比赛的条件，他应该会同意吧！

"喂！吉星！你跑去哪里？"晴一的声音从身后传来，因为我什么话也没说就飞奔出门了。

"我去找宫流月请教一下琴艺，一会儿就回来！"我已经迫不及待要见到宫流月了。

哼，滕川照，你不帮我，我自己也能解决宝石的事！

3.

我坐上轿车，不到十分钟，车子就停在了一幢庄严的三层别墅前。

我还以为宫流月那么热爱古琴，家里会装修得古色古香，没想到竟然如此现代化，就连草坪上喷水的工具，都是会自己到处移动的洒水器。

"您好，欢迎来到宫流家。"

突兀的声音吓了我一跳，半天才反应过来这是安装在门口的机器发出的。

一个胖胖的用人朝我走来："步小姐，请进。"

来到客厅，用人让我在沙发上坐了下来："不好意思，步小姐，请您稍等一下，宫少爷正和宫先生在房间里交谈。您是想喝咖啡还是果汁？"

"果汁，谢谢。"我抿唇微笑，让自己看起来端庄一点。

不一会儿的工夫，一杯紫色的果汁被端到了我的面前，里面放着冰块，杯沿还装饰着一片柠檬。

我端起果汁，正想细细品尝，楼上忽然传来争吵声，让我一个不稳差点把果汁洒到了地上。

"为什么一定要让我这么早就继承家业？"

咦？这不是宫流月的声音吗？

"因为我是你爸爸！我说让你怎么做你就要怎么做！"一个浑厚的声音传来，透着不容抗拒的威严。

这是怎么回事？我放下果汁，竖起了耳朵。

"那你也不能因为你自己的想法来破坏我的梦想啊。"宫流月的声音透出一丝无奈。

"是你弹古琴的梦想重要，还是家族的未来重要？我不会再给你这么多时间了！"

玻璃碎裂的声音传来，吓了我一跳。

楼上的门突然被打开，一个中年男人怒气冲冲地走了出来，快步走下了楼梯，暗沉的脸色让我有点害怕。

我尴尬地站起来："伯……伯父好。"

"你是谁？"他冷言冷语，完全没有把我当成客人看，大概已经猜到我刚刚听到了他们的争吵，所以没有好脸色。

"伯父您好，我是步吉星，来找宫流月的。"我保持着微笑，尽管心里有些惧怕他的眼神。

"步家才找回来的继承人？"他上下打量了我几眼，什么也没说，冷着脸快步离开了大厅。

我嘟起嘴，哪有这么招待客人的，他虽然是我的长辈，我应该尊敬他，但是他也不能这么对待我啊！

"步吉星？"宫流月的声音从高处传来。

我转过头，看到宫流月站在楼上，正一脸惊讶地看着我，表情有点难堪。

我尴尬一笑，自己来得太不是时候了，应该没有人想让人听到自己跟爸爸吵架吧。

"宫流月，我改天再来找你吧，我先走了。"

"没关系，有事找我就上来吧。"宫流月露出温柔的笑容，但是笑容里总让人觉得有种说不出的苦涩。

我顿了顿，看看他再看看门外，缓缓上了楼梯，进了他的房间。

一进门，还真是把我吓了一跳，因为左手边的这一面墙上竟然悬挂着各式各样的古琴。

我凑近一看，每架古琴的颜色和材质都不一样，最稀奇的是，其中竟然还有两架五弦古琴。墙上的琴散发出幽幽古意，和宫家外部看起来的现代化装修大不一样。不远处的茶几旁，一个精美的青瓷花瓶倒在那里，碎片散落一地。

"坐这里吧。"宫流月指了指沙发，给我倒了一杯绿茶。

"对……对不起，我本来是想要向你请教琴艺的，不好意思，没想到来的不是时候，我……"

"没关系，你不要在意，反正这也不是秘密。"

我似懂非懂地看着他，轻抿了一口茶。可能是刚刚喝了果汁的缘故，现在觉得绿茶好苦，我忍不住皱了下眉头。

"喝不习惯吗？我叫人帮你拿果汁。"

没想到细微的动作都被他发现了，因为宫流月的细心，我的心情也随之轻松了一些。

"不用了，只是有点烫，一会儿就好了。那个，你刚刚说的'反正这也不是秘密'是什么意思啊？你是有什么烦恼吗？"我摆出一副非常担忧的样子，希望宫流月能赶快把他的烦恼说出来。

"你都听到了吧，我的梦想其实是成为一名古琴演奏家，但是现在要开始继承家业了。"他的脸上露出和温柔外表不相符的苦笑。

过不了自己想要过的生活，即使再锦衣玉食，也不会快乐吧。看着宫流月黯然的眼神，我感到一丝难过。

我和他不一样，我没有想当古琴演奏家的梦想，所以我不懂成为不了古琴演奏家会是一种什么样的心情。但是想一想，假如现在有人不让我拿到宝石，不让我和家人相认，但我还得继续生活下去，那种感觉一定会很痛苦。

"宫流月，你不要灰心，不管什么事情都会有办法解决的，只要不懈努力，梦想都会实现。"我放下茶杯，露出了鼓励的微笑。

"如果真的是那样，我愿意用任何东西去交换。"

任何东西？

我竖起了耳朵。

只要能够帮助宫流月实现他的梦想，那让他帮助我赢得挑战一定是很容易的事情吧！

"宫流月，有梦想的人都是伟大的，他们会为梦想而努力，直到实现它，你也一定可以的！"我坚定地看着宫流月，露出一个标准的步吉星微笑。

虽然我是带着目的来找宫流月的，但是如果能够真的帮助他那就更好了。步吉星微笑服务，虽然是以赚钱为目的，但是能够帮到别人也是我每天坚持下去的动力之一。

我一定要想一个好办法帮助他才行！

我手托下巴，摆出了一副沉思状……

"我有一个办法！"半晌，我认真地看着宫流月说。

"什么？"宫流月看着我，眼神中流露出一丝惊讶。

我刻意压低了声音，凑到宫流月的耳边说："不如你离开季风岛，这样就没有人能阻止你实现自己的梦想了！"

"离家出走？"他立刻摇摇头，却没有从口头上否定我的提议。

"你一直待在这里，就永远都没有办法实现自己的梦想了啊！"我握着拳头，看着他的眼睛，这是我能想到的最好的办法了。

"宫流月，为了梦想冒点险有什么不可以的？再说，你的古琴弹得那么好，放弃了多可惜，会有遗憾的！"

说完这句话，我都被自己吓到了。刚刚那一瞬间，我的脑袋里竟然完全没有想宝石的事，而是只想着怎么样能帮宫流月解决这个难题。

宫流月垂下了眼帘，眼神变得十分复杂，不知道在想些什么，过了几秒钟，他才缓缓开口："如果不能实现梦想，真的会留下遗憾吗？"

"当然啦！放弃梦想是一辈子的遗憾！"我看着他的眼睛，用无比肯定的语气说道。

他没有再说话，从他的眼神中，我看出他在犹豫。

"宫流月！你疯了！你竟然要为了你的梦想离开这里，你究竟是怎么想的！"

只听"砰"的一声，门被猛地推开，突如其来的声音吓了我一跳。

松原冽！

他怎么会在这里？

我皱起眉头，想到自己之前对他的怀疑，难道他真的在监视我？

我猛地站起身，差点碰洒了桌上茶杯中的茶。

"步吉星，你真自私！"松原冽怒气冲冲地盯着我的眼睛，冷酷地说。

自私？他在胡说八道些什么！他偷听我们说话，打断我们说话，现在还莫名其妙地批评我，真是太可恶了！

"我哪里自私了！"我不服气地开口，真讨厌他这副教训人的样子！

"你让宫流月离开季风岛去实现他的梦想，这就是自私！你的父母不在了，亲

戚巴不得你搬走，所以你才离开的。但是宫流月不一样，他有他的家人，有需要他继承的家业，你这么做太自私了！"

松原冽的话让我全身的血液直冲到了头顶。

太过分了！他为什么要这么大声地评论我的过去，太不尊重人了！我双手攥成拳头，怒视着他。

"自私的人是你才对！宫流月想要实现梦想，你为什么要拦着他？"

只见松原冽双臂交叉放在胸前，轻蔑地一笑："呵呵！你别异想天开了！耍那些小聪明，让他和他的家人反目成仇，你这是为他好吗？"

说完，他还"哼"了一声，好像看透了我是个坏人一样，那种表情真的好欠揍！

明明是好心，却被说成了这样，真的好委屈啊！我咬着牙，用仅存的最后一点理智与他争辩："你……你真的太过分了！"

松原冽挑眉，走近一步："步吉星，你就是个笨蛋！你不会通过打官司的方式向亲戚们拿回保险金保障自己的生活吗？一味地哭穷，听说还在学校里变相赚钱，真是蠢到家了！"

这句话彻底把我激怒了。松原冽，你真的太过分了！你不知道我的过去，为什么要这样指责我！

我咬牙切齿，把心中所有委屈化成了一声怒吼："松原冽！你以为我像你一样冷血吗？虽然我的亲戚和我没有血缘关系，但也是名义上的亲人！即使他们不承认我，即使他们对我不好，我也不会想要去伤害他们！我和你不一样！还有，我也不想做一个被抛弃的人！我不想这样！我也想有一个完整的家！"

说完，我怒气冲冲地跑出了宫流月的家。

心里难过不已。没有人理解我，难道我付出这么多，在大家的心里只是一个自私的人吗？在松原冽的眼里，我只是一味地怂恿宫流月离家出走，一味地想要当上继承人吗？

我只是很想有一个亲人在我的身边，很想有一个属于我的名正言顺的家，只有找到了"仁心"宝石，他们才会承认我是步吉岛的继承人，我才能回到我的家。爷爷是我的亲人，布吉岛是我的家，真正的家！

难道我有错吗？

这些事情，没有人知道，只是深深埋在我的心底。虽然我故作坚强，但是我也有需要家人温暖的时候。

我好渴望有一个家……

我一口气跑到了学院的后山，坐在沙土上仰望着天空。

红色的夕阳映红了我的脸，我止不住地哭泣。为什么没有人能理解我，其实我也只是个爱哭鼻子的小女生。

眼泪止不住地流，好像决堤的洪水再也堵不上了一样，好像好久没有这么放肆哭过了。

呜呜呜……好难过！真的好难过！

我掏出一直放在口袋里的照片，把它拿在手里。照片已经有些泛黄，边角也有些磨损。

照片上，我站在中间，头上戴着生日礼帽，手捧一个草莓蛋糕，笑得像花朵一样甜，我的养父母站在我的身边，一脸的慈祥。

照片的背面写着一句话："星星，好好学习，考上大学。"

十岁生日的那天，养父抚摸着我的头，写下了这句话。也正是那一天，留下了唯一一张照片。

我用手抚摸着照片上养父母的脸，还记得他们牵着我的手，走在小巷里；还记得他们省下钱，给我买了我一直想要的新书包；还记得有一次忽然下起了大雨，他们为了不让我淋湿，把外套披在了我的身上……

一幕幕往事在我的脑海里像是回放电影片段一样清晰，我泣不成声，爸爸妈妈，我好想你们！

如果可以，我真的不想看到你们离开，哪怕生活再艰苦我都愿意，因为被人抛弃的滋味，真的太难过了。

爸爸妈妈，你们知道吗，住在亲戚家的时候，他们总是说我不吉利，说我克死了你们，我真的很难过。我怎么会想要克死你们呢？我真的好爱你们！好想你们……

我抹掉眼泪，却止不住地呜咽。

爸爸妈妈，其实最近发生了好多事，好想告诉你们，我还有一个爷爷，或许我还有很多很多亲人，或许我还有一个家。为了我的幸福，我一定要拿到继承权，爸爸妈妈也一定想要看到有亲人照顾我的那一天吧……

每个人都以为我是为了钱，其实对我来说最重要的还是我想要有一个家，一个有亲人的家……

突然，身后簌簌作响，一个人影出现在了我的视线里，我急忙抹掉了眼泪。

滕川照？

"步吉星！终于找到你了。"面前的滕川照看起来有点狼狈，原本帅气温柔的脸也显得有些严肃，嘴唇紧紧地抿着，头发被汗水打湿，眼神里满是担忧。

我有些诧异，还有些无措。

"你……你怎么知道我在这里？"我低下头，害怕他看到我哭红的眼睛。

"月打电话告诉我说你从他家哭着跑了，我打不通你的手机，不知道你去了哪里，便直接去了你家，可是步晴一说你去了月家一直没有回来。后来我找到了学校，又找到了广场，最后才找到了这里。"滕川照在我旁边的土堆上坐了下来，喘着气说，好像很累的样子。

我愣住了。

"你去了我家，去了学校，去了广场，只是为了找到我吗？"我不敢相信地看着滕川照的眼睛，想从中看出点什么来，可是看到的只有满满的温柔和担忧。

"是啊！"滕川照看着我，用手拭去我眼角的泪珠，"到处都找不到你，害得我好担心啊。"

他带着温度的手指擦过我的脸颊，动作轻柔，仿佛有什么东西在轻轻触动着我的心。

"我……"我哽咽住了。原来也会有人担心我吗？眼睛里不知道为什么又蓄满了泪水。不行，不能哭，我不可以当着别人的面哭。

"步吉星，下次要记住，无论发生了什么事情，一定不能这样跑掉！"滕川照突然把手放在了我的肩膀上，用一种从未有过的郑重语气说出了这句话。

我不知该怎么回答，只能呆呆地点了点头。

滕川照，你是在关心我吗？我这样一个人，真的会让你在意吗？为什么……为什么要对我这么好……

"步吉星，以后不管发生什么都要记住，你还有我，第一时间找我，好吗？"滕川照脸上浮现出严肃的神色，眼神是我从未见过的认真。

我猛地一把抱住了滕川照，哽咽出声："呜呜呜……滕川照……你好讨厌啊……为什么要让我这样感动……"

"傻瓜。"他拍了拍我的背，在我的耳边呢喃道，温热的气息喷在我的耳朵上，声音充满磁性，"我并没有要感动你哦，我真的真的很担心你。"

真的吗……你说的都是真的吗……我紧紧咬住嘴唇，强迫自己不要哭出声音。

"为……为什么你要对我这么好？"

只听他轻笑一声，声音像是春风般温柔："因为……因为我喜欢你啊……"

喜欢我……

滕川照说喜欢我……

听到这句话，我的心情变得无比复杂。第二次了，这是第二次了，从不在别人面前哭哭啼啼的我，竟然在滕川照面前哭了两次，难道我已经接纳了他对我的好，

把他当成亲人一样的存在了吗？

为什么在他的面前做任何事情我都不觉得丢脸？难道我真的已经依赖上他了吗？

他真的可以像他说的那样，在我难过的时候，找到他，就可以得到温暖的拥抱吗？

呜呜呜，不想再想了，我现在只希望有一个宽厚的肩膀靠一靠。于是我放下所有想法，把头靠在了滕川照的肩上。

时间，如果就这样静止多好……

第五章

原来温柔
都是假象

Chapter / 05

1.

一夜好眠，醒来的时候窗外的金丝雀叫声清脆悦耳，喷泉的水声也随着轻快的音乐声起伏，我伸了一个懒腰望向床头的镜子——

啊！我的眼睛！昨天哭得太惨居然肿起来了，一晚上都没消下去，好难看。

唉，昨天我是失心疯了吗，居然那么失态。我可是天不怕地不怕的步吉星，怎么会因为那么点小事就哭成那个样子？都是滕川照的错，那么温柔干吗，让人不想哭都不行……

可是，我又不自觉地想起滕川照温柔的脸，恍若天使的他向我伸出手，丰润的嘴唇微张，声音宛若天籁："因为……因为我喜欢你啊……"

停停停！我捂着烫得快冒烟的脸往床上一倒。不行，我还是出门去散散心吧。

不过，看着镜子里自己肿得夸张的双眼，这个样子出门会不会有人以为我被揍了啊，还是先叫人送热鸡蛋来敷一敷吧。

正准备叫人，却听见了一个熟悉的声音，我立刻捂住了肿得老高的眼睛。

"吉星，你这是怎么啦？"路过的晴一站在门口瞪大眼睛看着我，眼睛里满是疑惑。

"晴一……我……我没事，我就是晚上开着窗户，被飞进来的虫子叮了几下，没什么啦，哈哈……"

我干笑几声，脸都快要僵硬了。这个借口也太勉强了吧，有什么虫子是能叮得那么对称的啊。

还好晴一没有提出疑问，催促着我："快来吃早饭吧，好像滕川照派人送来了什么东西给你呢。"

滕川照送东西来了？难道是看我昨天那么狼狈送来安慰我的吗？

晴一关上门下了楼，我从衣柜里挑了条淡蓝色的短裙穿上，看着镜子里可爱清新的少女，满意地转了几圈，对着镜子鼓励自己："步吉星，没关系，不就是丢脸吗，又不是什么大事，你才不怕呢！"说完利落地转身出门。

我下楼来到了餐厅，晴一已经坐在了餐桌旁，随着早餐一起送上来的还有一封请柬。

请柬是暗金色的，上面别着一枚精致的红色请柬扣，灯光下，封面烫金描银的牡丹花华丽典雅，簇拥着滕川家繁复贵气的家徽。唉，有钱人就是喜欢弄这些华而不实的形式主义。

我狠狠地在心里鄙视了一番滕川照，才拿起桌上的请柬。

打开来看，金光闪烁的纸上有一行漂亮的毛笔字——

晚上六点，FLA餐厅，不见不散。

署名是滕川照。

"这……"沉甸甸的请柬上写着工整的毛笔小楷，里面还夹着几片红色的花瓣，清雅的香气萦绕在鼻尖。

这是他亲手写的？

"哇，这可是季风岛上最豪华也最好吃的法国餐厅。"餐桌对面的晴一看到请柬，一脸羡慕地说。

"最豪华最好吃？"我迅速捕捉到了重点。

晴一翻开了手边的一本杂志递了过来。

我好奇地接过杂志。

"不求最贵只求更贵，但是贵得物有所值。"超大的标题一下子吸引了我的目光。

哇，听起来很厉害啊！

标题下面是大幅的宣传广告——我们只做最好的，你无法想象的美味的极致！

所以也是价格的极致吗？

往后翻，各种美食的大图配上华丽的介绍文字一下子便吸引了我。

"这道埃尔姆鱼子酱，金黄的色泽和诱人的光彩……看起来好好吃的样子……"我咽了口口水。

晴一点头："那可是他们家的招牌菜，以珍稀的白化鳇鱼为原料，那鱼没法人工饲养，全世界每年都捞不到几条，然后经过顶级厨师的十九道工艺制作，还特别添加了从埃及空运过来的神秘香料，入口的滋味简直绝妙到不行呢！"

我听着晴一的描述，仿佛眼前就摆着这道招牌菜。这家餐厅，如果不去，我的损失也太大了吧。呜呜呜，内心好纠结。

"还有，听说他们家的那些配菜是特地用私人飞机空运来的，每天都有好几趟呢，以保证食材的新鲜……"晴一还在滔滔不绝地介绍。

我艰难地一页页翻着杂志，看着浓白鲜香的马赛鱼羹、龙虾大得吓人的巴黎龙虾大拼盘、浓郁的酱汁和鲜嫩的牛排……一直看到最后一页的黑森林蛋糕和白松露巧克力甜点，我都没法把目光移开。

"我要去！"我粗声喊出，用力合上杂志。

要是不去吃一次，我肯定会后悔的！连晴一都那么推崇，一定要去试试，何况还不是花自己的钱。

至于昨天的事，就当没发生吧，食不言寝不语，多吃饭少说话好了！

2.

管家按时把我送到了餐厅门口，我一下车就被眼前的情景惊呆了。

棕榈树静静地矗立在洁白的沙滩边，青蓝色大理石打造出餐厅宽阔的八角形门廊，站上去要努力仰头才能看到衣袍垂地、在高耸的雕花石柱上微笑的天使雕像。占据了大片海岸的餐厅就像是上帝位于季风岛的独家私宅，华美壮观到根本不像是一家餐厅。

这里真的是吃饭的地方吗？快看傻眼了的时候，我在台阶尽头的大门口发现了滕川照。

"吉星！"滕川照一脸欣喜，穿着一身笔挺的燕尾服，挺括的面料衬得他帅气的脸更加迷人。

"不好意思，我来晚了。"我提着裙摆走上楼梯——电视剧里在高档餐厅吃饭的女生好像都是这样的吧？

"没有，是我来早了。"滕川照优雅地说道。

"你……"

我刚想开口问他为什么突然要这么正式地请我吃饭，他却不知道从哪里拿出了一束紫玫瑰："送给你！"

滕川照的耳朵有点红，像玉石一样白皙的脸上，浅浅的酒窝和扬起的唇角都让他比身边的天使雕像更加俊美，让我的心跳乱了节奏。

在他的注视下，我呆呆地伸出手，接过美丽的花束。

步吉星，别忘了你来的目的！你是来吃又豪华又贵的大餐的！我抿了抿嘴唇告诫自己。

"喜欢吗？"滕川照的声音好像跟以前不太一样，有种特别的磁性。

"嗯，喜欢。"我的脸变得滚烫，低下头避开了他的视线。不行，再看下去我的心就要从胸腔跳出来了。

突然，滕川照朝我伸出了手。

我眨眨眼睛不解地看着他，直到滕川照弯腰示意，我才明白他的意思。我红着脸把手放在了他的手掌上，跟他进入了餐厅。

"这家餐厅是岛上最出名的法国餐厅，主厨是以前巴黎米其林三星餐厅的厨师长，食材新鲜，味道正宗，所以很难订到位子……"滕川照一边牵着我往里走一边介绍，一副轻车熟路的样子。

我一边听着滕川照的介绍，一边连连点头惊叹，不知不觉已经踏着波斯地毯通过了好几道拱门。

咦，怎么一个客人都没有，空荡荡的走廊里只有我和滕川照的脚步声，不是说很难订到位子吗？

"就坐在这里吧！"乘坐电梯来到一个华丽的大厅后，滕川照牵着我走到靠窗的座位旁，拉开椅子，让我入座。

这里好像是城堡的最高层，通过四面落地的水晶窗户往外看，能清晰地看到海浪卷起的层层白色泡沫和绿树成荫的季风岛。

"哇！太美了！"我看着窗外的景色，毫不吝啬地赞叹道。

餐桌上摆放着银制烛台，跳跃的烛光和四周花瓶里柔美鲜艳的鲜花把气氛烘托得十分静谧美好。

滕川照带着迷人的微笑亲手帮我布置好了餐具，烛光让他的脸庞更加柔和，连声音也仿佛蒙上了一层暖意："我已经提前点了一些这里的招牌菜，你看看菜单，还有什么想吃的，随便点吧。"

我优雅地接过菜单，附赠他一个步吉星招牌微笑。看来之前的担心是多余的，他应该已经忘记我昨天抱着他哭这种丢脸的事了吧！但他今天到底是怎么了？似乎跟平常不太一样。

滕川照站起身，带着笑意的声音在我耳旁响起："我去上个洗手间。吉星，你慢慢选哦，不用着急。"

我点点头，欣喜地翻开了菜单。

下一秒，内心就被吐槽充斥。

这……这也太夸张了吧！竟然连一份简单的沙拉和一杯普通的果汁的价格都是三位数。什么，999元的牛排套餐？滕川照竟然请我来这么贵的地方吃饭，为什么不干脆折成钱给我？

虽然已经在杂志上粗略地看过各类招牌菜的价格，但是我没想到连最普通的菜在这里都要卖出其他餐厅十倍的价格。

算了，反正花的不是我的钱，还可以白吃一顿大餐，就这样吧。我合上菜单，决定不让自己再受刺激。既然来了，我就要好好享受！

"步小姐，您好，菜上齐了，请慢慢享用。"穿着制服的工作人员不知道什么时候已经把菜摆满了餐桌，各种造型精致的餐碟里的菜肴就跟杂志上宣传的一模一样，色香味俱全，引得我食欲大开，简直口水都要流下来了。

不过，滕川照人呢？我歪头看着对面空荡荡的座位，脑海里浮现出一个恐怖的想法——他该不会是也觉得太贵就反悔跑掉了吧！

我可没带钱包，付不起这里哪怕一片菜叶子的钱！

正在我心里一阵恐慌时，大厅的灯光突然熄灭了，四下一片漆黑。

怎么回事？

我害怕得一抖，手肘碰到了桌上的刀叉，发出清脆的金属撞击声。

这种餐厅还会停电吗？

我起身张望，不知道该怎么办。滕川照是不是被困在厕所了？要不要去看看？还是等餐厅的人来？

就在我不知道怎么办的时候，突然，一片柔和的光亮起，随着一股甜甜的蛋糕香味缓缓来到我身边。

这是怎么回事？

我看着重新出现的滕川照。他推着一个插着蜡烛的漂亮的七层生日蛋糕，洁白的奶油蛋糕上，闪耀的珍珠环绕点缀，仔细一看都是用奶油雕刻成的，蛋糕上写着：吉星生日快乐！

最上面一层居然还立着一个蛋糕小人，那眉眼、那神情，就是我穿着漂亮晚礼服的样子。

好美的蛋糕！

我呆呆地望着滕川照，感觉眼泪要流出来了。

他笑得一脸灿烂地站在蛋糕旁，额前的头发有些凌乱，眼睛灿若星辰。他和我记忆中的那个傻瓜长得明明一模一样，为什么我却觉得现在的他帅气得让人无法呼吸？

滕川照望着愣住的我，似乎不好意思般挠了挠头："生日快乐，吉星！"

说完，他伸开双手做了一个动作，灯光随之亮起，砰砰声响，彩带和着金粉撒落下来。

呜呜呜，步吉星，不准哭！不可以再当着别人的面哭了！

滕川照逆着光一步步走向我，温柔的歌声响起："祝你生日快乐，祝你生日快乐，祝你生日快乐，祝你生日快乐……"

最后一句刚落音，灯光恢复暗淡，滕川照已经走到了我的面前，他微微弯下身来，俊美的脸离我只有十五厘米，我甚至可以看清他明亮的眼睛上根根分明的睫毛，他的声音仿佛带上了魔力："要不要许个愿，吉星？"

我一下子被这种突然袭击吓住了，看着滕川照在烛光里越发显得俊美的侧脸和闪烁着温柔光芒的双眼，不由自主地闭上了眼睛。

我的愿望是什么呢？我想起最后一次生日许愿的时候，养父母还在身边，那年我许了什么愿？是好好学习，考上大学吗？我想起了照片背后的字。

我用力闭着眼睛，不让自己流泪。

嗯，第一个愿望，我希望养父母在天堂能够开心；第二个愿望，我希望可以早点拿到宝石，早点成为步吉岛的继承人；第三个愿望……

我的睫毛抖动了一下，一个名字突然出现在我的脑海里。我定了定神，心里默念：第三个愿望，希望滕川照可以开心一辈子。

许完愿，我睁开眼睛，滕川照仍旧在专注地看着我，我突然有点不好意思。

"滕川照，谢谢你。"我不知道该说什么，只能抿抿嘴说出最基本的礼貌用语。

"吉星，以后我会一直在你身边，你的每一个生日、每一个节日、每一个你需要我的时间里，只要你想，我就会一直照顾你、关心你、爱护你，你再也不会是一个人了。"滕川照突然伸出左手抓住了我的右手，每说一句，他的手就抓得越紧，眼神也越坚定。

这……这是表白吗？我被这突如其来的话吓得退了一步。步吉星，你不可以答应，你明明是为了宝石才接近滕川照的，你是在利用滕川照，之前是迫不得已，如果现在答应他，你就是在玩弄别人的感情了啊！

"那个，你……你怎么知道我的生日的？"我一偏头，转移了话题。

"这个嘛，我在后山看到你哭的时候，看到了你养父母陪你过生日的照片，上面有日期……啊——我不是故意提这个的，对不起！不过你的养父母看到你现在过得这么好，肯定会很欣慰的。有我在你身边，你会一直很开心很幸福，我保证！"滕川照看着突然流出眼泪的我，有点慌乱。

滕川照这个傻瓜！我一边笑一边觉得鼻子泛酸，眼泪更加止不住了。

"步吉星，你别哭啊！"滕川照看着我的样子一脸焦急，轻轻拭去我脸上的泪水，温柔的手指轻触脸颊，让我脸上一阵热气上涌，我敢打赌现在自己的脸一定红得像熟透的西红柿。

"滕川照，你为什么要对我这么好？"我不敢看滕川照的眼睛。

"步吉星，你这个傻瓜，因为你喜欢我，我也喜欢你啊！"滕川照非常自然地说出了理由，从桌子上拿起纸巾为我擦干了脸上残留的泪水。

因为我喜欢他，他也喜欢我吗？如果他知道我接近他只是为了枫木行的宝石会怎么样？大概会觉得步吉星就是个讨厌又心机重的骗子吧。不过，即使是这样，也让我先好好享受眼前吧。

我眨眨眼睛："我知道啦！愿望许好了，我们来吃蛋糕吧，看起来就很好吃啊！"

再诱人的饭菜都在这个美丽的蛋糕面前失去了光彩，这可是我久违的生日蛋糕，我一定要吃很多很多！我拿起刀叉，两眼放光地看着蛋糕。

"步吉星，你慢点吃啊，还有很多。"滕川照小声地提醒正在狼吞虎咽的我，满脸好笑的表情。

怎么慢得下来啊，不愧是豪华餐厅，做出来的蛋糕简直好吃到让我眉飞色舞，根本停不下来啊！不去管滕川照的表情，我自顾自地继续吃着蛋糕。

"步吉星。"我正舔着叉子上的奶油，一旁的滕川照突然叫出我的名字并俯身过来。

我抬起头，面前是滕川照放大的脸，他的眼睛不知道看着哪里，温热的气息喷在我的脸上，我一动也不敢动。

这是……要亲我吗？他的脸上带着一种前所未有的认真表情，高挺的鼻梁下红润的唇微微上挑。

他慢慢地凑了过来，时间一下子像静止了一样。

我屏住了呼吸，不由自主地闭上了眼睛。我只感觉到滕川照在不断凑近，然后我鬓边的头发被微微扯动，耳边响起滕川照低沉悦耳的声音："步吉星，你头发上沾到奶油了……"

"啊？什么！"悬起的心一下子掉到谷底，我瞬间尴尬无比，睁开眼睛咳嗽几声四处张望，脸迅速发烫。我刚刚该不会真的是在期待滕川照的吻吧？我有点被自己的想法吓到了。

"步吉星，你刚刚在想什么，为什么连眼睛都闭上了？"滕川照一边帮我弄头发上的奶油，一边好奇地问。

我挪了下椅子，眼睛不敢看他，只好看着空空的餐厅转移了话题："没什么，只是被风吹了一下。对了，怎么只有我们两个人，其他客人呢？"

"啊，我把餐厅包下来了，专门给你庆祝生日。有其他人在，太碍事了。"滕川照轻描淡写地说道，坐下夹了一筷子我爱吃的香草鲑鱼肉放在我的碗里。

"全包了？"我瞪大眼睛，满脸难以置信。

"不用客气，只要你开心就好。"

滕川照该不会把我的表情看成道谢了吧，我是在谴责他的浪费啊！

不过，能够有一个这么珍贵难忘的生日，有这么美味的蛋糕，这么丰盛的大餐，我还是很开心的，只觉得烛光下的滕川照比原来帅气多了！

3.

生日那天的好心情一直持续到我从课桌里再次掏出了一封恐吓信。

"不要再接近宫流月了！"

血红色的大字格外刺眼，下方仍旧是一个骷髅头标志。

我仔细地看着这行字，内心被激起一股无名火。我到现在连宝石都没有摸到，恐吓信却接到了两封，我步吉星是被吓大的吗？

我用力把信拍在桌子上，发出了巨大的声响。周围的同学看过来，我装作没事般立刻藏起恐吓信，扭头看向窗外，开始思考起来。

能将恐吓信放进我课桌，肯定是学校里的人，可是我才来没多久，学校里谁和我有这么大的仇？班上唯一看我不顺眼的就是步七七了，难道是她？

我眉头紧锁，视线却突然被窗外几个高大的身影吸引住了。

咦？松原冽、宫流月、枫木行和滕川照？他们四个怎么一起出现了？这还是我在上次宴会之后第一次看到他们一起出现呢。

不得不承认，当四个赏心悦目的大帅哥同时出现在你面前的时候，连烦恼都会自动消失。

走在最前面的滕川照依旧是一副阳光帅气的样子，侧脸的弧度堪称完美，白皙的皮肤在阳光的照射下近乎透明，头发也染上了细碎的金色。

走在他后面的是枫木行和宫流月。枫木行还是那么随意，一只手插在裤子口袋里，另一只手搭在宫流月的肩上，好像在和他说些什么，宫流月温柔的脸上露出无奈的神情。

最后面的是个子最高的松原洌，他一直保持着那副欠揍的表情，嘴唇紧抿，浑身上下仿佛自动散发着一股生人勿近的气息。突然，他好像察觉到了什么一样，朝我的方向望过来。

我来不及收回目光，和他凛洌的视线碰在一起，他竟然狠狠地瞪了我一眼。

我心虚地低下头，视线却定格在他的裤子口袋上。

那是什么？

我死死地盯着他裤子口袋里露出的东西，眉毛紧紧地皱了起来。

松原洌的裤子口袋里竟然露出了一个骷髅形状的钥匙扣，随着他的走动，钥匙扣一晃一晃，反射出冷洌的寒光。

我反复在脑海里回忆和松原洌相处的细节，初见时的冷漠、围棋课上说的莫名其妙的话，还有这个骷髅状的钥匙扣，这些应该不全都是巧合吧？

难道是因为我想通过接近宫流月拿到宝石的目的被他看穿了，所以特意来警告我？也许他就是恐吓信的幕后黑手。他已经知道了我一开始的目的就是宝石吗？他会不会告诉枫木行和滕川照？

万一他们知道了我一开始接近他们就是为了宝石，那么宝石可能永远也不会到我手上了。不行，不能再拖延时间了，我要尽快拿到宝石。

怎么办，怎样才能尽快拿到宝石？我绞尽脑汁，可是一点头绪也没有。

"啊，今年弈星杯的网络选拔赛开始了，快点登录网站去报名！"不知道谁在班上吼了一句，引起了全班的轰动。

"弈星杯？网络？有啦！"我撑着下巴，心里酝酿出一个好主意。

没人说挑战一定要自己上吧，反正能赢就好了！上次我在网上找棋谱的时候，不是看到了一位知名的世界级围棋大师在网上发布了自己的战绩吗，看起来比松原洌厉害多了，他应该能赢松原洌吧。

一放学，我就让司机以最快的速度把车开到家。

晴一还没回来，嗯，不管了，我先自己找，到时候再告诉她好了。

我冲进书房，立马打开了电脑，"啪啪啪"对着电脑输入网址。

好像就是这个网站……

我迅速地点击进入网页，浏览着那位大师几乎占满整个页面的得奖记录。

"叫价居然那么贵！"看到电脑屏幕下方的那一串数字，我皱紧眉头，忍住了关电脑的冲动。

不过如果他真的能打败松原冽，让我拿到宝石成为继承人，以后，这些钱根本不算什么。

想象了一下拿到宝石打败松原冽在他面前嘲笑他的美好场景，我突然觉得这个价格还是可以接受的。好吧，不下血本怎么能有回报呢，要把眼光放长远！

在线联系了这个号称世界第一的围棋大师，忍痛把一大笔定金付给他之后，我把目光定格在网页弹出的几个垃圾广告上。

"专治便秘，只需一颗，肠道通畅，此生无忧。"

我转了转眼珠，一个主意在脑海里形成。没错，我可是天不怕地不怕、未雨绸缪的步吉星，计划这种事情，一定要做到万无一失才可以！

静室是学院专门用来举办围棋比赛的地方，在校园的一片竹林里。翠绿的竹海绵延起伏，风吹过，窸窸窣窣的竹叶轻响伴随着庭院里潺潺的流水声，让人心境空灵，是个静修棋艺的好地方。

我端坐在静室最中间的竹垫上，面前摆的是一张光滑的实木棋盘，黑白两种颜色的棋子分别放在两边的棋盒里。我端起面前的茶，缓缓喝了一口，却差点被旁边围观女生说的话气得呛到。

"步吉星是来真的啊？"

"她哪儿来的自信呀，我打赌一定是松原冽赢！"

"可是看她的表情很有信心啊……"

"松原冽才不会输，原来上围棋课的时候，她和松原冽对弈，一节课输了快二十盘……"

哼，松原冽下棋厉害又怎么样，能赢过我又怎么样，他难道还能赢过下了五十年棋的世界冠军？我今天可是做了万全的准备来的。

我回想起昨天在微信上给松原冽发了一封两千字的挑战书，他竟然就回了一个"哦"字。"哦"是什么意思，都这么晚了还不来，是准备弃权吗？弃权可就算他输了，宝石就是我的了！

"松原冽来了！"人群里不知道谁发出了一声叫喊，引起周围一阵轰动。

我抬头看去，鄙夷地从鼻孔里发出一声"哼"。

走进静室的松原冽穿着一身随意的黑色休闲服，冰冷的脸色，高挺的鼻梁，丰润的唇，目光投过来更是坚硬如磐石，侵略性十足。为什么这样的人会喜欢以静为主的围棋呢？

"吉星！"

从松原冽背后走出来的人让我好不容易维持了好久的镇定气势差点瞬间崩溃。每次滕川照出现，我都有一种不祥的预感，虽然他偶尔也会给我惊喜，但是大部分时候，有他在，我的计划都会失败。

回想起之前接近枫木行的事，我一阵头痛，几乎有了放弃挑战松原冽的念头。

可是，机会难得，要是放弃，那我付给那个围棋大师的定金岂不是就白给了？

无视一脸期待地坐在我和松原冽中间的滕川照，我礼貌地点头向松原冽致意："松原冽，请指教。"

松原冽却仿佛根本没有听到我说的话，随意落座，姿势是一贯的潇洒，引来女生们一片尖叫，我心里愤愤不平。

"吉星，加油，我看好你哦！"滕川照竟然做出了一个握拳加油的姿势。

"喂喂喂！观棋不语真君子，你一会儿不要说话扰乱我的思维！"我不满地朝滕川照喊道。

"哦！"滕川照撇撇嘴，果然不再说话。

我把注意力集中到松原冽身上，借着整理头发的动作抚摸了一下耳朵里隐藏的耳机和胸前的钻石项链里隐藏的摄像头，发出了棋局开始的暗号。耳机里传来的声音表示那边的围棋大师已经准备好了。

"步小姐，你放心，这件事包在我身上了！"那位围棋大师自信地说。

我早就和围棋大师商量好了，他坐在监控器前看我用微型摄像头拍给他看的现场棋局，然后他用隐形耳机告诉我怎么和松原冽对弈。

"开始吧。"我咳嗽了一声，等待着松原冽下子。

松原冽随手拿了一枚黑子，两根修长的手指夹着棋子放下，眼神示意我下子。

我白了他一眼，从棋盒里拿出一枚白子，装作思考的样子盯着棋盘，等待着耳机里的指示。

"步吉星怎么连第一步都思考这么久啊，太搞笑了吧。"

"就是！水平也太差了吧！"

周围传来窃窃私语。

哼，你们知道什么啊，跟松原冽这种高手对弈，怎么能按照一般的模式来。我凝神听耳机里的指示，却始终没有一点声响传来。

"吉星，你……"

滕川照刚开口，我便一眼瞪了过去，他乖乖闭了嘴。

"步吉星，该你了。"松原冽硬邦邦的话传来，"已经过去十分钟了，难道你连第一步都不会下吗？"

"我……马上就下。"在松原冽的眼神逼迫下，我不得不自己下了两步，然而耳机那边的围棋大师还是一直没有反应。

"哎哟，我肚子疼，先去趟厕所。松原冽，你等一下，我马上回来，不要乱动棋盘啊！"我捂住肚子，装出表情痛苦的样子。

穿过一群围观的同学，我跑进厕所，拿出应急的微型对讲机开始呼叫："大

师，大师？大师你怎么不说话，是信号不好吗？"

我弄了半天，却只听到电流声和那边偶尔传来的几声猫叫，信号没问题，那是怎么回事？我急得在厕所里团团转，额头上都冒出了冷汗。

"喂！"对讲机突然发出了声音。

"大师，你回来了吗？"我像发现宝藏一样拿起对讲机。

"吉星，我是晴一，你找来的那位围棋大师不见了。"晴一的声音从对讲机里传来。

什么？我瞪大眼睛，不敢相信自己听到的话。

"晴一，你确定他没有去上厕所之类吗？"我急得像热锅上的蚂蚁。

"所有地方都找过了，没有。我刚刚让黑客破解了你上的那个网站，好像是个诈骗网站。"

"诈骗网站？"我一屁股坐在了马桶上，气愤地骂道，"什么围棋大师！居然是个骗子！"

可是这个骗子跑了，我不能跑啊，一想到还要出去面对松原洌和滕川照以及一群看戏的同学，我就要崩溃了。

在厕所把那个骗子诅咒了一千遍后，我摸了摸口袋里的一包粉末，定定神，若无其事地回到了静室。

还好我步吉星神机妙算，计划A失败，启动计划B！

我重新坐回座位，准备再顽强抵抗一下，可是棋盘上，松原洌的棋子步步紧逼，还没下两步，我这个围棋菜鸟就招架不住了。

"吉星，你好像要输了。"一旁的滕川照看着我，缓缓地开口。

"谁说的！还没到最后呢！"我装作着急地放下棋子，"哎哟，我好像吃坏了肚子，再去下厕所……"

"如果进行不下去了就趁早认输，不需要找那么多借口来拖延时间。"松原洌突然开口，语气有点不耐烦，犀利的目光仿佛一眼就能看穿我。

"谁要认输啊！"我气不打一处来，指着他的鼻子，狠狠一捶桌子，"我不过是肚子不舒服要去上厕所，我步吉星是绝对不会轻易认输的！"

"冽，你不要这样逼吉星嘛。"滕川照站起来拉开有些激动的我，对松原冽说。

"希望你快点，我赶时间。"松原冽表情冷漠，将手中的棋子放入棋盒。

我瞪了松原冽一眼，迅速转身出门。哼，跩什么跩，一会儿看你还怎么跩得起来！

我一溜烟向厕所的方向跑去，却在快到门口的时候直接拐进了茶水间。

"去，一定要把左边这杯茶端给松原冽，听见没！"我把口袋里的药下进茶杯，一再叮嘱端茶的用人。

哼，松原冽，就算不能赢你，也要让你丢一次脸，喝下掺了强效泻药的茶，你就等着拉肚子吧，我看你怎么一边拉肚子一边兼顾下棋！

我再假装去厕所转了一圈回来，再次坐下，滕川照和松原冽不知道在讨论些什么，松原冽的脸竟然没有平时那么臭了。

我看着座位上的松原冽，他杯子里的茶喝下去了不少。哼，让你得意，等会儿就看你怎么跑厕所出洋相输比赛吧！

"步吉星，可以下了吗？"松原冽出声。

"当然可以！我喝口水！"说完，我端起身旁的杯子，慢慢地把一整杯水喝下去。

不知道是不是错觉，放下杯子的时候，我看到了松原冽脸上一丝若有若无的笑意。

笑什么，谁输谁赢还不一定呢！

我生气地拿起一枚棋子摆在了棋盘中央。

"步吉星竟然下在那里？她是不是白痴啊？"

窃窃私语又一次传来，旁边的滕川照也是一脸欲言又止的表情。

吵死啦！观棋不语真君子你们知不知道啊！

"你下在这里真的不后悔？"松原冽挑眉看着我。

"不……不后悔，我就下在这里。"在松原冽的眼神压迫下，我不自觉地有点结巴起来，怎么过了这么久了，药效还没有发挥出来？

"那我就吃了。"松原冽说完这一句，黑子一下，将我一大片白子全部封死，一枚一枚捡进棋盒。

啊啊啊，这么一大片棋都被吃掉了，我怎么可能再扳回来啊！我心痛地看着自己被吃掉的棋子，感觉有点力不从心。

不行，我可是打不倒的步吉星！不到最后一刻，我绝对不能认输！

我拿起一枚白子盯着棋局细细思索，突然，肚子一痛，我还没来得及说话，"噗"的一声，我竟然放了一个屁。

"刚刚是什么声音？是步吉星在放屁吗？"

"好像是吧。天啊，她是跟松原冽对弈太紧张了吗？哈哈哈，实在太搞笑了。"

"吉星，你是不是肚子不舒服啊？"滕川照看着我纠结的面部表情，担忧地问。

可是我根本没时间去管这些讨厌的闲言碎语，也没时间去回答滕川照的问题，肚子好痛，怎么回事，是吃坏肚子了吗？

"我要去厕所。"我抛下这句话，来不及看松原冽的表情就冲向了厕所。

怎么回事，难道不应该是松原冽拉肚子吗，为什么变成了我？用人把茶上错了吗？

不知道拉了几次，几乎虚脱的我再次回到静室时，手里还握着那枚没来得及放到棋盘上的白子。

"咦，人呢？"好不容易肚子没有了那种剧痛的感觉，重新回到静室的我却发现来观战的同学已经没剩下几个。

棋盘旁只有滕川照和松原冽两个人，松原冽的脸黑得不行，旁边的滕川照似乎在捂着嘴偷笑。

难道是笑我吗？我怒目瞪向滕川照。我就知道，只要一有滕川照在，我的计划就不会成功。

"今天就此结束吧。步吉星，以后下药的时候高明一点，不要太没有警惕性，很容易被看到的。"松原冽站起身，丢下这句话，转身离开了。

看着松原冽泛着寒气的背影，我的肚子又一次响了起来。

该死！这个阴险的松原冽！

顾不上离开的松原冽和朝我走来的滕川照，我又一次向厕所冲去。

4.

季风岛的风总是带着咸湿的大海的味道，碎花窗帘被海风吹得轻轻飘动，万里无云的天空上翱翔着几只海鸥，一切都那么安静，我却怎么也静不下心来。

我倒在床上想起前两天的失败，郁闷地把枕头盖在了脸上。上次拉肚子拉到快要虚脱，于是这两天我向老师请了病假，正好也避免了去面对同学们的嘲笑。

"步吉星，你今天怎么没去上课？听说你请了病假，是哪里不舒服吗？还在拉肚子吗？"滕川照的声音出现在我的耳边。

我不易察觉地皱眉，把枕头从脸上拿下来。滕川照正站在我的床边，脸上露出担忧的神色。唉，本来就够烦了，现在还要应付他。我无奈地撇撇嘴，之前生日时对他产生的好感已经快要消失殆尽了。

"身体不舒服。"我随便撒了个谎，应付滕川照。

"还在拉肚子吗？"滕川照瞪大了眼睛，"你便秘也不要喝速效泻药嘛，那个药效太大了！"说着，滕川照在我的床边坐了下来。

谁说我便秘！我气得都快要把牙齿咬碎了。

我知道了，一定是松原冽那个阴险的小人。哼！别以为他没有把我下药的事告诉别人，我就会感激他。他编的是什么理由啊，便秘难道比下药好听吗？

"没有拉肚子，只是做了噩梦！"我气鼓鼓地说，脸上写满了对松原冽的怨恨。

"你没事吧，怎么脸色这么差，做了什么梦？"似乎是觉得我脸色不对，滕川照伸出手来测量我额头的温度，"怎么好像有点烫？"

"没有，只是做了个噩梦，梦见了蛇有点紧张。"我连忙推开了滕川照的手。明明就是被气的，还有被他这种突如其来的动作吓的。

"蛇？你别害怕，季风岛虽然气候湿热，植物很多，但是绝对不会有蛇的，因为一百年前声势浩大的灭蛇运动，蛇已经在季风岛灭亡了。"滕川照握住我为了推开他而裸露在被子外面的手，随即皱起眉头，"你的手怎么这么凉？"

"灭亡了？"我瞪大眼睛，忽略他最后的问题，用力把手从他手里抽了回来——这样被握着感觉怪怪的。

"对呀，虽然生物学的老师们都很想重新引进，但是每次的提案都被松原家的人拒绝了，哈哈，不知道为什么，松原家的人都特别害怕蛇。"滕川照说到这里，咧嘴笑了起来，露出一口整齐的白牙，头发随着他的小幅度晃动偶尔遮住眼睛。嗯，从来没有从这个角度看过滕川照呢，他的脸还真是360度无死角啊。

"松原家的人都特别害怕蛇？也包括松原冽吗？"我在滕川照的话里捕捉到了重要信息，迅速从床上坐起来，歪着头问滕川照。

"对呀，小时候冽还被仿真蛇吓哭过。"滕川照吐了吐舌头，嘴咧得更开了，仿佛回忆起了什么有趣的事情。

不过想到松原冽那个冰山竟然会害怕蛇，还被吓哭，我想象了一下他流眼泪的样子，忍不住"扑哧"一声笑了出来，一个新计划又悄悄形成了。

"滕川照，谢谢你来看我，我的病好多了。"我对滕川照摆出招牌微笑。

"吉星，你看起来气色好多了，刚刚你的样子我可真是担心你呢。"滕川照看到我的笑容，语气都轻快了起来。

这个滕川照，还是这么傻，要是他所有时候都这样，不出来破坏我的计划就好了，说不定，我就不会这么不想见到他了。我看着傻乎乎笑着的滕川照，脑子里突然冒出了这么一个想法。

第二天中午，校园里很是安静，学生们都在家午休，许多教室都空无一人。

我来到松原洌的班级，走到了松原洌的课桌前。嘿嘿，松原洌，你不是怕蛇吗，我就让你被蛇吓哭。

我从书包里掏出早就准备好的仿真蛇，软绵绵的触感让我浑身都冒起鸡皮疙瘩，鲜艳的颜色仿佛在向全世界强调它的存在。

这可是我昨天从零差评的淘宝皇冠店花大价钱买的超级仿真蛇，还选了顺丰加急派送，这次一定要吓得松原洌哭出来。哼，让他嘲笑我，说我便秘！

"看你怎么躲！"我对着空荡荡的课桌说完这句话，转身离开了。

好不容易熬过了午休时间，整个下午的课间休息，我都在听同学们热烈地议论学校里的消息，内心雀跃不已。

可是整个下午过去了，我希望听到的事情却始终没有发生，甚至连松原洌的名字都没出现过。

咦？明明以前只要学校里有了一点动静，一个课间绝对传遍整个学校，怎么今天一点动静都没有？围棋王子松原洌被仿真蛇吓哭，难道不是校园大新闻吗？

我一边想象着松原洌被吓哭的样子，一边心里暗暗着急。这是怎么回事，难道那条蛇不够人？还是他一直看课桌因此没发现？难道是因为松原洌在另外一栋楼上课，所以消息还没有传过来？

我走出教室，站在走廊上凝视着松原洌所在的教学楼，那边安安静静的，似乎真的什么也没有发生。

"丁零零——"

上课铃响起，下午的最后一节课要开始了。

难道今天注定听不到松原冽丢脸的消息了吗？

"唉！"我叹了一口气，回到教室，打算从课桌里掏出课本——

"啊——"高分贝的叫声从我的嘴里发出，我吓得从凳子上滚了下去。

"步吉星，你很吵啊！"步七七的声音从前排传来，眼睛里满是鄙夷，可是我根本没有心情去管她说的话。

课桌里赫然有一条仿真蛇，软绵绵的触感、逼真的花纹，虽然我不害怕这种玩具，但是，这样突然看到，谁都会以为是真的啊。

而且，最重要的是，这不正是我放进松原冽课桌的那条吗？他是怎么把它放进我课桌的？我明明没有离开过座位，除了刚刚短暂的课间休息。

我愤怒地从地上爬起来。

松原冽！算你狠！

突然我想起了什么，打开书包，果然又发现了一条仿真蛇，和书桌里那条一模一样。

两条仿真蛇吐着芯子盘在我的手心，好像在嘲笑我做了无用功一样。

我怒火中烧，根本听不进老师讲了什么，下课铃一响起，就拿着仿真蛇冲出了教室。

"你以为我是你，会怕这种东西吗！"我冲到松原冽面前，把两条仿真蛇往他面前一摔，"松原冽，你不要太嚣张，早晚有一天我会打败你！"我用手指着松原冽，恨不得凭空出现一个黑洞把这可恶的家伙吸走。

松原冽嫌恶地看了面前的仿真蛇一眼，背起书包站起来，巨大的身高差让我陡然压力倍增。

"你不要再打什么歪主意了，步吉星，我不是滕川照那个傻瓜，会同情心泛滥照顾每一个需要照顾的可怜人！"松原冽好像没听到我说的话一样，脸上仍旧是冷漠的表情。

"什……什么？你在胡说八道什么，什么同情心？"什么乱七八糟的，滕川照跟这个有什么关系？

我奇怪地看了松原洌一眼，他是气得神志不清了吗？

"你以为滕川照为什么会专注于照顾你？那家伙从小就对阿猫阿狗等各种可怜的东西滥发好心，但是岛上的人都没有什么需要他帮助的地方，一听说你是从小流落在外、父母双亡的可怜人，他立刻就把你划分到可怜的小猫的同类里了，你还没来就天天念叨说要关怀帮助你，于是你一来，他就开心了，总算来了一个需要帮助的人……"

需要帮助？我？我很可怜？

在滕川照眼里，我就是这样一个可怜人而已吗？

我不敢相信松原洌说的话。

"我一定会好好照顾你的，不让你受到半点委屈……"

"相信我，我一定会好好保护你的！"

"我们开始交往吧！"

"因为我喜欢你啊！"

"我会一直在你身边的，你放心！"

"我会帮你的！"

……

滕川照说过的话一句句在我耳边回响，初见时的、乌龙告白时的、后山的、生日餐厅的……各种表情的滕川照在我眼前晃来晃去，那些话在我耳边响起又消失，最后定格成他最常说的一句——

"我会帮你的！"

原来我在他眼里就是个可怜的、父母双亡被人半道捡回家的需要帮助的孤女？跟我交往，做我的男朋友也是为了安慰我、帮助我？仅仅是这样而已。

我不知道松原冽后来还说了什么，自己又是怎么回到了家，坐在了床边的……

我猛地抬头看着镜子里自己的表情，忽然想起了从前。

我步吉星就算是靠打工给人跑腿赚钱过日子，也从没觉得自己是个可怜人，需要别人的特殊照顾，我一直都很好，一个人也很好。

滕川照，原来你是这样看我的？因为同情而和我交往应该很累吧？

我坐在床上，看着床幔上的镂空轻纱随风轻扬。阳光静静投入，衬着窗外的树影花香，平时听着十分惬意的鸟鸣和水流声都突然没什么意思了，这里的生活就算再好，也没我一个人无忧无虑来得好。

只是同情的话那就太累了，滕川照，为了我，为了你，我会尽快拿到宝石离开的。

第六章

半 路 杀 出 的
合 作 计 划

1.

一夜无眠，脑海里一直回荡着昨天松原洌说的话，还有和滕川照相处的场景，我已经尽力让自己不要去想了，却没办法控制。唉，既然这样，以后还是躲着滕川照吧。

早上我顶着两个巨大的黑眼圈，随便挑了条米白色的短裙穿上，没精打采地上车去学校。

我打着哈欠下了车，却在校门口被大红的彩带吓了一跳。几百盆矢车菊和薰衣草摆成别致的形状堆放在校门口，巨大的红色横幅拉在了校门上方，上面写着：热烈庆祝中华学院建校四百周年！

咦？不是说还有十多天才校庆吗，怎么现在就开始了？我站在校门口欣赏着重新装饰过的校门。

"步吉星！"宫流月的声音从身后传来。

我的心猛地一跳，紧张地看向四周，还好没发现滕川照或松原洌的身影，我松了一口气。

看到宫流月脸上和以前一样温柔的笑容，我突然有些心疼，他和我其实是一样的人吧，明明心里有不开心的事，却还要展露温柔的笑容。

"早上好！"我对宫流月露出标准的步吉星微笑，疑惑地问，"距校庆日不是还有十多天吗，怎么现在就开始了？"

"今年是四百周年，学校要举办隆重的校庆，所以就提前开始准备啦！你第一次参加中华学院的校庆，可以好好感受一下。"

"太棒了！"我装作欣喜的样子，内心却想着校庆这种事跟我有什么关系呀，我还是好好思考该怎么拿到宝石快点让大家解脱吧。

我一边跟宫流月说话，一边机警地环顾四周，远远瞥见滕川照家的车已经开到了校门口，可是如果这个时候往校园里跑，校门口这么空旷，他一定会看见我。

不行，千万不能让他看见我！

"宫流月，别说我在这里！"我迅速地跟宫流月说了一声便跳进了路边的灌木丛里。

哎哟，好扎！算了，忍住，我现在一点也不想看到滕川照。

车门打开，滕川照优雅地下车。

"咦？月，我刚刚明明看到吉星也在这里呀！"他热情地搭上宫流月的肩膀，左顾右盼。

"啊，没有啊，是你眼花了吧。"宫流月瞟了一眼灌木丛的方向，脸上带着疑惑。

拜托，不要说！我努力用眼神传递着心声，希望宫流月能看懂。

"走吧，要迟到了！"宫流月似乎读懂了我的眼神，揽着滕川照往学校走去。

看着滕川照挺拔的背影消失在了校门口，我松了口气从灌木丛里钻了出来，一边摘身上的叶子，一边迎上其他人奇怪的目光："看什么看，没见过别人找东西吗？"

确定滕川照已经走远了，我才背着书包走进了学校。

"唉……"我长长地叹了一口气。不管了，就这样吧，我现在还是没有办法坦然地面对滕川照，还是能少见面就少见面吧，免得他动摇我的决心。

我低着头唉声叹气地往前走，却差点撞在了什么人的身上，眼前出现了一双蓝色的公主鞋。

谁呀？路这么宽还往我身上撞。我皱着眉抬起头，却瞬间呆住了。

好可爱的女孩！粉嘟嘟的娃娃脸嫩得能掐出水来，长长的睫毛下是明亮的眼睛，果冻一样的樱桃小嘴微微嘟起，像是在跟谁赌气。

她穿着一条淡蓝色的公主裙，长长的绸带在腰后绑成一个漂亮的大蝴蝶结，及腰的柔亮卷发随意地披散在背后，带着水钻的发带扎成一朵可爱的小花。

"你是这里的学生吧。"

这个可爱的女生的声音甜甜的，却让我一激灵。

"你是谁？拦着我想干什么？"我退后两步歪着头看她。

该不会又是谁的后援会成员吧？自从经历了钱若拉事件，我对突然出现的拦路女生充满了恐惧感。

"我叫水菱纱，是今天转学来的。你知道枫木行是哪个班的吗？"漂亮女生的气势比钱若拉更胜一筹，不过还好不是来找我麻烦的。

唉，又是枫木行。她该不会是为了枫木行转学来的吧？枫木行的魅力果然大。不过这个女生也太直接了吧，万一她拦住的是钱若拉，后果真是不堪设想。

"你别想多了，我的确是来找枫木行的，但是是为了来摆脱他的！"我还没来得及说话，水菱纱一下子把眉毛皱得紧紧的，双手叉腰瞪着我，好像读出了我心里的想法似的。难道我表现得这么明显？

摆脱？我再一次认真打量面前的女生，无比可爱的脸上竟然可以看到一丝鄙夷和厌恶的神色。我还以为长得帅的人里只有滕川照和松原冽两个人会遭到讨厌，没想到枫木行也会啊。

"那边二楼左数第一间，就是枫木行的教室。"我指着前方的教学楼，给女生一个友善的微笑。既然不是来找我麻烦的，我就顺手指一下路好了。

"谢谢你。"女生轻轻拢了一下耳边的碎发，趾高气扬地往我手指的方向走去。

我盯着女生的背影，直到她完全消失在我的视野里。嗯，又要有大新闻了吧。

不过，现在不是想这些的时候。我抬手看了一下腕表，大喊一声，急匆匆地向教室跑去。

啊，要迟到了！第一节可是班主任的课！

"哎，你们听说了吗？枫木行的未婚妻水菱纱转学来我们学校了！"

我终于赶在铃声响起前进了教室，不过才走进教室，就听到了枫木行的名字。

枫木行的未婚妻，刚刚问我枫木行班级的那个女生吗？不过看她的样子好像和枫木行不是很合拍啊。

"水菱纱？是那个八岁就得了世界级钢琴比赛冠军的天才吗？"

"是啊，听说水菱纱不但长得可爱，还是琴棋书画全才呢！"

琴棋书画全才啊，她该不会是知道了枫木行张贴的公告，来抢宝石的吧？我还没想到什么好主意，现在又来一个竞争者？我仿佛看到了亮闪闪的宝石向我挥挥手，然后瞬间消失了……

这可不行，我要想办法尽快拿到宝石！

可是一个个拿宝石的计划都失败了，最近我和晴一想破了脑袋都没有什么别的计划，大概两个人都因为屡次失败而陷入了倦怠期吧。

"哇！水菱纱拿着话筒站在楼下，对面还站着枫木行呢，她是不是要表白？"教室外的走廊上传来兴奋的喊声，一下子吸引了许多人聚到走廊上。

我跟着人群一起跑到走廊上，挤到了最佳观看点。

水菱纱拿着话筒站在两栋教学楼中间的空地上，发丝被微风吹得有点凌乱，可爱的娃娃脸上满是认真："枫木行，你敢接受我的挑战吗？"震耳欲聋的声音从话筒里传来，在校园里形成阵阵回音。

水菱纱果然是来挑战枫木行抢宝石的吗？我感觉心上又压了一块巨大的石头，有点喘不过气来。呜呜呜，对手越来越多了，怎么办？

"我接受。"枫木行双手随意地插在裤子口袋里，摆出一副悠闲的样子，微微挑眉一笑，引得周围的女生一阵尖叫。

"其实你不用那么着急。"枫木行歪着头双臂环胸看着水菱纱，"我知道你的书法也很厉害，但是要打败我的话，还不够，如果我给你指点指点说不定还能更加……"

"枫木行，你这个自大狂！我一定要尽快打败你！"水菱纱打断他的话，然后一甩头发，头也不回地走了。

"听说水家大小姐水菱纱是枫木行的未婚妻，她这么急着打败枫木行，是要做什么？"旁边传来同学们的议论。

"这你就不知道了吧，水菱纱从小接受国外的教育，最讨厌这种联姻了，所以她一直反对自己要嫁给枫木行这件事，于是她爸爸向她提出条件，除非她能在书法上打败枫木行，否则必须嫁给枫木行。"

嗯，不是因为宝石的事？我竖起耳朵，装作和大家一起走回教室，努力听着旁边的议论。

"我听说她有喜欢的人啦，所以这么急着来挑战枫木行，想要取消婚约。"

是这样吗？只是来取消婚约的？不过枫木行这么优秀的人，竟然有人这么讨厌他……

"喂，步吉星，你的位子在那边，你站在我的位子旁边干吗？"旁边传来的声音打断了我的思绪，步七七一脸嫌弃地看着我。

哎呀，思考得太认真，竟然跟着几个同学走到了她们的座位旁，结果又换来了步七七的一阵白眼。

不理步七七鄙夷的眼神，我回到自己的座位继续思考刚才的事。

如果真是她们说的那样，那这个水菱纱说不定可以和我组成统一战线呢，毕竟我们想做的事情相同。她这个大小姐应该对宝石不是很感兴趣，如果我们合作，我帮她打败枫木行，然后宝石归我，就皆大欢喜啦！

为了喜欢的人挑战，还真是勇气可嘉啊，我忍不住暗暗佩服这个骄傲的大小姐。

不过，想到喜欢的人，滕川照的脸突然浮现在我眼前。

"步吉星，我喜欢你。"

滕川照曾经说过的话那么清晰，那张俊脸上也满是认真的神情，可原来真相是……

我忍不住鼻子一酸。

啊啊啊，不可以再想这些了！我用力甩头，希望把所有关于滕川照的记忆都从脑袋里甩掉。现在最重要的事情是拿到宝石，这样就可以快点结束跟滕川照的关系了。

2.

天空万里无云，丝丝微风拂过，白玉兰花尽情绽放，散发出清甜的气息。

手机屏幕又一次亮起，却没有声音。我皱眉看了看上面那个名字，一个中午的时间，滕川照已经打了快二十个电话给我，虽然打到第三个的时候我就已经把手机调成静音了，但掏出手机看时间的时候还是能看到屏幕上不断增长的未接来电的数目。

唉，拜托，快点放弃吧，我现在有更重要的事要做，不想看到你啊！

我把手机放进口袋里，继续搜寻着校园的每一个角落。

我在学校找了一圈，终于在花园的一丛兰花边找到了水菱纱，不知道为什么，她一脸沮丧的样子。

"你好，我叫步吉星。"我走到水菱纱的面前，用笃定的眼神看着她。

"啊……你好，我是水菱纱。"水菱纱被突然出现的我吓了一跳，抚着胸口说，完全看不到早上的气势。

"我们谈谈合作吧！"我决定开门见山，时间不多了，还是不要浪费的好。

"合作？"水菱纱指着自己小巧的鼻子，一脸茫然地眨眨眼睛反问我，"合作什么？"

"你是不是想打败枫木行？我也是。如果你的目的只是单纯地要打败枫木行，我们合作怎么样？"我拉着她在一旁的小亭子里坐下，环顾四周，确定没有人之后，说出了自己的目的。

"你有什么好办法打败他吗？"听到这句话，她的眼睛一下亮了起来。

咦？怎么听口气一副底气不足的样子啊？她之前面对枫木行时不是自信满满吗？

"你不是字写得很好吗？"我疑惑地看向她，难道传说中的琴棋书画全才是假的？

"我刚刚在学校博物馆里看到了枫木行的字。"水菱纱一脸泄气的表情，"虽然很不想承认，但是他真的写得比我好。"

"你之前都没有见过枫木行的字？"她居然不打听清楚就来找枫木行挑战，这也太冲动了吧？我挠挠头，一脸颓败，连敌人都不了解谈何打败他啊！

"我为什么要看他写的字啊！从我懂事开始，所有人都说我是枫木行的未婚妻，说枫木行的字写得好，我听这个名字都听得要吐了，才不要看他的字呢！"水菱纱一脸气愤，眼睛里还冒出了微微的水汽。

"难怪我爸爸会说要是我打败了枫木行就让我自己选择，要是输了就要听他的话，他就是看准了我没办法打败枫木行啊！"水菱纱说完，用力踹了一脚亭子里的石桌，巨大的响声吓了我一跳。

"哎呀，你别冲动。"我安抚性地拍了拍她的肩膀，一滴冷汗从额头滑落，这个水菱纱还真是风风火火啊，"这样吧，我们合作，我的目的也是打败枫木行，我想要枫木行手上的'仁心'宝石。"我看着水菱纱，说出自己的目的。

她的目标不是宝石，我和她合作多个帮手，如果能帮她解除婚约找到自己的幸福就更好啦！

"好，我们合作！我一定要打败枫木行！既然我爸爸挖了个大坑想让我跳，我一定不会这么轻易让他顺意的！"水菱纱用坚定的眼神看着我，大声说道，双手用力地拍在了我的肩膀上。

"等等！你说……挖坑？"我灵光一闪，看着水菱纱，想到了一个好主意，然后朝她勾勾手指。

水菱纱默契地把头凑过来，我附在她耳边把计划告诉她。

"包在我身上！"听完我的话，水菱纱朝我眨眨眼睛竖起了大拇指。

"那就说定了，我们晚上见。"我站起身，跟她挥手道别。

哈哈，没想到这么容易就想到了一个好计划，还有了一个强大的合作伙伴，宝石到手指日可待啦！

不过老是感觉今天少了点什么，哦，对，今天一天都在躲着滕川照，没有听到他在我耳边叽叽喳喳。

我哼着小曲回到班级，内心期盼着夜晚的到来，刻意让自己忽略内心失落的感觉。

中华学院是个景色优美的好地方，尤其是夜晚。朦胧的灯光照在或古色古香或现代化气息十足的教学楼上，高大的孔雀树和凤凰木环绕着教学楼，错落有致，一直蔓延到了后山。

人迹罕至的后山有两个人影在草丛间晃动。

上次来后山还是和松原洌吵架之后，我躲在这里哭泣被滕川照找到，仔细回想当时的情形，他一定觉得我很可怜，所以才对我说了那些喜欢之类的话吧，毕竟我当时的样子看起来真的太狼狈了……

"怎么还没来？"我的思绪被水菱纱焦急的声音打断。

我们藏在茂盛的草丛里，紧盯着路口的方向，却一直没有任何动静。

我看了一眼腕表，已经快到约定时间了，难道他根本没有答应这件事？

"菱纱，他当时是怎么跟你说的？"我打死一只在我脚踝上用力吸血的蚊子，皱着眉头问。唉，蹲在草丛里真的好难受，蚊虫成群，我的小腿大概都被咬肿了吧！

"他说好啊，该不会是糊弄我吧？"水菱纱瞪大眼睛，用力拔出身边的一丛杂草。

"应该不会吧，枫木行是个说到做到的人，他要是答应了你就一定会来的。"

我在草丛里坐了下来，蹲太久，腿都麻了。

"如果他不来，那我们的计划就全都泡汤了……"水菱纱皱起了眉，"难道是他发现了什么蛛丝马迹，知道我们设下了陷阱？"

"不会吧，做准备的时候我们很小心啊，特地挑选了后山这个地方，忙活了一下午，都没见到什么人来这里啊。再等等，时间还没到。"我安抚有点焦躁的水菱纱，顺便安慰自己。

听到我的安慰，水菱纱并没有平静下来，原本蹲着的她站起来，在原地转了两圈，突然往前走了两步，吓得我的心都要跳出来了。

我一把拉住她："喂！小心！你……"

话还没说完，路边就传来了脚步声。

我和水菱纱一起朝路口望去，果然，枫木行站在那里，一只手插在口袋里，耸了耸肩，一副随性的样子。

"你……"

"我……"

水菱纱和枫木行同时开口，又一起沉默了。

我在一边着急地使劲打眼色用口形说："计划！计划！别只顾着发呆啊！"

"你知道我为什么这么着急要挑战你吗？"水菱纱清清嗓子重新开口。

月光下的枫木行显得更加高大挺拔，纤长的睫毛下，漆黑的眼睛里闪耀着笑意，薄唇微抿，帅气十足。

枫木行点点头："其实我知道你为什么要挑战我，但是我……"

看到枫木行和水菱纱一直站在原地，我刚想开口说点什么，一边的草丛里忽然传来了响动，水菱纱被惊得往前一踏。

糟了！

随着水菱纱的那一步踩下，草地忽然陷了下去，水菱纱被裙子绊住后栽倒，我想上前拉住她却来不及了。

前方的枫木行快走两步伸手拉住了水菱纱，却被一起带了下去，泥沙草灰里两个人的身影一闪就消失不见了。

坑底传来一声痛呼，明显是枫木行的声音。

怎么会这样啊？

原本的计划应该是我们引诱枫木行掉下去，然后逼他签认输协议再救他出来，现在他们两个一起掉下去了，我该怎么办啊？

我焦急地看着眼前的大坑，沿着坑边来回走动。绝对不能找人来帮忙，不然所有人都会知道我和水菱纱的计划。

啊，对了，我先看看坑底的情况。

我立刻趴在坑边，隐约看到了坑里摔得七荤八素的两个人，便大声问道："你们没事吧？"

刚刚枫木行的声音好像很痛苦的样子，该不会出了什么事吧？完了完了，要是枫木行摔出什么毛病来，我们可怎么办！

"步吉星，原来你在这儿！"

我听到自己的名字，吓得一激灵，差点也摔进了坑里。

滕川照？他怎么会在这里？明明今天都躲了他一天了，怎么还是没躲开？

"滕川照，你怎么在这里？"不知不觉我把心里想的话问了出来。

"我一天都没看到你，打你电话也没人接，我猜你应该是忘记带手机了吧。"不知道为什么，滕川照的声音里好像带着一点委屈。

我听到这句话，顿时心虚起来，下意识地摸了摸口袋里的手机，讪讪地点头。

"我问了好多人，听说你跟水菱纱往后山来了，怕你们两个女孩子这么晚在后山会出什么事，就过来看看，没想到果然找到你了，不枉我绕了好大一圈在后山寻找，还被蚊子叮了好多下……"滕川照半是委屈半是开心地看着我，还撩起袖子给我看他手上被蚊子叮出来的包。

可我顾不上去看，现在的要紧事是救出坑里那两个不知道什么情况的人。

"来得正好，快，快救人，水菱纱和枫木行掉到坑里了！"我一把拉住滕川照的手，焦急地说。

听了我的话，滕川照露出一脸严肃的神情，检查了坑边的情况之后，从旁边的草丛里捡来一根树藤。

"枫木行、菱纱，抓住树藤！"我把树藤放下去，对着坑里大喊。

感到树藤下方被抓住之后，我和滕川照两人一起用力往上拉，终于合力相继把两个人拉了上来。水菱纱只是受了点惊吓，枫木行却紧紧捂着右臂，满脸痛苦。

"枫木行，你怎么啦？"滕川照看到枫木行的样子，满脸焦急地问。

水菱纱扶着枫木行，一脸不知所措的样子，裙子上沾满了草灰都顾不上拍一拍。

"我的手有点不对劲，好像是……骨折了。"枫木行咬牙说出了这句话，瞬间让所有人都变了脸色。

滕川照马上联系了医院叫来救护车，我和水菱纱交换了一下眼色：糟了，这次祸闯大了！

3.

医院里依然满眼都是白色，还好季风岛的医院配置的都是最高端的医疗设备，聘请的也是最有经验的医生，枫木行的手很快就被医生打上了石膏固定好，人也坐在病床上好好休息。

滕川照打电话通知了枫木行的父母，很快他们就赶到了医院。枫木阿姨进来后朝和她打招呼的我跟滕川照点点头，便一脸担忧地坐到了枫木行的床边。

"他的手没什么大问题，伤得不算严重，拆了石膏后休养两个星期就能跟以前一样了，最近最好不要动那只手，加重了伤情可不是闹着玩的。"医生严肃嘱咐枫木行的父母后，合上病历离开了。

"小行，你的手还好吧，痛不痛？"枫木阿姨一脸心疼地问，眼睛里都要泛出泪花来了。

看到枫木阿姨的表情，我更加内疚了。

"你怎么会骨折，这是怎么回事？"枫木行的爸爸站在病床前大发雷霆。

这是我第一次见到枫木行的爸爸，没想到随意的枫木行竟然有个这么严肃的爸爸。

滕川照听到枫木行爸爸的话，一脸疑惑地看着我和水菱纱。

我刻意忽略他的目光，紧张地看着枫木行。他稍微联想一下今天的事情，应该很容易就能得出答案。他要是直接说出来，我都不敢想象滕川照看我们的表情和枫木行父母的责问了，毕竟枫木行的手受伤不是闹着玩的。

要是知道了事情的真相，枫木阿姨会不会不再喜欢我？她对我那么好。还有滕川照，他会不会就此讨厌我？想到这个可能，我的心情变得更糟糕了。

枫木行听到爸爸的话微微一怔，向我和水菱纱看了过来，脸上却没有疑惑的表情。

真的猜到了？

完了……我紧张地咬住了嘴唇，想着自己等会儿道歉情深意切一点，他们会不会更容易原谅我？要不要掐一下大腿让自己哭出来？但是哭得太丑了会不会产生反作用啊……

"没什么，是我自己不小心摔的。"我还没思考出头绪来，就听到枫木行说出这样一句话。小小的病房里，应该不会有听错的可能。

我惊讶地抬头看向枫木行，同时看到旁边的水菱纱露出了和我一样的表情。

枫木行一脸无所谓地笑笑："我看今天天气很好，就想去后山随便走走，灯光太暗没看清楚路上的坑，就摔倒了，没想到遇见了水菱纱和滕川照他们，还要谢谢他们帮我呢。哈哈……"

看着带着轻松的笑容一本正经地胡说八道的枫木行，我张开了嘴，半天都没

合上。枫木行是摔傻了还是失忆了？想想那个时候他掉下去的姿势，好像没碰到头啊？

"菱纱？"枫木阿姨一脸惊讶，好像突然听见了什么意外的事，目光在病房的人身上搜寻了一圈，最后落在了我旁边的水菱纱身上。

我还在发愣，水菱纱突然捂着眼睛哭了起来，哭声特别伤心特别大声，顿时惊到了在场的所有人。

"菱纱，你怎么了？"枫木阿姨一脸心疼地快步走到了水菱纱身边，掏出纸巾给她擦眼泪，"你怎么在这儿？你爸爸不是送你去维也纳读书了吗？哭什么啊，谁欺负你了？"

"她前两天转学到我们学校来了，刚刚为了救我还不小心掉进坑里了，应该是被吓到了吧。"水菱纱哭得说不出话来，一旁的枫木行意味深长地解释。

"菱纱，原来是你救了小行啊！"枫木阿姨朝水菱纱投去感激的目光，"对了，你来了季风岛怎么不到我们家来住呢，阿姨很久没看到你了。今天既然遇到了，就跟着我们一起回枫木家休息吧。不要哭啦，小行没事的，不怕啊。"大概以为水菱纱是被枫木行的伤情吓到了，枫木阿姨很热情地握住了水菱纱的手安慰道。

"那个……是我和步吉星一起救的。"水菱纱面对枫木阿姨的感激，尴尬地抽回了手。

"啊！还有星星！你也救了小行，阿姨真不知道该怎么感谢你们呢！"枫木阿姨听了水菱纱的话，又迅速拉住了我的手，泪眼汪汪地看着我。

"啊……呵呵，不用谢！"我讪讪地回答，心虚不已。

为了躲避枫木阿姨真诚的感激，我借口透气走到病房外的走廊上。枫木行的病房是医院里的特殊病房，据说是专门为枫木家的人预留的，走廊的尽头有用于透气的窗户。

我走到窗边，一抬头就看见了夜空中的星星，一闪一闪，美丽极了。

"吉星！"

听到声音的我下意识地皱了皱眉，刚刚在病房里太紧张，我都忘了滕川照的存在。

"嘿嘿嘿，滕川照，好久不见。"我转过身装作若无其事地跟滕川照打招呼。

"吉星，没想到是你救了枫木行，我之前还以为是你故意挖坑想害他呢，对不起。"滕川照站得离我不近，但是不知道为什么，我却觉得我们俩的距离应该再远一点，那样我的心跳就不会这么剧烈了。

"没关系。"我迅速往旁边挪了一下，拉开距离。

"吉星，你最近是在躲我吗？我是不是什么地方惹你生气了？"滕川照的声音突然低沉下来，还透着一丝委屈，连以前亮晶晶的眼睛也显得有些暗淡。

"啊？没有啊，你怎么突然这么说。"我躲闪着他的眼神，不知道怎么回答。

"可能是我的错觉吧，因为最近想找你的时候总是找不到你的人，如果我有什么地方做错了惹你生气，你一定要告诉我，不要自己憋在心里。"

即使拼命躲闪，我还是不可避免地看到了滕川照真挚的眼神。

"哈哈，没有啊，我们现在不是好好的吗？你这么好，我怎么会生气。"我装作开心的样子，拍了拍滕川照的肩膀。

"步吉星，有不开心的事情一定要说出来，我会帮你的。"滕川照的神色没有因为我的话而放松，双手还搭上了我的肩膀，把我拉到他的面前，认真地嘱咐我。

可是，这个嘱咐我听起来却觉得有些刺耳。

"哦，我知道了。"我的笑容变得有些勉强。滕川照，我之所以不开心，就是因为你想帮助我。为什么明明是可怜我，还要装出一副喜欢我的样子陪在我身边，难道我看起来真的很可怜？我步吉星才不需要别人的可怜。

"步吉星。"水菱纱从病房里出来叫我的名字，看到滕川照在，她愣了一下，神情犹豫。

"我先过去一下，水菱纱好像有事找我。"我抱歉地朝滕川照笑笑，快步朝水菱纱走去。

第六章

半路杀出的合作计划

Chapter06

终于找到借口离开，不然我真不知道该怎样和滕川照单独相处下去，他委屈又认真的眼神老是在我眼前晃，我差点忍不住问出他是不是真的是因为可怜我才违心说喜欢我的。

水菱纱看到我走过来，把我拉到一边，一脸严肃地说："刚刚在坑底的时候，枫木行问我那个坑是不是我们挖的，约他来后山是不是想让他掉进去困住他，他全都猜到了。"

唉，每件事都这么棘手！果然枫木行还是挺聪明挺清醒的！不过为什么他刚刚不拆穿我们，还给我们打掩护撒了一个弥天大谎呢？

我咬咬嘴唇看着水菱纱，她却揪着裙子上的绸带犹豫地说："我觉得他好像没有我想象中的那么糟糕，是不是之前我做得太过分了？我真的要向他挑战吗？"

水菱纱不想向枫木行挑战了吗？我听到她的话，心里一惊，如果没有水菱纱，我拿到宝石的成功率可能会减小一半，那我还要怎么成为继承人？而且，水菱纱不是有喜欢的人吗，既然喜欢，就要努力地在一起啊，不能这么轻易放弃。不知道为什么，我的眼前又一次浮现出滕川照的脸。

不行，不能这样。

"难道你不想解除婚约了？难道你愿意和一个不喜欢的人结婚？这才是你应该考虑的大事啊……枫木阿姨看起来不是会乐意主动退婚的样子呢！"我硬着头皮劝说水菱纱，紧张得差点冲上去用双手摇晃她的肩。

"这……"水菱纱听了我的话，咬着嘴唇低下了头。

"菱纱，走啦，跟我们回家吧！"枫木阿姨的声音从身后传来，"咦，星星还没走啊。滕川照，你赶紧送星星回家去！"

什么？我才不要滕川照送我回家！

"嗯，我知道，我暂时会住在枫木家。"水菱纱抬起头握了一下我的手，脸上仍旧是迷惑的神情，"我先走了。"

我回头目送水菱纱离开，却看到滕川照还站在刚才的地方，灯光下，他额前的碎发挡住了眼睛，让人看不清其中的神色。

我没有开口说话，只是和他一起并肩走出医院。

"吉星，我……"

"今天谢谢你了，很晚了我先回家了，你也回去休息吧，再见！"没等他说完，我便打断了他，伸手拦了一辆出租车，慌乱地跳了上去，催促司机快走。

滕川照，我要赶紧拿到宝石忘掉你才行！

4.

接下来的几天枫木行都没来上课，不知道是不是因为受伤的缘故。奇怪的是，水菱纱也没在学校出现。

我挑了个周末去枫木家找水菱纱，顺便看望受伤的枫木行。

我刚准备进去，就眼尖地瞥见滕川照从枫木家的大门走出来。

"呼——"我靠在墙角轻抚胸口，还好刚刚躲得快，不然就要和滕川照撞上了。

我从墙角探出头望去，看到滕川照走远才从角落里走出来，往枫木家的大门走去。

"吉星你来啦，小行和菱纱在花园里呢！"枫木阿姨正端着果盘朝花园走，看到我立刻热情地往我嘴里塞了一颗甜甜的樱桃。

再一次走进枫木家的花园，我突然想起上次在这里滕川照逼着我练了一个下午的笔画，那个时候我真是讨厌死他了，没想到后来竟成了他的女朋友，不过，马上也就不是了吧。

我苦笑一声，抬头看到了枫木行和水菱纱。

枫木行手臂上的石膏已经拆了，看来不是很严重，但是右臂依然包得像个粽子，估计还是不太方便活动，水菱纱正坐在他旁边聚精会神地剥着一个枇杷。枇杷

在水菱纱的手中变得坑坑洼洼，果汁四溢，她皱着眉把杧果递给枫木行。

"这么难看……还是你自己吃了吧。"枫木行嫌弃地看了眼水菱纱手里的杧果，撇撇嘴。

"喂，枫木行，你有没有搞错，要吃的明明是你，现在又嫌难看，你是不是故意的啊？"水菱纱用力地把手上的杧果往角落的垃圾桶一丢，结果因为两人挨得太近，她扬起的手肘撞上了枫木行的右臂。

"啊！"枫木行发出一声痛呼，用没有受伤的左手托着右手，怒目瞪着水菱纱。

"哎呀，小行，你怎么这么不小心自己撞到了！星星来看你们了，你们好好聊，我去倒茶哦！"枫木阿姨看到这一幕，连忙打圆场，然后放下果盘带着欣慰的笑容离开了花园。

这……

我目瞪口呆地看着枫木阿姨，不敢想象枫木行此刻内心的想法。不过，看目前的形势，枫木阿姨这么喜欢水菱纱，那么水菱纱想退婚就变得更加艰难了吧？我担忧地看向她。

水菱纱丝毫没有注意到我，她盯着枫木行，看到枫木行痛苦的模样，露出了不忍的表情。

"喂，你没事吧？我不是故意的。哪里疼？严重吗？"说着，水菱纱小心翼翼地托着枫木行的手臂仔细查看，还抽出手帕用力地擦枫木行身上溅到的杧果汁，但是这一举动让枫木行更加龇牙咧嘴了。

"枫木行，你好些了吗？"我看着表情扭曲的枫木行，忍不住问出口。

"咦，吉星，你怎么来了？"水菱纱立刻丢开枫木行的手，这一瞬间，我似乎看到枫木行投来一个感激的眼神。

"哈哈，我来看你啦！"我拉着她的手在亭子里坐下，"你好几天没去上学了，我来看看你。"

"我……"水菱纱似乎想说什么，可是刚开口又闭上了嘴。

是有什么心事吗？还是在枫木家不开心？我疑惑地看向枫木行，枫木行却没有注意到我，而是若有所思地看着水菱纱，眼睛里闪过某种情绪。

这两个人是怎么了？都有心事吗？怎么才几天，原来随性的两个人都变得吞吞吐吐了？

我还没来得及深思，就被枫木行说出口的话惊到了："水菱纱，上次你不是说要向我挑战吗？"说着，他露出了严肃的神色。

他怎么这个时候提起这件事？我瞟了一眼他手上的绷带，现在最重要的事不是手臂的伤吗，难道他有自信用受伤的手打败水菱纱？

"等你的伤好了再说吧，我不会乘人之危的。"水菱纱低下头搓了搓手掌。

"我的手没事。你上次那么轰轰烈烈地挑战我，现在又不急了吗？"不知道是不是错觉，枫木行的声音突然变得有点冷，"不如就定在后天的校庆日好了。我的手也好得差不多了，今天下午就可以拆掉绷带，比赛完你就可以离开季风岛回家，不用麻烦你照顾我了。"

后天？校庆日？我被这突然到来的挑战弄得有点缓不过神来。枫木行为什么挑这么隆重的日子比试？他明明知道水菱纱的书法比不上他，难道他是想报复水菱纱，想让她在校庆日输掉比赛无比丢脸吗？

我看向水菱纱，水菱纱一脸震惊又失落的表情，却什么话也不说。

"你不说话我就当你答应了。"枫木行把没受伤的那只手插进口袋里，又恢复了那副无所谓的随性样子。

枫木行！你简直太卑鄙了！我皱眉看向枫木行，他就这么迫不及待地想让水菱纱丢脸吗？

"喂，枫木行，你明明知道水菱纱比不过你，你是不是想让她在全校同学面前出糗？"看着一旁脸色苍白的水菱纱，我忍不住站起来对枫木行说。

"就这样吧。步吉星，我提醒你一句，这是我和水菱纱之间的事，不希望旁人插手，而且我们枫木家的事怎么样也轮不到步家的人来说什么吧。"枫木行瞥了我一眼，眼神里是我从未见过的凌厉，把我吓了一跳，然后，他转身离开了。

"你……"

我气得说不出话来，只好拍拍旁边水菱纱的肩膀，说："菱纱，不要怕，我绝对支持你，你一定可以赢的！我就不信他手都没好还能赢你！"

水菱纱一脸失落地坐了下来，看着枫木行离开的方向，喃喃地说："嗯，我会好好准备挑战的。"

第七章

宝石和表白
都是真的

1.

"砰——"

伴随着巨大的声响，整整四十支直径超过五十厘米的礼花在天空中绽放，在所有人的惊叹声中呈放射状散开，组成一幅幅美丽的图案，最后在潮水般的掌声里，巨大的"四百年"字样出现在天空中，震耳欲聋的欢呼声几乎响彻整座季风岛。

中华学院四百年校庆典礼开始了！

以往安静的校园里，此时洋溢着节日的喜庆，每个人的脸上都带着自豪的笑容。大家纷纷换上了宽袍大袖的汉服，男生温文尔雅，女生裙裾飞扬，不知情的人走进来估计会以为自己穿越到了古代。

"天啊！太漂亮了！太震撼了！这是我长这么大见过的最美的礼花，果然不愧是中华学院啊！"

"听说这次校庆四大家族都派人送了重礼过来，枫木家还拿出了珍贵的藏品供大家参观，今天我们可以大饱眼福啦！"

"不仅如此，还有往年校庆的重头戏——四艺挑战赛也会更加激烈，昨天枫木行不是宣布说要和他的未婚妻比试书法吗？这个一定不能错过哦！"

"那是当然啦，我们快点去礼堂里看看吧！"

热闹的气氛中，我静静地躲在一棵巨大的装饰柏树后面。柏树上缠着的粉色彩带很好地遮掩了我身上淡粉色的汉服，一群又一群人从这里走过，却都没有发现我。他们兴高采烈地讨论着校庆的事宜，其中有一部分枫木行的拥护者在钱若拉的带领下浩浩荡荡地朝学校礼堂的方向走去。

"我们的枫木行绝对不会输的，他一定会打败水菱纱，一定会！"

她们叫嚣着这样的口号扬长而去，那架势看起来自信得很。

"哼！说得枫木行跟神一样，谁说他就不会输？我对水菱纱有信心！"我在柏树后面狠狠地挥了挥拳头，"枫木行那个卑鄙的家伙，把这场比赛搞得尽人皆知，一定是为了让水菱纱丢脸，太可恶了！"

唉！话虽这样说，我的心里还是一点底都没有。想起昨天分别时水菱纱说她对这场比赛一点信心都没有，真的好惆怅啊！

宝石什么时候才能到我的手里来呢？

我苦恼地揪了揪头发，唉声叹气地继续保持蹲着的姿势。

都怪滕川照那个家伙，我也好想去看水菱纱和枫木行的比赛，可是为了躲着他，只能窝在这个角落里，真是太可怜了！

说起这个，我真是一把辛酸泪。刚才放礼花的时候，我正仰着头感叹礼花好美，眼角的余光竟然发现不远处滕川照正奋力从人群中向我挤过来，一边挤还一边兴奋地挥着手，害得我连礼花都没看完就赶紧借几个凑在一起交谈的同学当掩护，灰溜溜地躲到了这棵柏树后面。

"唉——"我再次发出一声长叹，真是不知道该拿什么样的态度去面对他，干脆还是不见面比较好吧！

我刻意忽略了内心的酸涩，低头再看了看身上的汉服，想起了当初他送给我汉服时的情形。我真是搞不懂自己的心，明明不想见到他，而且晴一也说了可以把自己新做的汉服借给我，我居然还是鬼使神差般选择了他送我的这套，真是脑子进水了！

我抬起手敲了敲额头，接着又甩了甩脑袋，把那在我脑海中傻笑的家伙甩到了九霄云外。

等到安静下来的时候，我发现外面的人已经走光了，为了再确认一下，我小心翼翼地从柏树后面探出头来，然后——

"扑通"一声，我一下子坐到了地上。

"哈哈！吉星，原来你在这里啊！我说怎么一转眼就不见你了呢。你在这里干什么？"

　　滕川照弯着腰，眉毛弯弯的，嘴角咧开，一口白牙在阳光下反射出耀眼的光芒，衬得那张几乎看不见毛孔的俊脸更加可恶。

　　这个滕川照，还是一如既往的迟钝啊，看不出我是在躲他吗？

　　我嘴角抽搐着扯出一丝笑意，喉咙里发出干巴巴的"呵呵"声。此时此刻，如果想要找一个词来形容我的心声，那最恰当的只有一个，就是——倒霉！

　　真是搞不明白，难道滕川照这家伙身上安装了"步吉星探测雷达"，为什么不管我躲在哪里，都能被他找到呢？

　　上下打量了一下滕川照，我才看清，他今天穿了一套黑色的汉服，里面是雪白的里衣，显得很庄重，宽袍大袖的装扮让他更有气质，衬得他的身材也更加修长挺拔。

　　不得不承认，在看清他的穿着的那一刻，我的心跳在胸腔里疯狂回响。可是想到这样一个帅哥对我只是同情和怜悯时，仿佛一盆凉水迎头泼下，剧烈的心跳再次恢复正常。

　　我避开了他伸过来扶我的手，自己双手撑地站了起来，为了维持风度，只能咽下心中五味杂陈的感觉，露出最标准的步吉星完美微笑："呵呵！我刚才看到这里有只蝴蝶，所以才跑过来观察一下。"

　　但是，脑子一热想到的理由刚出口，我就知道自己犯了致命的错误，怎么忘了这家伙是个狂热的动物爱护分子呢？

　　果然，一听到我说这里有蝴蝶，滕川照的眼睛立即亮了，他兴奋地环顾了一下四周，居然还刻意压低了声音，好像生怕惊跑了蝴蝶似的："哪里？蝴蝶在哪里？"

　　"呃……"我摸着鼻子，在心中痛骂了自己一顿，然后才装出一副遗憾的样子说，"蝴蝶刚才已经飞走了！"

　　"啊？"一抹遗憾飞上了滕川照的眉宇，他露出失望的神色，嘴里还在嘀嘀咕咕，"真的好可惜呢！"

　　"呵呵呵！"我只好赔笑，"是好可惜呢，刚才从这里经过的人太多，把蝴蝶都吓跑了。"

"啊，对了！"我的话音刚落，滕川照就像是突然想起了什么似的，一把拉住了我的手，"差点忘了！枫木行和水菱纱的比赛马上就要开始了，我正要找你一起去看呢！"

好吧，反正已经被发现了，而且我也好担心水菱纱和枫木行的比赛结果，在试图抽出自己的手无果后，我只好跟着他走向礼堂。

这可不怪我，是他非要拉着我的！

我在心里为自己找理由。

但是，不知道是不是故意和我作对，走在前面的滕川照突然转过头来，冲着我露出一个迷人的微笑："吉星，你今天穿着汉服可真漂亮！"

轰地一下，我觉得自己身体里的血液全部涌上了脸颊，不到一秒钟的工夫脸已经烫得可以煎鸡蛋了。

淡定！步吉星，你要淡定！

可是根本淡定不了怎么办？还有，心里正不停冒出喜悦的泡泡。我伸出另一只手摸了摸嘴角，拜托，嘴角已经快要咧到耳后根了。

幸好罪魁祸首滕川照说完这句话就转过了头。

我努力后仰着身体，似乎这样他就不会听到我擂鼓一般的心跳声。

步吉星，你真是没救了！

带着对自己的强烈唾弃，我终于跟着滕川照来到了人声鼎沸的学校礼堂。

2.

学校礼堂里人挤人，热闹到不行。

"还好，还没开始。"滕川照拉着我往前挤，因为他那张脸，一路上居然畅通无阻，我们顺利地站在了距离比赛台最近的地方。

台上的水菱纱和枫木行都已经将宽大的袖子挽起，他们面对面分别站在书桌

前，桌子上笔墨纸砚已经准备好了，现场气氛已经达到最高点。

"枫木行，我支持你！"

"枫木行，你最棒，漂亮地打败她吧！"

"水菱纱，你认输吧！你赢不过枫木行的，哈哈哈！"

女生们都在为枫木行加油助威。

我气得愤怒地瞪了她们一眼，这些人真是太讨厌了，哪有这样来观战的，对比赛选手一点都不公平。

我抬头看了看台上的水菱纱，很担心她会受这些人的影响。

"别担心，没事的！"令人安心的话语适时在我的耳边响起，滕川照似乎看穿了我的心思，安抚地用下巴摩挲了一下我的头顶，"学习书法的人，都有让心静下来的能力，水菱纱不会受影响的！"

温暖的气息中，我的心跳似乎暂停了一秒，然后便疯狂跳动起来。原来不知道什么时候，拥挤的人潮里，滕川照用坚实的臂膀把我抱在了怀里，以免我被其他人碰到，此时他的双手握着我的肩膀，保持着我身体的平衡。

我不自在地动了一下，想要挣脱这种保护。

"别动，这里人太多了，万一被碰到就不好了！"滕川照制止了我的举动。

而比赛在他话音落下的一刻正式开始了。

我的心似乎还在以不正常的频率跳动着。不知道为什么，今天的滕川照似乎和以往很不一样，他做出的很多亲密的小动作看起来那么自然，自然到让我忍不住心生希望。

难道他是真的喜欢我？

这个念头刚起，就被我迅速扼杀了。

怎么可能？步吉星，你在想些什么？你明明知道滕川照对你的照顾都是出于同情，也决定了只要拿到"仁心"宝石就离开这里，为什么还会在这种关键时刻产生这种不切实际的幻想？

我的心揪痛了一下，但是很快就被台上的情形吸引了注意力。

水菱纱作为挑战者已经动笔，她提笔运气，表情严肃，下笔利落。喧闹的人群慢慢安静下来，都静静地看着她在宣纸上悬腕走笔。

水菱纱是全才的名声不是虚传的吧，看看她安静下来认真走笔的气势，长发随着低头的动作遮住了脸颊。她为了喜欢的人这么努力，真的好勇敢啊！

"如果水菱纱输了，你会难过吧？"滕川照突然出声，担忧地看着我。

"水菱纱会输吗？"我瞪大眼睛，枫木行都还没写，滕川照就下了这样的定论吗？

"也不一定，毕竟水菱纱也写得很好，我只是想起自己答应过你不让你难过。"滕川照露出无害的笑容。

"我……"我不敢看他的眼睛。我是会难过，因为如果她赢不了枫木行，我就不能拿到宝石，这样就要继续委屈他以这种身份陪在我身边……

"咚！"台上一声钟响，水菱纱的字完成了。

工作人员上前将水菱纱那幅作品拿起进行展示，书法盲如我，除了"好看"之外没别的词来形容了，边上的滕川照却赞叹出声："走笔利落，婉转圆润，舒朗通透，真是妙笔好字！"

"真的？真的那么好？比枫木行写得还好吗？"我兴奋地转头问滕川照。

滕川照伸手帮我把碎发拢在耳后："你接着看就知道了。"

心跳一下子漏了两拍，我差点忘了时间、地点，眼里只剩滕川照一个人——棱角分明的五官、细腻白皙的皮肤、柔顺清爽的头发、温柔宠溺的眼神……

"枫木行，加油！"

"枫木行，我知道你写得比她好多啦！我们知道你不会输！"

钱若拉和后援团成员疯狂的加油声拉回了我的思绪。

天啊！刚刚我在想什么，我竟然有想亲吻滕川照的冲动！

看到枫木行提起了笔，一下子整个礼堂都安静了，我的注意力集中在那支毛笔的笔尖上，眼神里的期待简直要燃起火光了。

枫木行却迟迟没有动静，笔尖仿佛凝固住了。

"他是觉得自己写不好不能超过水菱纱才犹豫了吗？"我有点窃喜。

"肯定不是那样的。"滕川照摸摸下巴，露出一脸疑惑的表情。

"我认输。"枫木行突然把蘸饱墨汁的毛笔一搁，脸上带着平静的微笑说。

"什么情况，枫木行认输了？我不是在做梦吧？"

"为什么？枫木行明明能写得比她好啊！我看过他的字，不可能输的！这真的是枫木行吗？"

"难道是……枫木行被谁威胁了？看表情也不像啊……"

"呜呜呜，枫木行怎么会输！怎么可能这样，一定是我在做梦，这不是真的！"

整个礼堂炸开了锅，和钱若拉站在一起的许多女生甚至泪流满面，因为水菱纱的胜利而欢呼雀跃的好像只有我。

水菱纱就这样赢了，那么她可以解除婚约，我也可以拿到宝石！

可是，我看了看身边的滕川照，他微微皱着眉，脸上满是不解的神情。

台上枫木行和水菱纱仍旧面对面站着，似乎都没有听见裁判宣布"比赛结束，双方行礼"。

两人就这样默默站着，似乎面前隔着一条谁也跨不过去的鸿沟。

围观的人群因为这一场滑铁卢之战渐渐散去，礼堂里只剩下我们四人。我冲上台去想向水菱纱表示祝贺，可是水菱纱看着枫木行，脸上的神情却不像是开心。

"菱纱，你……"我想开口说点什么打破沉默，却觉得有些艰难，赢了枫木行就可以取消婚约，水菱纱应该感到高兴才是啊？

"按照约定，我们解除婚约吧。"枫木行突然开口，放下了本来挽到手腕处的袖子。

太棒了！水菱纱就要如愿以偿了！我扬起嘴角，转过头去看水菱纱。

可是……水菱纱的表情没有一点高兴的样子，只是沉默。

"菱纱，你怎么了，不高兴吗？"我担心地看着她。解除和枫木行的婚约不是她转学来中华学院的目的吗，为什么达成了反而一点都不开心呢？这也太奇怪了。

"枫木行，原来你是故意的，你知道我会输，所以才这样做。"菱纱脸色难看，咬牙说出这句话来。

"你不正想要这个结果吗？"枫木行说完这句话便沉默下来，一时间气氛压抑得让人难受。

"原来你早就打算好了，难怪一直让我先写，其实你也想解除婚约吧，你肯定很讨厌我，明明写字不如你，还成天叫嚣着要打败你，害得你的手受伤，还赖在你家，所以你才这么做。"水菱纱说完，紧紧咬住了嘴唇。

枫木行似乎想走到水菱纱面前，可是才迈出一步又停了下来："不管怎么样，我输了，现在提出你的条件吧，你的条件不就是要解除……"

"等等！"水菱纱突然打断了枫木行的话，"你不是说，挑战成功就可以拿到'仁心'宝石吗？我要的是那个。"水菱纱看着枫木行，说出的话让我们几个都目瞪口呆。

"你挑战我的目的不是为了打败我解除婚约好和你喜欢的人在一起吗，为什么不趁现在提出解除婚约的条件？"枫木行皱眉说道，脸上满是疑惑。

"你要是讨厌我就直说，不要乱说什么我有喜欢的人以此来赶我走！"水菱纱一下子激动起来，叉着腰说道。

"啊？你不是为了和喜欢的人在一起才急着来季风岛解除婚约的吗？"枫木行一脸茫然。

"什么啊！"水菱纱一撇嘴说，"我只是不喜欢被强制的婚约才来季风岛的，什么为了心上人，为什么会有这种流言传出来？"

"难道不是吗？"连我也忍不住开口。

"步吉星，该不会连你也以为我有喜欢的人吧？你难道不知道有喜欢的人是什么样子吗？"水菱纱瞪大眼睛说完，若有所思看了滕川照一眼。

"我……"我看向滕川照，不知道该怎么接话。而他只是微笑看着我，似乎枫木行和水菱纱是否解除婚约对他一点都不重要，重要的只有我。

我默默转过了头，不敢再对上他的目光，脸颊却一点点热了起来。

"我是因为不满父母私自替我订下婚约，让我和一个从来没有见过的人结婚，而且……"水菱纱突然红着脸看了枫木行一眼，"我有一个远房表姐告诉我，枫木行是个很自大的人，所以我……"

"自大？"我瞥了一眼枫木行，思考他怎么和这两个字扯上了关系。

"我可以反悔吗？我重新写一幅字，肯定不会输给你的。"枫木行突然上前一步，脸上的表情由刚才的平静变成了灿烂的笑容，就连眼睛也瞬间亮了起来。

我张大了嘴巴，枫木行，他说这句话的意思难道是……

我偏头看着枫木行，原来他也不像水菱纱说的那么讨厌她嘛，而且，好像还有点别的意思，原来他们两个都误会了对方。

不过等枫木行再写一幅字，赢了水菱纱，他们的婚约就可以不用解除啦，这样就皆大欢喜啦。

我喜滋滋地看着水菱纱，枫木行反悔啦，你只要答应再比一次就好啦。

"那当然不行！"水菱纱干脆利落地拒绝了，"不是说好的挑战者赢了就可以拿到'仁心'宝石吗，你怎么能反悔呢？"

水菱纱眨眨大大的眼睛，粉嫩的脸上满是认真。

啊？我瞪大眼睛看着水菱纱，为什么目标变成了宝石？难道水菱纱也看上了"仁心"宝石？

绝对不可以！我露出警惕的目光。

"好，那我马上给你把宝石拿过来。"枫木行听到水菱纱的话，转头就冲出了礼堂。

"你……"我看着水菱纱，却不知道该怎么问出口，直到她向我眨眼，我才恍然大悟。

"你是要把宝石给我？"我压抑住激动，问道。

"当然，我们不是说好了吗？"

带着微笑说出这句话的水菱纱简直就是我的天使啊！

"水菱纱，你太好啦！"我一把抱住了水菱纱，"实在是太谢谢你啦！"

"仁心"宝石，我马上就要拿到"仁心"宝石了，这样我可以成为布吉岛的继承人了。呜呜呜，想到之前为了拿宝石做了那么多事，现在竟然这么轻松就拿到了，此刻的我就像是坐在轻飘飘的云朵上，简直想对着全世界宣告"我成功了"！

可是，当我内心萌生这个念头时，第一个想到的人竟然是滕川照。

滕川照，我因为宝石才接近他，他因为同情心才这样对我，现在宝石终于拿到了，那我们……

我放开水菱纱，转头看向一直没出声的滕川照。

"吉星。"在我转过头的时候，滕川照突然叫我的名字。

"嗯，怎么了？"我下意识地回答。

"不要动哦……"

温柔磁性的声音越来越近，越来越近……滕川照的脸在我眼前放大，泛着樱花般美丽色泽的嘴唇慢慢凑近，一个轻轻的吻落在我的右脸颊上。

大脑一片空白，直到旁边的水菱纱发出一声轻笑，我才像是突然回魂了一样。

滕川照吻了我！

可是吻不是代表喜欢的意思吗？

"为什么你要亲我？难道你不是因为同情我想要帮助我才和我交往的？这样的'帮助'也太过火了吧？"我气愤地一把推开滕川照，脸颊却还是像火烧一般滚烫，有帮人帮到这个程度的吗？滕川照，你这样也太过分了。

"吉星，你在说什么？"滕川照被我推得后退了两步，好像还没有反应过来。

"你不是为了帮助我才对我这么好，答应和我交往的吗？既然只是这样，为什么你还要……"我说不下去了，只能咬着嘴唇瞪着他。

"我没有啊……"

"你不要狡辩了，松原冽都告诉我了！"听到滕川照的否认，我大声打断了他。

本以为滕川照听到松原冽的名字会讪讪嘴承认这一事实，可是他上前一步，双手放在了我的肩膀上，用一种从未有过的认真眼神看着我。

"吉星，我不知道你为什么会误会我对你的感情，还提到冽的名字。没错，我一开始的确只是想帮助你，但和你交往根本不是这个原因。"滕川照脸上原本只有一抹的绯红迅速扩大，似乎连耳后根都变成了桃花一样的粉色。

"那是……什么原因？"似乎预感到了什么，但是又不敢相信，我的声音听起来那么的不确定。

"当然是因为我喜欢你啊！步吉星，你在想什么？我怎么可能因为想帮助别人就和别人交往？这不是帮助是欺骗，我最不能忍受的就是欺骗。"

滕川照像是终于鼓足了勇气，他语气肯定地反驳了我的话，却带给了我更大的震惊。

"你喜欢我？怎么可能？"我呆呆地重复着滕川照的话。

"怎么不可能？你这个小傻瓜！"滕川照好像终于受不了我的迟钝了，他的眼睛里闪烁着浓浓的笑意，直接把我搂入了怀中，令人心醉的声音在我的头顶响起，"我一开始只是想要帮助你，但是看到你那么善良，那么喜欢小动物，还那么勇敢地表白，我从来没有见过像你这么可爱的女孩子，所以才会喜欢你啊。可是最近不知道为什么，我感觉到你总是在躲着我，刚才看到你笑得那么开心，所以我才忍不住……"

嗯……想起刚才那个吻，我的脸又重新烧了起来。

"喂！你快放开我，菱纱还在。"我挣扎了一下，想要脱离他的怀抱。

身后却响起了水菱纱戏谑的声音："哈哈！我捂住了眼睛和耳朵，你们可以当我不存在哦！"

我扭头看到水菱纱用一只手半遮半掩地捂着眼睛，另一只手装模作样地盖住了耳朵，看到我的目光，她还露出一个俏皮的笑容。

真是快疯了！我害羞地把头埋进了滕川照的怀抱，换来头顶低沉的笑声。

尴尬的气氛中，枫木行急切的脚步声和话语终于解救了我："水菱纱，这就是'仁心'宝石。你赢了我，它归你了。"

一听到"仁心"宝石，我再也顾不上害羞，一把推开了滕川照，兴奋地扑了过去。

玲珑剔透的"仁心"宝石安静地躺在枫木行的手心，泛着柔柔的光芒，果然是那次我在枫木家见到的那颗。

　　在我期待的目光中，水菱纱接过了宝石，语气认真地对枫木行说："这次是你故意让我的，所以你不用认输，宝石我拿了，以后我一定会真正赢你的！"

　　"我很期待。"枫木行的眼睛里闪烁着光芒，他望着水菱纱微微笑了一下。

　　"步吉星，这颗宝石送给你，谢谢你这些天来一直帮助我。"水菱纱转身把宝石放在我的手中。

　　"其实我也没帮你什么忙啦，应该是我谢谢你才对。"我郑重地接过宝石，露出不好意思的表情。

　　"步吉星，恭喜你！"枫木行朝我眨眨眼睛。

　　我看到他的表情，顿时恍然大悟。原来他早就知道我跟水菱纱是一伙的。想到他最初征得我的同意才把宝石拿出来做奖品，应该也是希望我拿到宝石，毕竟宝石回到步家，才算是了了他的心愿啊！

　　我低头看着手中流光溢彩的宝石，突然有种不真实感。宝石拿到了，是不是代表我在季风岛的任务结束了呢？那么，我是不是要离开了？

　　我扫视大家，枫木行、水菱纱，还有滕川照。

　　滕川照的笑容还是那么温暖，刚刚表白时脸上的绯红已经消失，一切像没有发生过一样，让我有些恍惚。

　　枫木行突然发出一声感叹："宝石原本就是步家的，现在物归原主也是一件好事，我也终于不用再想着这颗宝石的事了。"

　　说完，他一把扯过我旁边的滕川照，大笑着朝礼堂外走去："走吧！我们也去感受一下中华学院四百年校庆的风采！"

　　"吉星，你也来！"被强行拖走的滕川照还没忘回过头来叫了我一声。

　　我晃了晃手中装着宝石的盒子，轻轻摇了摇头。

　　今天发生的事情太多了，现在我需要冷静——尽管根本就冷静不下来。

3.

拿到宝石，我根本没有心情再去参加校庆，于是告别水菱纱，决定回家。

我开心地走在回家的路上，周围的空气中似乎飘浮着无数喜悦的泡泡。看看万年青，绿得特别美；看看野蔷薇，红得相当艳；再抬头看看天，蓝得就像是整块宝石。当然，这一切都没有我手里的"仁心"宝石美！

宝石拿到了，而且滕川照也是真的喜欢我，真是太好了！

等等……

我的脚步慢了下来。

他喜欢我……难道我不应该感到困扰吗？我可不是因为喜欢滕川照才向他表白的呀！现在他说他喜欢上我了，那这块牛皮糖岂不是越来越甩不掉了，我还开心做什么，难道我喜欢上他了？

那个总是冒傻气、喜欢帮助人和小动物、一根筋又任性、喜欢做的事情就一定做到底的滕川照……

那个傻瓜……他可爱吗？

那么温暖的人……我喜欢他吗？

因为一个表白，我就这么开心，这么飘飘然，难道我真的喜欢上那个傻瓜了？

"哎呀！"想得太入神，我差点在一个坑边绊了一跤。

好险，我拍拍胸口，回过神来。

不，肯定是因为宝石我才开心的。我步吉星怎么会那么轻易就喜欢上谁呢？喜欢上滕川照这么奇怪的事情怎么会发生在我的身上？我只是因为感动而已……

我肯定是因为拿到了"仁心"宝石，继承权也有着落了才这么开心的，就是这样！

一路安抚自己的我兴冲冲地回到步家。

"晴一！"我一进客厅就看到了坐在沙发上看杂志的晴一。

"吉星，你这么快就回来了？"晴一放下杂志，给我倒了杯水。

"晴一！"我飞快地冲过去抱住她，"我拿到宝石了，太棒了，我马上告诉管家爷爷！"

"啊？"

发现晴一的身体有点僵硬，我才意识到自己从来没有对晴一这么亲密过，我耸耸肩放开手，不好意思地说："不好意思，我太激动了。"

"没关系！你拿到宝石了，太棒了！但是爷爷现在去岛外办事了，只有辰星少爷在，不如我们先通知他好了！"晴一把手上的水杯递给我，示意我先喝口水休息一下。

"嗯，好吧。"既然这样，也只能按晴一说的办了。

为什么管家爷爷这个时候不在呢！唉……不过反正宝石拿到了，我也别太着急……

"我可以看看宝石吗？"晴一开口，眼睛里有期待的神色。

"当然可以啦！要不是晴一你这么久以来一直照顾我帮助我，我怎么可能这么快拿到宝石。"我从口袋里小心翼翼地拿出那颗宝石递给晴一。

切割完美的宝石光芒流转，非常耀眼。

"看，漂亮吧！""仁心"宝石不愧是步家的宝贝，看多少次都会被它迷人的光彩折服。

晴一看着"仁心"宝石，就像是呆住了，好半晌才说："好漂亮！我们要找个安全的地方把它放好，千万不能弄丢了。"

"嗯……管家爷爷今天不在，'仁心'宝石放在哪里好呢？这么珍贵的东西，我放在身边都觉得不安全呢……"我看着手上的宝石，有心想抱着它睡觉，但是如果睡觉的时候掉到床底下了怎么办？滚到哪个角落里找不到了怎么办？真是让人烦恼啊！

"书房的保险箱很安全，吉星，你可以把宝石放在那里，绝对不用担心。"晴一眼睛一亮说道。

第七章 宝石和表白都是真的

保险箱？

听起来是挺靠谱的。

"确定安全吗？"我得确保万无一失。

"保险箱的钥匙只有一把，只要吉星你拿着，谁也没办法打开。"

晴一带着我来到书房的保险箱前，我里里外外仔细检查了一遍之后才小心翼翼地把宝石放了进去。

关上保险箱门的那一刻，晴一朝我温柔地微笑："现在我们要做的事就是等爷爷回来啦！"

"嗯！"我用力地点点头。

放好宝石后，晴一说有事要出门，我只好一个人躺在卧室的床上百无聊赖地发呆。

"成为继承人以后我要做什么呢？我是不是就可以天天想吃什么吃什么，想去岛上的哪里就去哪里，想在哪里建房子就在哪里建房子？"望着窗外的玫瑰花丛和院子里的维纳斯雕塑，我突然想起了生日那天藤川照对我说的话——

"步吉星，以后，我会一直在你身边，你的每一个生日、每一个节日、每一个你需要我的时间里，只要你想，我就会一直照顾你、关心你、爱护你，你再也不会是一个人了。"

"你真的会永远陪着我吗？"我喃喃地开口，却没有得到回答。

脑子一下子清醒过来，我才发现，原来自己不是在美丽的法国餐厅，面前也没有藤川照。

"藤川照……"我默默地念出这个名字，刚才雀跃的心情突然打了一个大大的折扣。只要一想到离开了季风岛，离开了中华学院，我就再也见不到藤川照，我便觉得回家也没那么美好了。

不，我一定是脑子进水了才会产生这么荒唐的念头。要知道我从小到大最大的愿望就是能有一个温暖的家、有一大群关心爱护我的家人，最好衣食无忧，现在这些马上就要实现了，我还有什么不开心的呢？

对，我要开心！我一定是开心的！

今天早起，又躲滕川照，又看紧张的比赛，躺在舒适的大床上，在不停的自我催眠中，我终于慢慢进入了梦乡。

眼前是从来没见过的华丽建筑群，象牙色的外观圣洁美丽，如同玉石打磨而成的柱子高高耸立，走廊蜿蜒延伸，四周全都是精心设计的园林式风景，假山流水，亭台楼阁，茂盛的植物郁郁葱葱地生长着，不知名的花朵热烈地盛放。

镜头一闪，在一个人工湖旁的草地上，人头攒动，我穿着一件足以媲美真正的公主才能穿的盛装，梦幻般的白色纱裙衬托出我高贵的气质，高高挽起的头发上是一眼望去就价格不菲的流苏状发簪，衬得我的脸更加光彩照人。

而我正被一个白胡子老爷爷拉着郑重地介绍给宾客们："欢迎大家来到我步家的宴会，这就是我的宝贝孙女，步家真正的继承人——步吉星！"

雷鸣般的掌声响起，众人潮水一样的恭维声传进耳朵，我保持着得体的微笑，向人群点头致意，然后目光一瞥，突然看到了一个熟悉的身影。

"滕川照！"我下意识地叫了一声。

但是那个人影一闪，很快就不见了，空气中只留下他最后的话语："步吉星，原来你都是骗我的！你接近我只是为了拿到'仁心'宝石，我恨你！"

"不要！"我急得不得了，挣脱了爷爷的手，慌乱地朝人群冲过去。

"滕川照！"我再次大叫了一声，从床上坐了起来，额头上全都是冷汗。

我看着房间里熟悉的摆设，这才意识到刚才的一切只是一场梦。

可梦境是那么真实，梦里的滕川照望过来的眼神是那么痛心，好像再也不愿意看见我了一样。

我重重地抚着胸口，情绪完全没办法从后怕中解脱出来。

如果成为步家继承人的代价是永远不能再见到滕川照，我不知道自己究竟会不会后悔，会不会遗憾。

这一刻，得知滕川照喜欢我的喜悦已经完全被害怕他知道我利用他的恐惧代替了。

我转过头看了看窗外，天空已经泛起了鱼肚白，很快就要天亮了。我竟然睡了

这么久，从下午一直睡到了第二天早上？

脑袋里带着一点疑惑，我再也睡不着，穿着睡衣爬了起来，没有惊动任何人，一个人走进了书房。

保险箱仍旧安静地待在角落里，我把手伸进口袋里，掏出钥匙。

钥匙和我刚拿到时没什么两样，表面泛着金属的光泽。我将钥匙插进保险箱的锁孔。

不知道为什么，我觉得要看一眼宝石才能安心。

钥匙缓缓转动，"啪"的一声，保险箱门打开了。

但是下一刻，我发出了一声尖锐的惊叫："啊——"

保险箱里什么都没有！

"仁心"宝石不见了！

"怎么回事？吉星，发生了什么事？"别墅里的所有人都被我的尖叫声吵醒，晴一最先闯进来。

我失魂落魄地跌坐在地上，眼神发直地盯着保险箱，不敢相信眼前的一切。

她顺着我的目光望向保险箱，然后脸色也是一变："天啊！宝石呢？'仁心'宝石呢？"

接下来的半个小时里，我呆坐在客厅的沙发上，听着昨天在别墅里的所有用人汇报自己的行踪，却一无所获。

晴一始终陪在我的身边，握着我的手，默默给我支持。

最后一个用人汇报完毕，突然建议道："吉星小姐，我们的别墅里是有监控的，您看是否需要调看监控录像，说不定能发现什么呢！"

啊？

监控？

我像是抓住了救命稻草一样，飞快地抬起了头："监控在哪里？"

旁边的晴一表情似乎一僵，但是很快放松下来，拍了拍我的肩膀："别急，吉星，一定会有发现的！"

在用人的带领下，我和晴一来到了别墅的监控室，除了播放监控录像的人员，所有人都被我挡在了门外。

昨天晚上的监控录像很快就被调了出来，因为这栋别墅位于海边，天色黑下来之后，别墅周围几乎没有人，我拉着晴一，眼睛眨也不眨地盯着监控录像画面，突然——

"等一下！"我发出一声惊呼，因为屏幕上闪过一道黑影。

画面静止，我下意识地凑近了看。

那个身影似乎很熟悉，在哪里见过呢？

"啊！松原冽？怎么会是他？"

因为监控离得有些远，人影的轮廓虽然拍清楚了，但脸并不清晰，我还没判断出究竟是谁，就听到了晴一惊讶的叫声。

"松原冽？"我也吃了一惊，凑近仔细观察。

那似乎和整个世界格格不入的冷淡气息，除了松原冽那个讨厌鬼没有别人了。

"这么晚了，松原家离我们这里可不近，他跑到这里干什么？难道是吉星你之前和他发生过几次冲突，他一直怀恨在心，所以才会用这种方式报复你？"

晴一的话像是惊雷一样在我耳边炸开了。

"不过……应该不会吧？松原冽虽然冷淡，但应该不是这种人吧……"晴一皱着眉，似乎也不敢相信自己的推断。

"怎么不会？"我粗暴地打断晴一的话，像是溺水者终于找到了一根救命的绳索，"这一切都有了解释。昨天枫木行把'仁心'宝石输给了水菱纱，水菱纱又送给了我，这件事肯定早就传遍了校园，作为四大家族的成员，松原冽一定也知道了。想不到他竟然这么卑鄙，实在是可恶到了极点！"我几乎已经确定幕后黑手就是松原冽了。

"啊，是这样吗？那我们怎么办呀？"晴一担心地看着我。

"怎么办？"我发出一声冷笑，心里燃起了熊熊斗志，"当然是找他对质了！我一定不会放过他的！"

说完，我头也不回地走出了监控室。

松原冽，这次我们走着瞧！我一定会当众揭穿你的真面目！

第八章

谜之失窃案

1.

季风岛上还是一如既往的平静，棕榈树沿着海岸线笔直挺立，叶子在海风的吹拂下轻轻摇晃，树影婆娑。

这是我自欢迎宴会之后第二次来到滕川家的别墅，我把宝石失窃和监控录像的事跟滕川照说了，希望他能和我一起去找松原冽对质。

"我不相信冽会干出这种事，一定是搞错了。"昨晚留宿在滕川家的宫流月听了我的话，皱起了眉。

"步吉星，你确定那个人影是冽？宝石真的不见了？"滕川照拉着我在沙发上坐下，眉头紧皱。

"难道你们怀疑我自己偷了宝石然后嫁祸给松原冽？"我一把甩开滕川照的手，站了起来，"要是你不愿意帮我一起去找松原冽对质就算了，我自己去！"

说完，我气呼呼地准备离开。

"步吉星，你先别激动，我打个电话。"滕川照一把拉住我，半强迫地把我按在沙发上坐了下来。

我瞪着他，要是三分钟之内还没有打完电话，我就立刻离开，我可没有这么多闲工夫待在这里，不能给松原冽更多时间藏宝石。

不知道电话那端的人是谁，滕川照简单地说了一下宝石失窃和监控录像里松原冽的背影的事，然后沉默了将近一分钟，最后说了一句"我知道了"，就挂断了电话。

"走吧，吉星，我们跟你一起去找松原冽对质，这个时候他应该在围棋教室里下棋。"

"滕川照，你……"宫流月惊讶地看着滕川照。

"走吧，我们一起去。"说着滕川照率先走出了滕川家的大门。

我狐疑地跟着滕川照向外走去，没多久，我们果然在学校的围棋教室里找到了松原冽。

围棋教室里还坐着好几个下棋的女生，我们进去的时候，她们正一边偷看松原冽，一边交头接耳。

哼，松原冽不过是个光靠外表迷惑别人的小人！

"松原冽，你能不能解释一下昨天晚上你为什么会出现在我家附近。"我上前一步，紧盯着松原冽的脸，希望能看出慌张的表情。

松原冽没有理我，手里仍然拿着棋谱，右手拈着一枚白子。

"啪。"

松原冽将白子放在棋盘上，慢条斯理地把黑子收进棋盒。

看到他的气势，我忍不住往棋盘上瞟去，黑子已经输了。

"喂，松原冽，我在跟你说话，你不要装作听不见！你昨天晚上为什么出现在我家附近？刚好那么巧，昨晚我的'仁心'宝石就失窃了。"看到松原冽的态度，我心里更加气愤，气急败坏地吼道。

"发生了什么事，怎么步吉星这么生气，连宫流月和滕川照也来了？平时很少见到他们三个同时出现呢。"

"刚刚听步吉星说，好像是丢了什么东西，怀疑松原冽。"

"松原冽偷东西？别开玩笑了，松原家的人怎么会沦落到偷东西的地步。"

旁边传来窃窃私语的声音。

松原冽终于抬起头，凌厉的目光看得我一个哆嗦："昨晚我只是吃多了散步到你家别墅附近，关于宝石的事，我什么都不知道。"

"你不觉得你的理由太牵强了吗？你们家明明住在季风岛的东边，你为什么要

到我家附近来散步？东边和南边的距离，如果没有两个小时，根本走不到。你到底是来干什么的？"我上前一步，激动地用手指着松原冽。

"我散步两三个小时不可以吗？无聊的时候喜欢多走一些路也不行吗？步吉星，你未免管得太宽了吧？你除了监控录像里的背影还有别的证据吗？你难道亲眼看到或者拍到我偷宝石了？"

松原冽从棋盘前站了起来，身高和气势都逼得我不得不往后退了一步，他脸上的表情比以前冷漠一百倍，让我心里不禁打了个寒战。

但我步吉星才不会这么容易被吓到，这种理由，鬼才会相信呢。

"松原冽，你不要太过分，我绝对不会让你这么轻易地拿走宝石的！"我气得大骂，但是松原冽的表情没有任何改变。

哼，简直是奥斯卡影帝！

"步吉星，你别激动，慢慢问。"滕川照伸出手拉住我，轻抚我的背，试图安抚我的情绪。

宝石丢了，我怎么可能不激动，松原冽是你的朋友，而我只是你同情的对象，所以你连问松原冽一句都不愿意。

不知道为什么，滕川照的安慰让我越来越生气。虽然他昨天表白了，但是现在这样的场景让我忍不住怀疑滕川照真的是因为同情我才表白的。

"滕川照，你是因为松原冽是你的朋友才这样吗？即使他真的偷了东西，你也会说，松原冽不是这样的人吧！你根本就是在包庇他！"我甩开滕川照，挪开两步，仿佛不认识他一般看着他。

滕川照露出受伤的表情，我有点不忍，是我太冲动，说话太过分了。

"步吉星，你冷静一点。"旁边的宫流月也试图稳定我的情绪。

"冽，你真的不能解释一下你昨天晚上为什么会出现在步家附近吗？"滕川照突然上前一步，直视着松原冽的眼睛问。

滕川照，他竟然真的帮我质问松原冽！

"滕川照，你不是我的朋友吗？你不愿意相信我吗？"松原冽随意地把手中的棋谱扔在棋盘上，打乱了刚刚的一盘棋。

"冽，你是我的朋友，步吉星也是我的朋友，如果朋友犯了错，我是不能包庇的，所以，你可以对你昨晚出现在步家别墅附近的事给出一个合理的解释吗？"滕川照声音温柔，却透出不容置疑的气势。

"天啊，连滕川照都在质疑松原冽，该不会松原冽真的偷了步吉星的宝石吧？"

"我真的不敢相信！但是，滕川照不是一直很温柔吗，他还是松原冽的好朋友，如果连他都怀疑，那么……"

围棋教室里，自从滕川照问出那句话后，松原冽一直沉默不语，身后传来几个女生的窃窃私语。终于，松原冽主动打破了沉默。

"步吉星，受到惊吓的滋味怎么样？宝石丢了很着急吧？你着急的样子格外有趣呢。"松原冽冷笑着说出一段让我震惊的话。

"松原冽，真的是你……"我没想到他会这么快就承认自己偷了宝石，因为如果让我拿证据的话，除了录像里的背影，我根本没有其他证据来证明是他偷了宝石。

"冽，你……"宫流月呆呆地看着松原冽，一脸难以置信的表情。

"那宝石呢，你把宝石放在哪里了？"我忍不住问出口。既然松原冽已经承认偷了宝石，我得快点把宝石要回来才行。

"一颗宝石而已，我只是想看看你着急害怕的样子罢了。本来我当时还放了一颗假的在保险箱里，大概不知道被谁拿去玩了吧。"松原冽把手伸进口袋，掏出一个紫红色的丝绒盒子，"我最讨厌这种东西了，还给你。"

松原冽把盒子放在旁边的棋盘上，走出了围棋教室。

我一个箭步冲上去，把盒子紧紧攥在手里，正准备打开，滕川照突然抓住我的手："走吧，先回家，回家了再看。"说着便拉着我往外走去。

辛蒂瑞拉的微笑
Cinderella's smile
Cinderella's smile

2.

深夜的步家别墅一片黑暗和宁静，星光透过大落地窗洒在实木的旋转楼梯上，投下细碎的光芒。

"啪"的一声，书房的灯被打开，暖黄色的灯光照亮了整个书房，保险箱前，一个纤瘦的身影僵立在那里。

"晴一，竟然是你？"我呆呆地看着那个熟悉的身影，即使她没有转过身来，但是那套碎花小熊睡衣足以让我判断出眼前人的身份。

"你们……"晴一缓缓转过身来，手里拿着一个已经打开的紫红色丝绒盒子，正是松原洌还给我的那个，盒子里什么也没有。

晴一低下头之前，我看到了她脸上的惊慌和害怕。

"步吉星，你现在弄清楚是谁偷了宝石了吗？"

松原洌清冷的声音和窗外蟋蟀的叫声一起敲击着我的耳膜。

"晴一，你为什么要这么做？"我颤抖着说出内心的疑惑。

竟然是晴一！我从来没有想过是晴一！

从我来到季风岛后，她一直照顾我、帮助我，如果不是她，我根本没有那么多关于季风岛和枫木家的情报，而且每一次关于如何拿到宝石的计划，我都会和她一起商量。

她那么温柔，是我来到季风岛后的第一个朋友。以前我连一个朋友都没有，一直被人嫌弃，所以我真的很珍惜和她之间的友情，甚至已经把她当成了姐姐一般的亲人。

可是，为什么会这样，为什么我最相信的人竟然会这样？

"你们在说什么啊？滕川照、松原洌、宫流月，你们怎么这么晚了还到步家来了？"晴一挤出了一抹笑容，若无其事地说。

"晴一，你在这里干什么？为什么这么晚了你还出现在书房？你手里为什么拿着装宝石的盒子？"我呆呆地问。

"我……我只是担心宝石被偷走，来看看而已。"

"步晴一，宝石呢？"滕川照问。

"宝……宝石，好像又被人偷走了。我真的不知道，我打开的时候盒子就是空的。"

"盒子当然是空的，因为我们根本就没有把宝石放在里面。原来保险箱的钥匙你偷偷藏了一把，然后趁机偷走了宝石，我们早就知道你今晚一定会来拿宝石，所以设下了圈套。"我第一次看到滕川照这么严肃地说话。

"你们怎么知道我今天晚上会来拿宝石？"步晴一抬起头，咬咬嘴唇问道。

"滕川照给我打电话，我便决定和他合起来演这一出戏，让真正偷宝石的人误以为自己偷到的是我放在保险箱里的假宝石。我当着大家的面把盒子交给步吉星，这样，偷宝石的人自然会再来一次。我本来怀疑是哪个步家的用人一时鬼迷心窍偷了宝石，步晴一，没想到是你。"松原冽冷冷地看着步晴一，声音不带一丝温度。

"冽，你和滕川照演得真像，我都差点以为你真的偷了宝石，伤心了好久。"宫流月搭上松原冽的肩膀，戳了戳他。

没错，滕川照阻止我在围棋教室看宝石，其实是怕露馅，因为盒子是空的。他拉着我回到步家，找了个僻静的地方跟我说了这个计划，当时我的嘴巴张得可以塞进一个鸡蛋，但是绝对没有想到，竟然是晴一下的手。

"晴一，为什么要偷走宝石？"我上前一步，站在晴一的面前。

晴一为什么要偷宝石？这里面说不定有什么误会，也许她只是想看看宝石而已。晴一和我是那么好的朋友，朋友之间不应该有背叛才对啊。

"我没什么好说的，就是我偷了宝石。"晴一扭过头去，好像不愿意看我。

"晴一，你……"我的眼角突然有点湿润。

原来晴一这么久以来对我那么好都是假的？都是为了宝石而已吗？我好不容易

才有了她这么一个朋友，现在也要失去了吗？

"步晴一，不要包庇背后指使你的人了，你根本没有理由这么做，宝石这种东西，你拿着根本没什么用。如果我没猜错，这是象征着步家继承权的'仁心'宝石，所以步吉星才想要拿回宝石，因此一直想挑战我们四个人。但是你没有理由，所以你背后一定有人指使。"松原洌不留余地地指出。

晴一在松原洌的质问下瑟瑟发抖，纤瘦的身体好像随时会倒下一样。

"根本没有谁，我就是觉得宝石好看，想要而已，没有人指使我，根本没有！"晴一朝松原洌大吼，一把将手里的空盒子扔到地上。

"没有人指使吗？"松原洌冷笑一声，"你脖子上那条项链是施华洛世奇的限量款吧，全球限量十条，售价两百万美金。如果我没有记错，去年十月，步辰星高调买下了这条项链，连季风岛的新闻频道都报道了这件事。"

项链？

我看向晴一的脖子，一条泛着银色光芒的项链戴在晴一纤长的脖颈上，胸前翅膀形状的坠子中间有一颗绿豆大小的粉钻，旁边如众星捧月般围了一圈碎钻，虽然样式低调，但仍显出奢华。

是步辰星，我的堂哥吗？

我皱起眉头，脑海里浮现出堂哥笑容灿烂的样子。他上次来不是还鼓励我让我加油找宝石吗，为什么会和晴一扯到一起去？

"这条项链只是我看着好看在淘宝上买的高仿品罢了，我和步辰星少爷根本就不熟，我怎么会为了他偷宝石。"晴一深呼吸一下，开口辩驳道。

"高仿品吗？据我所知，这款项链的链子上都有独一无二的编号，而且这种工艺是品牌独有的专利，别的品牌是绝对无法仿冒的。你敢摘下你的链子让我看看吗？你觉得有人会相信淘宝的高仿款还刻着用独一无二的工艺刻制的品牌编号吗？"松原洌怒视着步晴一，双臂环抱在胸前，"我倒要看看你还能找出多少借口。"

晴一仿佛受惊般握住了胸前的项链，后退了两步靠到墙上，又仿佛支撑不住一般滑了下去。

"晴一，你把宝石放在哪里了？"我看着在松原冽的逼问下已经蹲在地上，把脸埋进臂弯低声啜泣的晴一，有点不忍心。

可晴一只是一直抖动着肩膀哭泣，好像没有听见我的话一样。

"晴一，拜托你，把宝石还给我，好吗？你知道的，宝石对我、对步家真的很重要，拜托你！"我走到晴一身边，轻轻地摇晃她的手臂，希望她可以告诉我宝石的下落。

"宝石的下落，你真以为她会告诉你吗？你直接去问步辰星不就行了。"松原冽开口，说出的话却让我有些为难。

堂哥因为校庆来到季风岛，今天住在步家位于岛上的另一栋别墅里。可是，回想起第一次见堂哥的情形以及他对我说的那些话，真的会是他指使晴一偷走了宝石吗？他是我在这世上为数不多的亲人之一。难道步吉星真的是"不吉星"吗，为什么朋友、亲人都这样对我？

"步吉星，收起你那天真的想法吧。你的堂哥和你那些为了赔偿金争相抚养你的亲戚说不定是一样的人，宝石代表的是继承权，你被亲戚骗走了赔偿金，还要被堂哥抢走继承权吗？"松原冽仿佛看穿了我的内心一般直接戳穿了我的想法。

"我……"我讷讷不成言。

我想说松原冽根本不明白亲情和友情对我来说有多重要，我愿意用一切去交换。可是，他说得对，就是因为我这些愚蠢的想法，养父母的赔偿金才被亲戚们瓜分，而我只能依靠自己辛苦打工赚钱和拼命省钱生活。

"步吉星，你别怕，我会陪着你的。"滕川照突然站了出来，轻轻地揽住了我的肩膀。

"滕川照……"我抬头委屈地望着他，他的眼神充满了鼓励。

为什么每一次我伤心无助的时候，都是他在我身边，让我忍不住想抱住他？可

越是这样，我越害怕，如果我变得依赖他，万一发现有一天他也要离开，那我肯定会更伤心更难过吧。

不行，我不能再让自己这么软弱了，属于我的东西，我一定要拿回来！为了自己，也为了养父母，还有我的亲生父母以及不知道有没有见过面的爷爷。

"晴一，你跟我去步辰星那里，我要当面找他对质。"我抿了抿唇，说出这句话，紧紧握住了滕川照的手。

3.

深夜的海风比白天时更加咸湿，海边矗立着一座高高的灯塔，灯光和满天的星光相互辉映。

我记得刚来季风岛的时候，晴一告诉我，布吉岛上也有座一模一样的灯塔，灯塔是给海上的船只起指示作用的，如果我们回家，从季风岛去布吉岛，只要朝着另外一座灯塔的方向走就好了。

我站在步辰星别墅的客厅里，透过落地窗可以看到不远处明亮的灯塔，心里突然涌起一股失落。

"所以，你们这么晚来打扰我，就是因为你们抓到了一个小偷，怀疑是我指使的？"步辰星穿着高档真丝睡袍，优雅地坐在沙发上，从用人手里接过一杯冒着热气的咖啡。

"堂哥，到底是不是你拿走了'仁心'宝石？"我咬了咬唇，终于问出了这句话。

"呵呵。"步辰星放下手中的咖啡，打量着我，"步吉星，'仁心'宝石一直在你的别墅里，我今天才到季风岛来，连你那里都没去过，你问我有没有拿你的宝石？小朋友不好好保管自己的东西，掉了就来问哥哥有没有拿，你的养父母以前就是这样教你的吗？"

"你……"眼前的步辰星和之前微笑着鼓励我的步辰星看起来根本就不是同一个人，听到他侮辱养父母的话，我气愤地想反驳，却不知该说些什么。

"喂，步辰星，你不要说步吉星的养父母，她毕竟是你堂妹，是布吉岛的继承人。"滕川照挡在我身前，为我辩护。

"布吉岛的继承人？哈哈，没错，她毕竟是布吉岛的继承人啊！步吉星，不好意思，我不是故意提到你的养父母的。至于宝石，我没看到。现在你们可以离开这里了吗？你们玩过家家不需要睡觉，别人可是要睡觉的。"步辰星露出不满的神情。

"步辰星，你和步晴一是什么关系，她脖子上的那条限量款的项链是不是你送的？"松原冽突然出声，问的却是项链的问题。

"步晴一，这个名字很耳熟啊，不是管家的孙女吗？每天岛上的事务我都处理不完，哪有时间去认识管家的孙女啊？"步辰星翻了一个白眼，我却看到站在旁边的晴一像没站稳一般晃了两下。

"你不认识吗？那你的那条项链呢？"松原冽一直揪着项链的事情不放。

"我买的项链当然是收起来了啊，这种东西我怎么会随时带在身上？就算我拿不出项链，那也可能是掉了。一条项链而已，我怎么会在乎这种东西？"步辰星脸上的不满越来越浓，"好了，我现在要睡觉了，不想回答你们这些无聊的问题了。"

"所以，对于今天晚上步晴一偷宝石这件事你完全不知情，而且你跟她一点关系也没有，是吗？"松原冽突然一把将晴一拉到步辰星的面前。

"喂，我说过了，跟我一点关系也没有，我和步晴一根本不认识。有人偷了东西你就送去警察局啊，一直在我这里瞎闹是怎么回事，我又不是警察。"步辰星用力一推被松原冽拉到面前的晴一，自己也后退了两步。

"啊！"晴一发出一声痛呼，跌坐在地板上。

"步辰星，你怎么可以这么对我？"坐在地板上的晴一抬头看着步辰星，突然说出这样一句话。

"晴一，你说什么？"

我走到晴一面前，伸手想拉起她，她却一把甩开我的手，自己从地上爬了起来，走到步辰星的面前。

"步辰星，你不认识我吗？"晴一的声音有一丝颤抖。

"喂，步晴一，我提醒你，我和你根本不熟，你不要乱说话。"步辰星又后退了两步，紧皱着眉说。

"你把项链送给我，亲手给我戴在脖子上时说的话你都忘了吗？你说如果我有危险，你会第一个站出来保护我；你说只要我拿到宝石，你就会和我交往。可是你现在竟然说不认识我，还要把我送到警察局去？"晴一的声音越来越高，到后来变成了大声的质问，她愤怒地伸出食指指着步辰星的鼻尖。

"呵呵，步晴一，我什么时候跟你说过这些话，你是得了妄想症吗？你以为凭你几句话，就会有人相信你吗？"步辰星整了整睡袍的领子，冷漠地说道。

"步辰星，你是在心虚吧，现在人证已经有了，如果在你的别墅里搜出宝石，有了物证，你就怎么也无法抵赖了吧。"滕川照走到我的旁边，笃定地对步辰星说。

"呵呵，找到宝石我就没有办法抵赖了吗？那你们就找啊。这颗宝石对我一点用处都没有，如果真的是我偷了宝石，我还会把它留在家里等着你们来找吗？早就扔进大海里毁灭证据了。"步辰星的嘴角浮出一抹得意的冷笑。

什么，扔进大海？

我激动地拉住了滕川照的手，看了看滕川照，又看了看松原冽。

"宝石可能真的不在了，他说得对，宝石对他没什么用，可能他早就毁掉了。算了，吉星，如果你喜欢宝石，我可以送你很多，随便你要什么。至于'仁心'宝石就算了吧，虽然它曾经象征着步家的继承权，但也只是一个象征而已，它在枫木家待了这么多年，如果没办法拿回它，也不能怪你啊。"滕川照握住了我的手，安慰道。

不能怪我？

怎么不怪我？如果没有宝石，我就没办法成为布吉岛的继承人了，我会离开这里，又不能回布吉岛，大概不知道要到哪里去吧。宝石对于步辰星没用，但是对于我来说，比什么都重要啊。

但是我不能把这些说出口，我要怎么解释，我来到中华学院读书，其实就是为了拿回步家失去多年的"仁心"宝石呢？

我的肩膀一垮，整个人像失去重心般晃了晃，幸亏滕川照扶住了我，我才不至于摔倒。

"步辰星拿到的根本不是象征步家继承权的'仁心'宝石。"突然，枫木行的声音从大门口传来。

我浑身一震，迅速朝大门口望去。

什么叫根本不是"仁心"宝石？

难道……事情有什么转机？

"枫木行，你在说什么，为什么你也来了？"步辰星竟然主动开口询问枫木行。

"松原洌给我打电话把我从被窝里叫了过来，说需要我的帮忙，我就来了，没想到差点错过了最精彩的部分。"

"枫木行，你给我的宝石难道不是我那天在你家看到的那颗吗？"难道枫木行一开始就不想把真正的宝石拿出来，所以即使赢了他，也只能拿到假的宝石而已？如果是这样，虽然没有拿到真宝石，那至少宝石还在，我还有拿到的机会。

"我给你的宝石就是上次你看到的那颗。"枫木行一挑眉，吃惊地看着我，"我怎么可能拿一颗假宝石来糊弄全校同学还有菱纱？"枫木行说完，往身后看了

第八章　谜之失窃案

水菱纱就站在他身后，一脸娇俏的模样。

听到这里，我的心情降到了冰点。

看来没有希望了，一点希望也没有了。

"我的意思是，我手里的这颗，根本就不是步家的'仁心'宝石。"枫木行双手插袋，仿佛在说一件日常的事一样。

"你说什么？"

步辰星、滕川照、宫流月和我同时开口，问出同样的问题。

"滕川照，你不记得了吗？"枫木行把脸转向滕川照，一脸疑惑地说，"你六岁生日的时候来我家玩，说想看看传说中的'仁心'宝石，我给你看了之后，你说好漂亮，我就把宝石送给你了啊。"

"什么？"我大惊失色，看向还握着我的手的滕川照，"仁心"宝石在滕川照手里？

"六岁生日？"滕川照重复着枫木行的话，突然露出恍然大悟的表情，"那颗漂亮的宝石真的是步家的'仁心'宝石？"

"对啊，就是那颗啊！对于我来说，'仁心'宝石根本没有什么用，如果它能让我的朋友开心，就让它发挥这么一点作用吧。还有，我爷爷在世的时候一直念叨，要是能有机会给枫木家一个台阶下把宝石还给步家多好，因为爷爷特别喜欢步吉星的爸爸和妈妈，可惜他们早早地就……"枫木行没再说下去，心疼地看了我一眼。

"原来那就是'仁心'宝石。"滕川照尴尬地说，"吉星，你别伤心了，我把宝石送给你好了，这样你就可以把它还给步家啦！"滕川照说完，灿烂地对我一笑。

就这样宝石又找回来了。

我看着滕川照帅气的脸，心里的一块大石头终于落地，绕了这么久，原来真正的宝石一直在我身边。

"终于解脱了，这么多年步家和枫木家一直因为宝石闹别扭，我也因为拿着假的宝石而心虚，所以才设置了这么一个挑战，希望能借此机会把宝石送出去，这个担子就不会再压在枫木家所有人的身上啦！"枫木行长长地呼了一口气，仿佛真的从身上卸下了一副重担一般。

"枫木行，谢谢你。"我走到枫木行面前，微微弯下腰，向他鞠了一躬，代表我自己，也代表步家。

虽然我没有在步家待过一天，也没有见过其他亲人，但是，枫木行提到爸爸妈妈、提到步家的时候，我都充满了亲切感。

"哎呀，步吉星，你不要这样，我还是习惯你随意一点，突然这样好不适应。"枫木行伸出双手，把我扶起来，拼命摇手。

"我其实并没有做什么啦，把宝石送给滕川照的时候也不知道你会出现，所以根本就是无心之举。哈哈哈，其实这都是你们的缘分啊。"枫木行扶起我之后，不好意思地挠挠头，站到了水菱纱的旁边。

"呵呵，枫木行，不得不说，你不愧是枫木家的继承人，做事情永远这么出人意料。"步辰星突然发出冷哼。

我这才想起步辰星还在旁边。

他知道滕川照要把宝石送给我之后会做什么，再偷一次宝石，还是直接抢？

"原来宝石在滕川照手里，步吉星，你还真是幸运。"步辰星露出奇怪的笑容。

什么意思？

我警惕地看着步辰星，拳头不自觉地握紧："步辰星，你想说什么？"

"滕川照。"步辰星突然转向滕川照，露出一个亲切温暖的笑容，就像我第一次见到他时那样，"宝石送给喜欢的人也没什么，只是，你能分清真正的喜欢和故意接近吗？"

轰的一声，我的脑袋像炸开了一样，耳边什么都听不见了。

步辰星，他要说出来了吗？我接近滕川照的目的就要被揭穿了吗？

第九章

谎言戳穿后的冷漠

Chapter/09

1.

宽敞的房间里，金黄色的水晶吊灯折射出华丽的光芒，暗紫色的窗帘庄重而肃穆，偶尔有夜风从窗户缝隙中溜进来，吹得窗帘轻轻晃动，上面大片大片精致的刺绣如同波浪般轻轻摇曳，就像是我此刻起伏不定的心情。

自从步辰星说出那句话后，整个房间里陷入了一种诡异的沉默，气氛凝滞得好像化不开的浓雾，所有人都震惊地看着他，完全不知道他想表达什么。

"什么意思？"滕川照的表情一下子凝重起来。

"扑通扑通——"

安静的氛围里，我听到了自己的心疯狂跳动的声音，不祥的预感就像一张巨大的蜘蛛网，劈头盖脸地朝我撒下来。

而我呆呆地站在原地，一向自诩灵光的脑子居然停止了转动，嘴巴开开合合，却一个字也说不出来。

我呆呆地看着步辰星，宝石失而复得的喜悦荡然无存。

步辰星，他到底知道些什么？

"请你说清楚，你刚才的话是什么意思？"低沉的声音打破了房间里诡异的安静。

我慌乱地转头去看滕川照，却正对上他异样的目光。此时，他那双总是含着笑意和心疼的眼睛里充满了怀疑和不确定，目光就那样匆匆扫过我，然后停在了步辰星身上。

我的脑海被两个小人儿的争吵占满。

"不，不要问他，不要相信他！"

一个愤怒的小人儿在我的脑海中上蹿下跳，拼命想要冲出来阻止滕川照继续问下去。

可是另一边，一个满脸幸灾乐祸的小人儿端起一盆凉水，"哗啦"一声浇到了愤怒的小人儿的头上。

"难道步辰星说错了吗？你明明就是怀着目的接近滕川照的，你敢说自己喜欢他吗？"

愤怒的小人儿一下子就退缩了，我的肩膀也颓然耷拉了下来。

我……我不敢！

"什么意思？难道你还不明白吗？你以为眼前的这个丫头，这个来历不明的丫头，真的是因为喜欢你才和你在一起的吗？哈哈，真是可笑！居然会有人笨到相信这种一戳就破的谎话。滕川照，你还真是个名副其实的傻瓜啊！哈哈哈！"

步辰星就像是看到了一个世界上最大的笑话一样，指着滕川照笑得前仰后合，丝毫没有注意到滕川照瞬间阴沉下来的表情。

"你胡说什么！"我再也忍不住，冲上前去想要阻止步辰星继续笑下去。

步辰星的笑声终于停止了，但是他脸上的嘲弄更加明显了。

"你在说什么？我根本不明白！"我尽量挺起胸膛，装出一副特别理直气壮的样子。

不可以承认，绝对不可以！我死死地皱着眉，想顶住步辰星的诘问。

"你不明白吗？"步辰星无所谓地耸了耸肩，看着我的眼神就像是看着一只垂死挣扎的老鼠一样，"需要我提醒一下吗？当初你写给枫木行一封告白信，被枫木行后援会的成员围攻，为了脱身，你才改口说是写给滕川照的。即使你后来和滕川照在一起，也不是因为喜欢他，而是为了利用他接近枫木行。而你接近枫木行的目的，和你来到季风岛的目的是同一个，那就是拿到'仁心'宝石。什么告白信，什么滕川照，不过都是你不择手段拿到宝石的棋子而已，我说得对吗？"

不，你说得不对。

我很想这样回答，却怎么也说不出口，因为他说的都是事实。

全身的血液在他说出那封告白信本来是写给枫木行的那一刻起，已经完全冰冻

了，现在的我，四肢僵硬，连头都不敢抬，因为我害怕看到滕川照失望的目光和其他人谴责的眼神。

这一刻，我对步辰星怎么会知道这一切一点兴趣都没有了，我只想赶紧找个角落把自己藏起来。

"步辰星，你太卑鄙了！你明明答应过我不把这些说出去的，为什么要拿我告诉你的事情来攻击吉星？难道继承人的位置对你来说就那么重要吗？"晴一愤怒的指责清晰地传入我的耳朵。

原来是晴一啊！我难堪地咬咬嘴唇，难道真的是报应吗？因为我一直欺骗着季风岛上的所有人，所以也活该被欺骗？呜呜呜，老天爷，你还真是报应及时啊！

"是啊，继承人的位置一直对我很重要，这么多年我那么努力，怎么能被一个来历不明的丫头代替。不管怎样，我都不会允许她得到继承权……"步辰星歇斯底里地喊着，丝毫没有初见时的优雅。

他转向我，狰狞地说道："当初知道你企图通过接近滕川照和宫流月拿到宝石后，我还让步晴一塞了两封恐吓信到你的课桌里，想让你知难而退，自动放弃，没想到你胆子不小，手段挺多，还成了滕川照那傻小子的女朋友……"

这时我才恍然大悟，原来那两封恐吓信是步晴一受步辰星指使放的。

"他说的，都是真的吗？"

终于，一个清晰的声音盖过了步辰星滔滔不绝的大吼，滕川照定定地看着我，眼神里满是受伤，却又暗含着一丝期待。

我皱眉看着他，心里默念着对不起。

"我……"我张口想解释，却不知道该说什么。

难道我当初不是怀着拿到宝石的目的去接近他的吗？我已经对他说了这么多谎，难道还要继续吗？

但是让我亲口承认自己一直都是在利用他，我根本无法开口，因为即使只是想象滕川照听到后的反应，我已经难过得快要死掉。

我不知道自己为什么会有这样的心情，脑子里乱糟糟的，好像一团糨糊一样，此时的我只能保持沉默。

在我的沉默下，滕川照清亮的双眸逐渐蒙上一层阴霾，纤长的睫毛如同羽翼一样轻轻覆下，在眼睑处投下一片阴影，然后阴影的面积不断扩大，蔓延到整张面孔。

"我知道了。"

突然，他自嘲地勾了勾唇角，收回了注视我的目光，缓缓低下了头，然后转过身，甚至没有看任何人一眼，直接走掉了。

"滕川照……"

我下意识地叫了一声，但是他没有回头。

我一直注视着他挺拔的身影渐渐远去，直到消失在大门口。

我紧紧地捂住胸口，艰难地呼吸着。

呜呜呜，心好痛，好像被人用力地攥住了一样。我的眼里已经蓄满了泪水，但是，我拼命忍住不让它们流下来。

步吉星，你不可以在别人面前哭。

"滕川照最讨厌的就是欺骗，我知道你想拿到宝石，但是没想到你一直在计划，之前所做的一切都是为了拿到宝石。你们步家的人，还真是……"枫木行看了我一眼，没再说什么，离开了。

"步吉星，你……"不知道什么时候，宫流月走到了我的身边，他俊秀的脸上布满了担忧。

站在他旁边的松原冽，还是和以前一样冷着脸，不知道是不是我的错觉，他的脸色好像比以前更冷漠了。

宫流月轻轻拍了拍我的肩膀，给了我一个安慰的表情，便和松原冽一起离开了。

我看了一眼冷笑着的步辰星和低声哭泣的步晴一，以及仍旧留在我身边担忧地看着我的水菱纱，然后默默地走出了别墅的大门。

这段充满欺骗的日子终于要结束了吧。

2.

幽静的林荫路上，每隔一段都有两盏路灯，被雕刻成莲花形状的灯托里，白炽灯散发出强烈的光芒，把整段路照得如同白昼。

"踢踏，踢踏……"

一阵杂乱且有气无力的脚步声响起。

"嗒嗒，嗒嗒……"

很快又多了一阵有节奏的高跟鞋踩地声。

"唉……"我转过头看着一直跟在我身后的水菱纱，目光扫过她漂亮的细跟小羊皮靴还有她身上的淑女装，最后落在她明艳的脸庞上。

"大家都走了，你干吗还跟着我呀？"

水菱纱，她现在应该和枫木行站在一边吧，她应该已经知道了我跟她合作也是利用她，难道是想来骂我一顿吗？

水菱纱迈着轻缓的步子走到我身边，歪了歪脑袋，露出一个俏皮的笑容："我们是朋友呀，互相帮助的朋友，朋友难道不是应该在需要的时候陪在身边吗？"

"朋友？"我不敢相信地看着她，甚至忍不住揉了揉眼睛，"难道刚才你没听到，我来中华学院是为了拿到枫木行手中的宝石，啊，不，现在宝石在滕川照手中，我跟你合作，其实只是在利用你，你不介意吗？"

水菱纱不赞同地挥了挥手，大眼睛里闪烁着温暖的光芒："当初我们不是说得很清楚嘛，你帮我一起打败枫木行，我帮你拿到宝石，这样的交易很公平啊，哪有什么利用？"

"可是，我对滕川照……我一开始是真的想利用他。"听到水菱纱的话，我低下了头，一阵又一阵难过涌上心头。

"吉星，我知道其实你并不是一个喜欢欺骗的人，你对滕川照所做的事，虽然是为了宝石，但是，我相信你一定有苦衷。"水菱纱把手放在我的肩膀上，似乎想给我一点力量。

"可是不管怎么说我都欺骗了他啊！"我死死地皱着眉，不知道该怎么办，怎么做滕川照才会原谅我呢？

"嗯，首先是不是应该道个歉？"水菱纱伸手挠了挠头，然后托着下巴认真思考起来。

"道歉？"我苦笑着摇了摇头，"步辰星说得没错，我的确骗了滕川照，你刚才也看到他多么生气了，怎么可能道个歉就会原谅我呢？"

"才不是呢！"我正沉浸在沮丧里，水菱纱突然拉住了我的手重重一握，"你要相信自己呀。我看得出来，滕川照真的很在乎你，而且他脾气那么好，只要你认真道歉，他一定会原谅你的！"

水菱纱再次握紧我的手，似乎想把力量传递给我。

"真的吗？"不得不承认，我被水菱纱的鼓励诱惑了，心里升腾起希望，"只要我认真道歉，他真的会原谅我吗？"

一想到滕川照会原谅我，我的心情突然没有那么沮丧了，一点希望的火苗从心底生出，我期待地看向水菱纱。

"当然啦！"水菱纱肯定地点了点头，"他现在是正在气头上。你想想，滕川照平时那么好说话的一个人，怎么会真正生你的气！只要认真道歉，他一定会原谅你的！"

水菱纱的脸上绽放出笑容，白皙的脸庞在路灯和星光的照射下仿佛散发着璀璨的光芒。

我看着水菱纱充满信心的表情，瞬间觉得眼前光明起来。

没错，滕川照才不是那种容易生气的人呢！等过了今晚，明天早上到了学校，我第一时间就去找滕川照道歉，那就什么事都没有啦。

这一刻，我甚至忘记了宝石的事，根本没有想到宝石还在滕川照手上。

　　和水菱纱分别之后，我们各自回到了家里。洗漱完毕后，我躺在床上翻来覆去睡不着，脑袋里反复演练着明天和滕川照道歉的场景。

　　嗯，我以前对滕川照那么凶，他都对我那么好，我明天真心道歉，他一定会被我的态度感动的。

　　要是他原谅了我，我以后就对他好一点吧。他一定会被我的转变吓到的，哈哈哈！

　　我抱着枕头兴奋了大半夜，在脑海里演练了无数种场景，结果到天快亮时居然迷迷糊糊地睡着了，等再睁开眼睛，墙上的挂钟指针已经指向了七点半。

　　"啊！糟了！来不及了！"

　　我发出一声惨烈的哀号，顶着一头乱发冲进了盥洗室。

　　快点！快点！再快点！

　　我急急忙忙地完成了梳洗，连早餐都没顾上吃，便火急火燎地出门上车，催促司机大叔快开车。

　　唉，还是晚了！踏进校门的那一刻，我听着响起的上课铃懊恼不已，都怪昨天晚上太兴奋啦！

　　算了，反正还有时间，午饭的时候再说好了，说不定一顿美味的午饭还会对我的道歉产生催化作用。

　　哈哈，没错！我要提前给用人打电话，今天一定要给我准备两份大餐送过来，这样在美味的食物和真诚的道歉共同作用下，滕川照一定会原谅我的！

　　我为自己的应变能力点了个赞，迈着优雅的步伐走进了教室。

　　我看着课程表，嗯，今天的第一节课是国画理论，以前我是最不感兴趣的，但是一想到滕川照那么喜欢绘画，我突然觉得这种枯燥无味的课也有趣了起来，看到一向对我不太友善的同学们都觉得顺眼了许多呢。

　　哈哈，还是快点准备好上课吧！我拿下肩上的书包准备塞进课桌里。

咦？好像有什么东西！

书包刚塞进去一半，就被一个硬硬的东西挡住了。

我一头雾水地把手伸进去一摸，是个小小的盒子，好像还有一张纸。

难道又是恐吓信？

我皱着眉把盒子和纸都抽了出来。

香楠木制成的小盒子散发出阵阵清香，入手沉沉的，好像装了什么东西，但是我的目光却被和盒子放在一起的那张纸上的字吸引住了。

横平竖直，气韵出众，是滕川照的字！

滕川照的信，他会写些什么呢？又是要邀请我吃饭吗？

想到前几次收到的滕川照的邀请函，我不禁开心起来，果然滕川照就算是生气也不会持续很久。

想到这里，我迫不及待地读起信来。

"吉星小姐……"

干吗突然对我用这种奇怪的称呼啊，好陌生。

我屏气继续看下去。

很抱歉以这种方式和你沟通，但是请原谅我实在无法面对一个愚弄和欺骗我的人。以前是我太自以为是，以为这个世界上有很多人需要我的帮助。从得知你身世的那一刻起，我就下定了决心，要让你的人生充满阳光，再也不会有贫困和不幸。

可是，事实证明，我是错的，在没有我的日子里，你自己一个人也过得很好，而我对你的价值只剩下了欺骗和利用，而这二者恰好是我最痛恨的。所以，抱歉，我想我们已经不再适合恋人这种关系，你想要的宝石已经随信赠送给你，我们分手吧！

——滕川照

分手？

滕川照要和我分手？

不知道为什么，读完这封信的我比读完恐吓信还要害怕。

我拼命摇着头。

怎么可能？滕川照对我那么好，从我来到中华学院的第一天起就说要保护我，在我受到委屈时第一个出现，在我哭泣时拥抱我，在我需要帮助时义无反顾，对我这么好的滕川照，怎么会和我分手呢？

几分钟前，我还兴高采烈地想着怎么和他道歉求得他的原谅，可是几分钟后，这个烫手的盒子和被泪水打湿的信纸就无情地嘲笑了我。我以为会永远包容我的滕川照，所有人都认为脾气好的滕川照说自己最讨厌欺骗和利用，所以要和我分手！

呜呜呜，心好痛。

为什么会这样？

我拿着信的手不断地颤抖着，泪水模糊了双眼。

滕川照你不是说不会再让我哭，要让我开心一辈子的吗，为什么现在要这样？

可是，我的心里突然一惊，为什么不要分手呢？为什么我会这么难过？从阴差阳错告白错了对象的那天起，我不是一直觉得男女朋友的关系对我来说是个负担吗，还老是希望快点分手，现在一切都实现了，为什么我会这么伤心呢？

泪珠一颗颗从眼眶中落下，噼里啪啦地砸在了信纸上，晕开一团团墨色。我的眼前浮现出之前和滕川照相处的一幕幕——他认真的样子、体贴的话语、灿烂的笑容、心疼的目光、害羞的告白、温暖的怀抱，还有最后受伤的眼神，我突然意识到一个事实——

原来，在过去一点一滴的相处中，我早已喜欢上了滕川照，喜欢上了这个时时刻刻陪在我身边，天真善良又满腔热忱的少年，这个没有一点戒心只会对人好的傻瓜！所以我会对他生气，会因为他难过，会当着他的面哭泣。呜呜呜，原来我早就喜欢上他了。

意识到这一点，我哭得更伤心了，丝毫没有注意到周围的同学已经开始窃窃私语。

嗯，不行，我不能就这样放弃，我还没有跟滕川照说出道歉的话，单方面提分手这种事情，我步吉星才不会接受呢！

3.

午休时间，学校里一片安静，可是在一年级教学楼最右边的教室里，还有一个小小的身影趴在课桌上奋笔疾书。

"沙沙沙——"

写字的声音像是一首美妙的乐曲，在寂静的教室里回荡，让人不由得为其好学的精神所感动。

但是，如果你再走近点就会发现，那一沓雪白的稿纸上写的并不是什么习题，而是……

唉！怎么说呢，总之只要你看到这个标题，就会明白下面的内容了。

滕川照追回计划书！

咳咳……看到这里，你应该明白了吧？

"呼——终于写完了，真是个完美的计划！"

终于写完了最后一个字，我大大地伸了个懒腰，直起身来。

滕川照，我还没有和你道歉呢，既然你介意我跟你表白时欺骗了你，那我就再表白一次！这次我一定是真心实意的！

滕川照，你可千万不要辜负我的一番努力啊！

我摩拳擦掌、两眼放光地做了一个加油的动作。

哼，滕川照，就不信你不为我的计划感动！

离放学还有五分钟，老师站在讲台上布置今天的作业，我偷偷溜出了教室，快速跑到我家车子停放的地方，趁着司机大叔打盹的工夫，蹲下来掏出口袋里揣着的圆规，朝车子的右后轮狠狠扎去。

"丁零零——"

我刚完成这个惊险的动作，下课铃就响了起来。

五、四、三、二、一……

我在心中倒数着。

果然，刚数完，藤川照就从教学楼里走了出来。

他慢慢走近我，我整了整头发和衣服，露出最完美的步吉星微笑，看着他。

藤川照穿着最普通的学院制服，却依旧高大挺拔，只是原本俊美的脸似乎消瘦了一些，不过五官也因为消瘦而更加立体了。那细密纤长的睫毛、微微上扬的眼尾、笔直高挺的鼻梁、殷红润泽的嘴唇、线条完美的下巴，让人移不开视线。

一步、两步、三步……

距离越近，我的心越是跳动得厉害。

"嗨！藤川照，好巧哦，我们的车子居然停在一起。"我一边热情地跟藤川照打招呼，一边在心里佩服自己的先见之明。

为了顺利实施计划，下午我可是提前交代了司机大叔，一定要想办法把车子停在藤川照车子的旁边。回想起司机大叔那暧昧的眼神，我的脸不禁一阵阵发热。

但是，面前的藤川照没有任何反应，只是漠然地经过我的身边，像看一个陌生人一样看了我一眼。

我从来没见过他这样的眼神，就像是看着一个毫不相干的人一样，对比之前那时刻蕴含着笑意的双眸，我的心又开始一阵阵抽痛，脸上完美的笑容也快要维持不下去了。

正在这时，耳边突然传来司机大叔惊讶的叫声，他原本是下来为我开车门的，却看到了那不断瘪下去的右后轮。

"天啊！车胎怎么漏气了，这下可怎么办呀？"

司机大叔脸上的表情是那么着急，我在心里默默对他说了一声"对不起"，然后也装出一副不知所措的样子，一边焦急地问司机大叔该怎么办，一边用眼角的余光偷看藤川照的表情。

以我对滕川照的了解，遇到这种事情，他是一定会伸出援手的。

我努力控制住自己嘴角的笑意，满怀信心地等待着滕川照的邀请。

可是……

我死死地盯住滕川照，他竟然像没听见司机大叔的话一样，毫无反应地走过我的身旁，朝自己的车子走去。

我的心一点点沉了下去，眼睛不由自主地朝他的方向看过去，却正好看到他弯下腰坐进了车子，然后对前排的司机做了一个出发的手势。

"嘀嘀嘀——"

下一秒，滕川照的车子从我的面前径直开过，顺便喷了我一脸呛鼻的尾气。

我皱着眉盯着滕川照扬长而去的车，心里在计划一的后面画上一个大大的叉。

哼，我步吉星才不是一个这么容易放弃的人，没有几手准备，我怎么会随便出手！滕川照，你等着吧！

第二天上午有一节体育课，是一年级和二年级共同进行的，我们班和滕川照他们班会一起上课。以往这节课，都是滕川照过来找我，没想到现在风水轮流转。

"唉！"我深深地叹了一口气，谁让我伤害了滕川照呢？我的确欠他一个道歉。

体育课一开始，我就四处搜寻着滕川照的身影，不一会儿，就看到穿着一套黑色运动服的滕川照出现了我的视野里。咦？以前怎么没发现滕川照穿运动服这么帅！

我呆呆地看着身材挺拔的滕川照，可是以前只要一看到我就会像甩不掉的橡皮糖一样缠我的他竟然露出一副冷漠的表情，仿佛不认识我一般，以至于周围的同学都在窃窃私语。

"咦，步吉星和滕川照怎么了？为什么感觉气氛不太对啊？"

"不知道，该不会是分手了吧？"

"分手了也好，虽然滕川照是有点傻，但步吉星又没气质又难看，和滕川照在一起真是太不般配了！"

什么啊！我听着周围这些讨厌的推测，生气地撇撇嘴。分手只是滕川照单方面提出来的，我到现在还没有同意呢！

虽然很沮丧，不过不要紧，要知道今天我可是有备而来，就等着一个机会了。

按照课程安排，这节课的内容是二年级的学长学姐们练习篮球，一年级的我们绕着操场跑步。

"什么嘛！人家最讨厌跑步了，一身汗脏兮兮的！"

"就是，为什么二年级的学长学姐们能练习篮球，我们就要辛苦地跑步？太不公平了，呜呜呜！"

"唉！我多想站在篮球场边给帅气的学长们加油啊！"

周围响起了女生们的抱怨。虽然以前我也是她们一伙的，但是今天，我对于这个跑步的安排格外满意。围着操场跑圈会经过二年级的篮球场，一会儿我的计划才能实施啊！

带着这个目的，我拿出百米冲刺的速度一个人跑在了最前面。

滕川照，我来啦！

狂奔了大半圈，我终于来到滕川照所在的篮球场边，滕川照高大的身影在篮球场上格外显眼。眼看着我和他的距离越来越近，我在心里默默地倒数。

3，2，1……

没错，就是现在！

我在心里给自己鼓了把劲，然后眼睛狠狠一闭，左脚绊右脚——

"啊！"

下一秒，我发出一声尖叫，整个人摔倒在了跑道上，并且由于双手撑地，右手的掌心传来一阵火辣辣的疼痛。

上帝保佑一定要流血啊！一定要！

我在心里默默祈祷了半天，眼角的余光时刻关注着滕川照的动向。果然，听到我的惊呼，他运球的动作停顿下来，目光朝我的方向转过来，可他只是站在原地没有动。

不过来是吧？那我过去！

我咬咬牙，强忍着手心的疼痛，狼狈地从地上爬了起来，然后一瘸一拐地走到他的面前，举起自己流血的右手，可怜巴巴地问道："滕川照，你能帮我去买个创可贴吗？"

呜呜呜，滕川照，真的好痛，都出血了呢！我尽力装出委屈的眼神。

在我的极度期盼中，滕川照终于动了，他僵硬地把目光从我的伤口处移开，脸上的汗珠顺着鬓角轻轻滑落，紧抿的嘴唇微微抽动了一下，似乎想要说些什么，但沉默了很久之后，他最终什么也没说，只是拿着篮球走开了。

他走开了！

我几乎不敢相信自己的眼睛，虽然手心的疼痛更加明显，但都抵不上我心里弥漫的难过。

"咦，步吉星和滕川照怎么了？他们不是在交往吗，为什么滕川照看到她摔倒也不管？"

"看起来真的像分手了的样子啊！"

"啊？好像是哦，那是不是我们都有机会啦？"

周围的窃窃私语再一次传入我的耳朵，让我的心情跌入了谷底。

滕川照，你这个大白痴！每次遇到你，我都没有好事发生，现在好不容易发现自己喜欢上了你，却要突然结束这段来之不易的感情吗？

心里再次传来疼痛。

不行，即使滕川照不接受我的道歉，我也要说出我的真实情感。对付滕川照这种大傻瓜，就要用最简单粗暴的方式。

没错，虽然计划二失败了，但我还有最后的杀手锏！

我看着滕川照离开篮球场的冷漠背影，决定实施最后的保留计划。

这两天我都没有碰到滕川照，好像他是在故意躲我一样。

今天，经过整个上午加下午第一节课的蹲守，在下午第二节课的下课铃响过之后，我终于在二年级的走廊上看到了迎面走来的滕川照和枫木行。

远远地，两个人并排走在走廊上，周围的同学都非常自觉地为他们让出了一条道路。

下午西斜的阳光里，相貌同样出色的两个人缓缓地走着，偶尔枫木行会说些什么，滕川照给个回应，但是脸上的表情始终淡淡的，和他以前的热情截然不同。

我看着他明显消瘦的脸颊和失去了神采的眼睛，汹涌的感情在心里来回激荡，急需一个突破口。

耐心！耐心！耐心！

我不停地告诫着自己，终于等到了他们穿过人群，渐渐向我靠近。

没错，就是现在！

我猛地冲出了角落，来到滕川照身前，不知道是不是错觉，滕川照看见我的瞬间，眉头似乎皱了一下。

抓住机会！我告诫了自己一句，挺起胸膛，大声对滕川照说："滕川照，请你听我说，以前是我不对，可是我真的喜欢你，请你再给我一次机会！"

连气都不带喘地把这句话说完，我像是等待审判的犯人一样，眼睛死死地盯着滕川照，等待着他的回答。

"你……"滕川照说了一个字便再也说不出话来，脸色阴晴不定，眼神里闪过一丝痛苦。

就在我以为滕川照没有听清楚，准备再说一遍的时候，滕川照终于开口了，但他说出的话却犹如一盆冰水从头淋下，让我整个人冻得发不出声音。

滕川照的声音中是不容置疑的坚定："对不起，我不能再相信你！"说完，他就像是逃避什么洪水猛兽一样，飞快地逃离了我的身边。

包括枫木行在内的所有同学都震惊地看着我们俩，可是，我已经不想去在乎别人的目光。

怎么会这样？连直接告白都不行吗？那天他明明那么在意步辰星说的话，在意我是不是真的喜欢他，为什么我说出来了，他又不相信了呢？

我像个傻瓜一样站在原地，双腿和心情一样沉重，根本不知道自己下一步该做些什么。

"唉——"

耳边突然传来一声悠长的叹息，等我看过去的时候，只见枫木行无奈地摇了摇头。

"步吉星。"枫木行向滕川照离开的方向看了一眼，目光再转过来时，带上了一丝责备和不赞同，"你是不是觉得自己很委屈，觉得滕川照太得理不饶人了？"

"没有……"我有点心虚。

不过枫木行并没有在意我的回答，他只是继续说道："不管是不是那样，其实都不重要，因为你伤害了他的事实无法更改。也许你会觉得这只是一件小事，觉得滕川照是在小题大做，可是如果你知道了他小时候的经历，也许就不会这么想了。"

"小时候的经历？是什么？"我疑惑地看着枫木行。

滕川照小时候发生过什么事吗？

"滕川照看起来虽然脾气很好，但事实上是一个非常固执的人，只要是他认定的事情，想要更改并不容易。"枫木行深深地看了我一眼，"五岁那年，他曾经在自己家别墅门口遇到了一个行动不便的老人，他第一时间跑去想要帮助老人。那天照顾他的用人们都离得很远，而那个他想要帮助的老人，在发现只有他一个小孩子时，就骗他说请他帮忙送回家，半路上差点把他卖掉。"

"那后来呢？"我的心高高地悬起，没想到滕川照小时候竟然遭遇过这种事。

"后来他被警察救了回来。"说到这里，枫木行停顿了一下，在看到我满脸泪痕时，声音放柔了一些，"所以，从那时候起，他最同情的就是走丢的小孩，最讨

厌的就是骗子。当初你来到中华学院之前，我们已经听说了你的身世，当时他发誓要好好保护你，再也不让你受到伤害，然而你却欺骗了他。"

说完，枫木行意味深长地看了我一眼，眼神里似乎满是失望。

我一直以为自己只是欺骗了滕川照，却没想到这个欺骗对于他来说会是这么深的伤害。

泪水沿着脸庞滑下来，心底一个念头却越来越清晰——不管怎么样，我都要真诚地跟滕川照道歉。

正当我准备去追滕川照的时候，口袋里的手机响了起来。

咦，奇怪，平时除了晴一、滕川照，根本不会有人找我，现在这两个人都不会打电话给我，那会是谁呢？

我看着屏幕上的陌生号码，疑惑地接起。

"吉星小姐，今天枫木家和滕川家都打来电话祝贺您拿到了真正的'仁心'宝石，您怎么一直没告诉我呢？"管家爷爷熟悉的声音从听筒里传来。

"啊……"我不知道该怎么解释，因为滕川照，我已经快要忘了跟宝石有关的事。

"现在我代表老爷宣布，吉星小姐您通过了家族考验，正式成为步家的继承人，布吉岛欢迎您的回归！"

"那个，管家爷爷，可不可以等……"我的话还没有说完，就被打断了。

"不能等，老爷说一刻都等不及要见你这个孙女了，直升机已经从别墅起飞，三十秒后会降落在学校的停机坪。我们马上出发，回家！"管家爷爷不可抗拒的声音传来，然后便挂断了电话。

我正拿着手机出神，直升机的巨大轰鸣声打断了我的思绪。

这个巨大的意外让我一点反应的时间都没有，只是瞪大双眼看着离我越来越近的直升机。

我还没有跟滕川照道歉呢。我死死地皱着眉，最近几天的失眠让我突然眼前一黑，直接晕了过去。

第十章

季风岛，
我又回来了

1.

深秋的清晨，天空是最纯净的湛蓝色，雪白的云朵飘浮在空中，被冉冉升起的朝阳勾勒出一圈暖融融的金边。

一幢位于海边的独栋别墅里，二楼一间卧室的窗帘被晨风吹起，灿烂的阳光透过一尘不染的玻璃照进房间，伴随着翻卷的海浪声和海鸥的鸣叫声，一起唤醒了还在大床上酣睡的人。

"嗯……"

感受到阳光的抚摸，床上的人缓缓睁开了眼睛，因为初醒，神色还有点迷茫，但是在看到熟悉的房内摆设时，她突然睁大了眼睛，绯红的嘴唇微微扬起，露出一抹得意的笑容。

"季风岛，我终于回来啦！"

我掩着嘴打了一个大大的哈欠，一骨碌从床上爬起来，迅速冲到窗台边拉开了窗帘，带着咸味的海风扑面而来，让我的精神为之一振。

看着眼前熟悉的场景，我不禁又想起了滕川照。

"咚咚咚——"

门外传来一阵清脆的敲门声。

"吉星小姐，请问您起来了吗？早餐已经准备好了，请您梳洗完后到楼下用餐，司机今天会送您回中华学院办理返校手续。"

熟悉而有点沧桑的声音在门外响起，是步家的管家爷爷，他的声音还是那么和蔼，但是又比以前多了一些恭敬的意味。

"好的，我知道了，一会儿就来！"

我大声回应了一句，然后就听到了一阵远去的脚步声。

管家爷爷离开后，我的眼前不由得浮现出三天前我离开布吉岛时的情景。

"呜呜……爷爷的小星星，好不容易才回到家族的小星星，才陪了爷爷没几天，就非要回季风岛去，爷爷真的好伤心呀！那所破学院有什么好的，在家里陪着爷爷，爷爷给你请家庭教师教你不好吗？"

装修得古色古香的客厅里，一个头发花白的老人坐在沙发上，双眼含泪，右手捂着胸口，左手紧紧地拉着一个满脸无奈的少女，目光中充满了控诉和不满，说出的话更是让听者伤心，闻者落泪，令人不禁怀疑对面的少女究竟是有多么不懂事，才会让这么一位花甲老人露出这样的表情。

可是，作为被控诉对象的我，心中只剩下了一个大字——囧！

一直以来，在我的想象中，执掌整个家族的爷爷应该是一位非常严肃、充满了威严的长辈，从来没有人告诉我原来我的爷爷竟然是这种老顽童的个性，他究竟是怎么带领整个家族发展的？有时候我甚至怀疑自己是不是认错了亲，其实自己并不是步家遗失的孩子。

"爷爷……"我艰难地咽了一口口水，搜肠刮肚地搜罗着可以安慰人的话语，脸上还要露出一副心痛不舍的表情来，"其实我也不希望这么快就离开您，可是作为继承人，我觉得自己还有很多东西需要学习，不仅是文化知识、管理技巧，还有人脉关系啊。我真的好想尽快融入家族，融入这个圈子，而这些，家庭教师都教不了，不是吗？中华学院才是最适合我的地方，其他几个家族的继承人不是也在那里学习吗？再说季风岛离布吉岛又不远，我每个月都会回来看您的！"

"呜呜，我才不相信你。现在我家的小星星心里只有滕川家的那个坏小子，刚回来就急着回去见他，管家还说当初你为了他甚至不肯回来，还气晕了过去呢！"

轰的一声，我觉得一股热血直冲脸颊。管家爷爷，您真是大嘴巴啊！

这一刻，我无比后悔自己当初太不争气，凭我几年都不感冒一次的身体，竟然会因为那几天没有休息好便晕了过去，而且还在昏迷中不停喊着滕川照的名字，说自己不想离开他。

唉，我难堪地抚额，却突然想起了滕川照，不知道我离开的这些日子，他怎么

样了，他原谅我了吗？

我的走神被爷爷抓了个正着，于是在爷爷戏谑的目光中，过了好半晌我才梗着脖子心虚地反驳了一句："才……才不是呢！我是想回中华学院读书，和滕川照一点关系都没有！"

"哈哈，我家的小星星可真会说话。走吧，爷爷让人给你准备了好多漂亮的裙子，快去试穿给爷爷看看，过两天去季风岛时都要带着呢！"

呼……

终于逃出生天，我赶紧摆出笑脸，冲上楼去试裙子给爷爷看。

就这样，在爷爷的极度不舍中，我费了九牛二虎之力，使出了浑身解数，才让他答应了我重新回到中华学院读书的请求。

当然，前提是我必须履行自己的承诺——每个月，不对，是每两周回一次布吉岛看望爷爷。

不过，这些都不要紧啦，最重要的是，我终于在阔别季风岛一个月后回到了这里，并且是以步家继承人的身份——之前回到布吉岛时，通过管家爷爷和步晴一，爷爷已经知道了步辰星对我的所作所为，震怒之下，已经正式废除了他继承人的身份，并且将他驱逐出了布吉岛。

也就是说，从那天开始，我就成了步家唯一的继承人，真正的公主！

我对着镜子中已经脱胎换骨的少女挥动了一下手臂——

中华学院，我来了！

滕川照，我还欠你一个道歉！

2.

直到真正站在了中华学院的校门前，我还沉浸在之前的回忆中无法自拔，虽然才离开一个月，但我觉得好像离开了很久一样。

已经一个月没见到的学校大门在我的眼中更加宏伟，庄严的米白色石柱在阳光下巍然屹立，柱身上暗纹刻成的文字流露出古朴的气息，石柱顶端龙飞凤舞的"中华学院"四个大字散发出华美的流光。

"天啊！你看，那不是一年级二班的步吉星吗？她不是退学了吗，怎么又出现在了这里？"

"嘘……小声点！现在的步吉星可和以前不一样了，你没听说吗，步辰星被驱逐了，现在她是步家唯一的继承人！"

"啊，步家唯一的继承人？真的好厉害呀！其实仔细看起来，她真的好有气质，果然大家族的继承人就是不一样！"

……

在众人叽叽喳喳的议论声中，我整理了一下头发，随即挺起了胸膛，拿出在步家训练一个月形成的气势，目不斜视地走进了校园。

哈……什么气质，一个月前你们不还说我是来历不明的野丫头吗？就因为我被步家承认了，就改变了态度？还真是虚伪啊！

我在心里默默吐槽了几句，表面上却维持着优雅大方，走进了教室。

其实爷爷说得一点也没错，我之所以想要回到季风岛，最重要的原因就是滕川照。因为经过长达一个月的冷静思考，我现在无比确定，自己是真的喜欢上了那个家伙，所以我绝对不能就这样和他分开，我一定要为我们的关系再做一次努力，我可是不轻言放弃的步吉星啊！

午休时间，我在学校里漫无目的地走着，虽然我心里决定要跟滕川照道歉，但是还没想好具体应该怎么说。

此时是一天中阳光最灿烂的时候，细碎的阳光透过头顶树叶的缝隙在干净的路面上映出一个个细碎的光斑，微风吹过，树叶轻轻晃动，地上的光斑好像一个个有了生命的精灵，跳起了迷人的舞蹈。

我一抬头，却突然呆住了。

即使只分别了一个月，可是再次在校园里看到滕川照，仅仅只是远远的一个侧影，我的心就剧烈跳动起来。

我屏住了呼吸，放轻了脚步，一点点地向那个仿佛沉浸在梦幻世界中的少年走去。

怎么会这样？我们分开才一个月的时间，他怎么瘦了这么多，而且看起来那么没有精神？

"咔嚓"一声，枯枝在我的脚下"阵亡"，惊醒了沉浸在自己世界中的滕川照。

"你……"他吐出一个字，声音不知为何有些沙哑，是感冒了吗？

但是，还没等我反应过来，他就像是突然意识到了什么似的，迅速收起了脸上的惊讶和眼中的惊喜，重新换上了冷漠的表情。

"滕川照，好久不见。"我讪讪地说出一句。

可滕川照像是没有听见我说的话一样，转身朝另一个方向快速离开了，连一点挽留的时间都没留给我，简直像是逃离瘟疫一样。

我看着他远去的背影，紧紧地皱着眉，怎么和我离开前一模一样？

即使以前我再不对，也不至于把我列为拒绝往来户吧？不行！今天我一定要和他把这个问题说清楚，哼！

因为中午的事，放学后，我并没有直接回家，而是尾随着滕川照的车，一路来到了他家。

为了不被发现，我刻意让司机大叔把车子停在了一条街外。等我气喘吁吁地跑步来到滕川家门口时，正好看到他走进家门。

"小姐，你找谁？"正当我准备走进滕川家的大门时，却被人拦住了。

穿着一身银灰色休闲服的大叔警惕地看着我，好像我是个危险分子一样。

咦？这是谁？我皱着眉看着面前的大叔，怎么以前从来没有在滕川家见过他？难道是新来的用人？

不过在别人家门口，自我介绍一下也是应该的。

我露出一个甜美的微笑，乖巧地朝大叔点了点头："我是滕川照的同学，我姓步，我想进去和滕川照说点事情，可以吗？"

说完，我礼貌地再次微笑了一下，自信地等待着大叔的回答。

"姓步？您是步吉星小姐吧？"听到我的自我介绍后，大叔果然露出了一副恍然大悟的表情，然后在我的微笑中缓缓摇了摇头，"但是很抱歉，少爷现在并不在家，不好意思，不能请您进去了。"

什么？不在家？我皱紧了眉，我明明亲眼看到滕川照走进去的。

看着大叔的表情，我撇撇嘴，正打算再做一次努力，结果面前的大门在距离我的鼻子不到三厘米的地方"砰"的一声关上了。

这……

滕川照，你这样做就是不想见到我吧，明明都已经过去一个月了，而且我也道歉了、表白了，你到底要怎么样啊！

我生气地握紧了拳头。哼！不管怎么样，我今天一定要见到滕川照！

五分钟后，我终于成功避开了别墅外巡逻的保安，使出了吃奶的力气爬上了高高的围墙。

哇！好高！

我有点胆怯地看着地面，皱了皱眉。不过看到围墙内那棵大树旁的小楼后，我把心中的胆怯抛到了九霄云外。

我心一横跳下了围墙，一落地就迅速观察了一下周围的环境。

很好，连个人影都看不到！

我迅速来到滕川照房间的窗户下，可是滕川照的房间在二楼，如果从大门进一定会被人发现。我转动眼珠，看着旁边的那棵大树，心里有了主意。我摩拳擦掌，深吸了一口气，然后一个助跑，抱着树干噌噌地爬了上去。

这棵树可比围墙还要难爬，好不容易爬到树干的分叉处，我气喘吁吁地坐了下来，心里把害得我这么狼狈的滕川照骂了好几遍。

等到终于喘匀了气，我拨开眼前遮挡的树叶，探头探脑地向不远处的窗户里看去。

在看清窗内的情形时，我差点没能维持住身体的平衡掉下树去，摇摇晃晃了好

几下才稳住身体。

为什么我会在滕川照的房间里看到一个女生，还是一个漂亮的女生？

栗色的大波浪长卷发披在肩头，白皙的小脸上镶嵌着一双水汪汪的大眼睛，秀气的鼻子、小巧红润的嘴，还有耳朵上闪闪发亮的钻石耳钉，这是一个和水菱纱站在一起也毫不逊色的大美女！

滕川照穿着一套米白色的休闲服，外面套了一件天蓝色的毛线背心，显得玉树临风。他和那个穿着淡蓝色连衣裙的女孩站在一起，构成了一幅美丽的图画。

他们好像在对着面前的纸张谈论着什么，看起来非常投机。滕川照没有了之前在我面前时那种冷淡的模样，时不时露出开心的笑容，就像他第一次见到我时那样。

而那个女孩拿起了旁边的画笔，一边说一边在纸上涂画，在每一个停顿的间隙，她都会转过头眼带询问地看向滕川照，在得到他肯定的微笑后，也露出一个明艳的笑容，然后转过头去继续在画纸上涂画。

滕川照已经不喜欢我了吧，不然他怎么会对着别的女孩露出这样的笑容呢？

我拼命压抑着心里因为看到这一幕而产生的酸水，却无法控制眼眶中的湿意和鼻腔里的酸涩。

即使我再不情愿，也不得不承认，滕川照和那个女孩站在一起是那么的般配，般配到他们之间似乎已经插不进任何人。

那个女孩看起来也一样喜欢画画，她一定和滕川照有许多共同语言吧？可是我呢？我只是一个从小地方来的孤儿，来季风岛前从没接触过这么高雅的艺术，也根本没有任何天分，所以永远和滕川照谈不到一起去。

比起我，这个女孩一定更适合滕川照，也更值得他喜欢。

可是，为什么承认了这一点，我还是这么不甘心呢？明明滕川照曾经是属于我的，他说过他喜欢我，也说过会永远保护我，现在他的喜欢和保护都要给别人了吗？可是他明明说过要陪我一辈子的！他怎么可以这样！

我脑子一热，伸手脱下左脚的鞋子，直接"嗖"地朝窗户内砸去。

当我意识到自己做了什么时，鞋子已经脱手而出了。

"砰——"

鞋子并没有砸到窗户上，而是落到了窗台处，然后滚了两圈，"啪"的一声掉到了楼下。

窗户内被惊动的两个人转过头来，露出惊讶的神情。在看清我的脸时，嘴角还残留着一丝笑意的滕川照脸色突然一沉，气急败坏地冲过来打开了窗户，一脸紧张地冲我吼道："步吉星，你爬到树上干什么？你不知道这样有多危险吗？快下来！"

滕川照竟然对我大吼，他以前明明那么温柔！

刚刚因为丢鞋子而产生的一点点心虚在滕川照的怒吼声里化为乌有，我不甘示弱地用更大的声音吼了回去："就不下来！今天你要是不说你原谅我，我就从这棵树上跳下去！"

说完这句话，我差点咬到舌头。这是什么三流言情剧的台词啊！我步吉星怎么会说出这种话来！

"你……"滕川照显然被我的威胁气蒙了，他甚至都没有理会身后那个女孩问他的我是谁的问题，嘴唇哆嗦了半天，才从牙缝中挤出了几个字，"好，我原谅你了。你下来！"

啊？原谅我了吗？我被滕川照的转变惊呆了，没想到电视剧里一哭二闹的手段这么有用啊！

听到滕川照的话，我手脚并用地从树上下来，然后捡起了掉在树下的鞋子。

但是，我刚刚捡起鞋子，还没来得及穿上，就听到了一阵匆忙的脚步声，滕川照拉着那个女孩气势汹汹地朝我走了过来。

和那个优雅得好像公主一样的女孩相比，此时一只手提着鞋子、一只手撑着墙壁，单脚站在地上的我，看起来一定像个小丑吧？

而更让人悲伤的是，作为一个小丑，我居然在看到滕川照和那个女孩牵着的双手后，下意识地问道："她是谁？"

啊，不对，我要跟滕川照道歉才对，为什么现在却一副质问的态度啊！

滕川照的眼神波动了一下，又扭头看了那个女孩一眼，然后毫不犹豫地回答道："贝琦是我的新女朋友，有什么问题吗？"

我还在反省自己的态度，却被"新女朋友"这四个字惊得不知所措。

我看着始终保持微笑的女孩，巨大的恐慌和不确定让我完全失去了理智，我像是一个丢失了心爱玩具的小孩一样，难以置信地接着问了一句："你不是说会一直陪着我的吗？你难道不喜欢我了吗？"

我的话音刚落，滕川照就像是听到了天大的笑话一样，发出一声冷笑："那都是过去的事情了，现在的我，才不会喜欢一个骗子！"

"啪——"

被我紧紧攥在手里的鞋子再次落到了地上，发出一声空洞的回响，就像是我此刻空荡的心一样。

我蹲下身，默默地穿好鞋子，离开了滕川家。

3.

现在的我，才不会喜欢一个骗子！

滕川照刚刚说的话一直回荡在我的脑海里。

原来现在在滕川照的眼里，我只是一个骗子罢了，还说什么会永远保护我，原来都是假的。

我不知道自己要去哪里，也不想回家，便漫无目的地往前走，机械地迈着双腿，甚至有人走过来，我也不知道躲避，好几次都差点被撞倒。

眼前渐渐变得模糊，我下意识地抬手摸了一下脸颊，这才发现脸上湿漉漉的，似乎还有液体不断地从眼眶中涌出。

我呆呆地抬起头去看天空，橘红色的夕阳已经接近地平线，整个天空像是被晕染了一样，有一种惊心动魄的美。

呜呜呜，美又有什么用呢？

天底下大概再也没有比我更自以为是的人了吧，居然会天真地以为经历了那么多事情，滕川照还会喜欢我，甚至还厚着脸皮从布吉岛回到季风岛，又从学院追到腾川家，滕川照一定会以为我是个疯子吧？

呜呜呜，一向自诩冷静理智的步吉星，在铃兰学院号称谁也打不倒的步吉星，为了根本不属于自己的爱情，竟然变得这么狼狈，如果被当初那些嘲笑我的人看到，他们一定会笑得前仰后合。

步吉星，这个名字果然没有起错，真的是个不吉星呢。谁和我在一起，最后都会离开我的。

贝琦？

我想起了那个女孩的名字，一听就是个生活在蜜罐里的小公主，只有这样的幸运儿，才会给滕川照带来幸福，不是吗？

胡思乱想中，我就那样走啊走，走啊走，直到咸咸的海风把脸上的泪水吹得冰凉，我才发现自己不知不觉间走到了海边。

已是傍晚，昏黄的天色下，白天湛蓝的海水变成了浓重的墨蓝色。

"哗啦啦——"

海浪拍打着沙滩，湿润的水汽几乎要和我还在不断涌出的泪水混在一起。

不记得谁说过，海水和泪水的成分其实是一样的，那么海里的鱼，是不是伤心的时候都不会哭呢？

突然，我的目光被沙滩上一抹跳动的身影吸引——是一条被海浪冲上来的鱼，它绝望地在沙滩上跳动着，想回到水里，却徒劳无功。

呜呜呜，就和滕川照面前的我一样，做什么都是徒劳吧。

我弯下腰，双手捧起了那条鱼。回到海里去吧，这样，即使难过地哭泣也没有人能看见了。

我走向海边，浪潮涌上来，淹没了我的小腿，我弯下腰把手里的鱼放进海水里。

"你在做什么？"

突然，我的手臂处传来一阵铁钳般的力量，因为哭泣而沉重的大脑还来不及反应，滕川照那张急切的脸就出现在了我的眼前。

"步吉星，你到底想要干什么？刚才在我家用跳树来威胁我，现在又要跳海吗？你到底要什么，难道不能直接说，非要用这种手段来告诉别人吗？"

一连串尖锐的指责从滕川照的嘴里噼里啪啦地说出来，看样子他已经被我接二连三的行为刺激得失去了平时的优雅，两眼喷火地瞪着我，似乎恨不得把我抓起来揍一顿。

"要你管！"我想到刚刚的事和那条垂死挣扎的鱼，伤心地大喊道，"你不是和你的女朋友待在家吗，干吗要来多管闲事？"

我挥舞着手臂想要挣脱他的钳制，却只是徒劳。

"你真是……"他的声音听起来已经发抖了，手上的力气却在不断加大，抓得我的手臂都疼了起来，"你以为我想多管闲事啊？我怎么会喜欢上你这样的女生，又喜欢骗人又不爱惜自己，明明就该是我最讨厌的人……"

滕川照还在滔滔不绝地说着，可是我的耳朵完全被那句"我怎么会喜欢上你这样的女生"填满了。

他是什么意思？什么叫他怎么会喜欢上我这样的女生？他的意思难道是他喜欢的人还是我？

无数问题在我的脑海里浮现出来，等我反应过来的时候，才发现自己已经全都问出了口。

"喀喀……"被我的问题打断的滕川照别扭地转过了头，瓮声瓮气地回答了一句，"是又怎么样？我又没办法管住自己的心。"

怎么可能？我觉得自己产生了幻听："那贝琦是怎么回事？你明明说她是你的新女朋友，难道你是在……骗我？"

最后两个字，我说得非常不确定，因为我怎么也无法相信，一向最讨厌欺骗的滕川照会做出欺骗这种事情来。

但是，事实证明，这个世界上真的没有不可能的事情。

因为，下一秒，我就听到滕川照理直气壮地回道："你骗了我那么多次，我骗你一次不行吗？贝琦是枫木行的表妹，今天是我拜托她来帮我的画题字的，谁知道你会出现在我家……"

滕川照的声音越来越低，后面的话我已经听不清了，不过我已经完全不关心了，现在我只在乎一个问题——

"也就是说，其实你早就原谅我了？"我用可怜兮兮的声音问道。

对上我期待的眼神，滕川照的目光躲闪了好几次，然后才别扭地点了点头："是啊！"

好，下一个问题！

"那你喜欢的人一直都是我，没有别人对不对？"

"这……"这一次，滕川照脸上突然晕开了一片绯红，但最终他还是点了点头，"嗯。"

那就好！

我迅速收起可怜兮兮的表情，露出一个完美的微笑，声音甜甜地要求道："那你能闭上眼睛吗？"

"啊？"滕川照看起来特别吃惊，好像没想到我会提出这种要求，脸上的红晕迅速蔓延到了脖子上，眼睛瞪得大大的，惊诧地看着我。

我的笑容顷刻间更灿烂了，目光中也流露出一丝恳求。

终于，滕川照缓缓闭上了眼睛，而且不知道是不是故意的，他居然为了配合我的身高，微微向前倾了倾身体，嘴唇也微微嘟了起来。

嘿！这样也好，方便我行动！

我突然扬起一抹坏笑，双手握拳，劈头盖脸地朝他打了过去。

"让你骗我！让你害我伤心！让你拿别的女生来刺激我！现在还想亲吻，我打死你这个色狼！"

"哎呀！不要啊！"雨点般的拳头攻击下，滕川照像是只被老虎戏耍的小兔

子一样，抱着头一边躲一边求饶，"不要打了，好痛！打坏了你不心疼吗？啊啊啊！"

晚霞映衬下的海边，两个追逐打闹的身影渐渐靠在了一起，那拥抱的姿势和身后的海水一起，构成了一幅最美的图画……

尾 声

epilogue

时间像是插上翅膀的小鸟，转眼间就飞过了整个秋季，当最后一片树叶恋恋不舍地告别枝头后，季风岛的整个天空都蒙上了一层淡淡的灰色，又一个冬季到来了。

对在海岛上生活了一代又一代的人们来说，这一年的冬季似乎并没有什么不同，除了比往年下得早了一些的初雪，一切都和往年一样。

可是，对于一些人来说，这却是一个值得铭记的时刻。

比如——

就读于季风岛中华学院的一群人。

"喂！你能不能快点啊？宫流月学长的个人演奏会就要开始了，我们要赶快去才能抢到好座位啊！"

"知道啦，知道啦，别催嘛！人家只是想化个漂亮的妆，这样才能表达我对学长演奏会的重视嘛！"

"真是……算了，再给你五分钟，再磨蹭我可就不等你了哦！"

……

类似的对话在一向以优雅著称的中华学院里不断响起，所有人脸上都挂着兴奋的笑意，他们三五成群，在下午放学后没有立即回家，而是朝岛屿中心的方向急急赶去。

而此时，在岛屿的中央，一栋可以媲美维也纳金色大厅的建筑物外，人群熙熙攘攘，无数社会名流陆陆续续从豪车上下来，互相招呼着向大厅门口走去。

这里是季风岛和布吉岛最负盛名的音乐厅，世界上享有极高声誉的数十位音乐大师曾在这里演出过，简直就是所有热爱音乐的人心中的圣殿。

而今天，这个圣殿里要举办的是一位业余古琴演奏家的个人演奏会，他的名字叫——宫流月。

"哎呀！想不到来了这么多人，我以为我们已经来得够早了呢！"

突然，宽敞的大厅门口，几辆小车缓缓停了下来。

车刚停稳，第一辆车上就跑下来一个穿着粉色公主裙的少女，她有着一头俏皮的黑色短发和一双灵动的大眼睛，脸上甜美的笑容配上嘴角浅浅的梨涡，让人一看就心生好感。

此时，她正扑向从第二辆车上下来的俊秀少年，在对方还没站稳时就挽住了他的手臂，换来少年宠溺的笑容。

"吉星，你今天真的好漂亮！"说完，少年白皙的脸上泛起两抹红晕，清澈的眼睛眨啊眨，显得特别不好意思。

"哈哈！"被夸奖的少女开心地扬起了眉毛，"滕川照，不错哦，逗我开心的话说得越来越顺口了嘛！"

"才不是呢！"被质疑的少年——滕川照不赞同地皱起了眉，"我说的都是真的，没有骗你！"

"好啦好啦！都忘记你是一个超级认真的人了。"

步吉星无奈地耸了耸肩，然后伸出手指刮了刮滕川照的鼻子，换来一个甜蜜的微笑，然后两个人站在那里旁若无人地对视着笑了起来，直到冒着粉红泡泡的气氛被一个冷淡的声音打破。

"演奏会快要开始了，快点过去吧！"

一个身材高大、目光犀利的少年皱着眉打断了两个人的甜蜜互动，然后头也不回地径直朝迎宾口走去。

而在他的身后，步吉星歪着头做了个鬼脸，然后才拉起滕川照跟了上去。

"真是的，都搞不明白那么温柔的宫流月怎么会和松原冽做朋友，他真的超级冷淡，好像冰块一样。"

尾声

看了看距离，确保松原冽不会听到，步吉星才敢发出轻轻的吐槽声。

"不是这样的。"走在步吉星身边的滕川照揉了揉她的头发，目光注视着前面那个好像和整个世界都格格不入的背影，声音里充满了佩服，"其实冽是一个特别仗义的人，只不过不太会表达而已，这一次如果不是他和枫木行一起说服了月的爸爸，宫叔叔肯定不会同意月成为一个业余演奏家的……"

"是的！"滕川照的话音还没落，身后就传来了一个附和声，"冽是一个值得交的朋友，你应该换一种眼光来看待他。"

"枫木行？"

步吉星惊讶地转过头，看到了一个如同翠竹般的少年带着一位蔷薇花般美丽的少女来到了他们身后，然后她的眼睛一亮，欢呼着冲过去握住了少女的手："水菱纱，你也来了！"

"是啊！"水菱纱伸出双臂给了步吉星一个热情的拥抱，眼睛里闪烁着开心的光芒，"前段时间我回了自己家，今天一到这里就听说你从布吉岛回来了，想着能在这里见到你，我才来的。"

"真的吗？那真是太好了，我也好想你哦！"步吉星兴奋地抓着水菱纱的手，完全忘记了滕川照和枫木行两个人的存在，亲密地交谈着向前走去。

"菱纱，你今天才回来，有没有准备花篮啊？我们都给宫流月送了花篮呢！咦？你瞧，就在那里！"步吉星突然指着大厅门口两侧缤纷的花篮叫了起来，"走，去看看，不知道我的花篮放在哪里。"

"我也送了呢，是拜托枫木阿姨替我准备的，不过字是我亲手写的！"

水菱纱跟着步吉星走了过去。

"哈哈，我的字也是亲手写的，不过还是比不上你，希望不会太丢脸。"

"不会的，你现在已经进步很多了呢！"

……

滔滔不绝的谈话声中，两个脸色暗沉的少年互相对视了一眼，然后无奈地跟了过去，而当他们走近的时候，正好听到步吉星在抱怨。

"啊啊啊！为什么大家的字都写得这么好，只有我的字最难看！呜呜……好受打击，早知道我就请人代写好啦！"

众人的视线中，一大堆字迹行云流水表达祝贺的花篮条幅里，夹杂着一个漂亮的花篮，不过条幅上的字只勉强算得上工整，特别是和旁边的一比，立即显得不忍目睹起来。

刚才还兴高采烈的步吉星此刻嘟着嘴巴，腮帮鼓得高高的，看起来非常不高兴，一旁的水菱纱正在安慰她。

步吉星也觉得自己有点太情绪化了，正打算露出一个笑容表示自己已经不在意了时，身后突然传来一个非常认真的声音——

"吉星，你看，这个享誉国际的誉字下面少了一横，下次再写一定要注意哦！"

"喂！滕川照，你真的好讨厌啊！"

本来已经露出微笑的步吉星恼怒地涨红了脸，眼睛喷火般望着一脸无辜的少年，看样子恨不得冲上去给他一拳。

"为什么啊？"滕川照委屈地揉了揉鼻子，一头雾水地反问道，"我只是指出了你一个错别字而已，别担心，以后我会教你的！"

"你……"步吉星已经气得说不出话来了，她抬手颤抖地指着滕川照，但是又败在了他无辜的眼神下。

"啊啊啊！滕川照，我发誓这次再也不理你了！"

"不要啊！你告诉我我做错了什么，我改还不行吗？"

……

对话在音乐厅前继续着，来来往往的人从他们身边经过，有的好奇地驻足聆听，有的露出会心的微笑。

谁又没有过青春期的恋爱呢？那种青涩的甜蜜，会在一次次碰撞中酿成美酒，

即使吵架也没什么大不了的，因为——

只要有爱，他们就不会分开。

谁说不是呢？

冬令营计划进行中！

冬天已经悄悄来了，各个学校的冬令营计划已经开始！不同的学校，什么才是吸引人的第一大法宝？当然是帅哥啦！我们就来看看各家的帅哥大比拼吧！

北橙中学 VS 艾利学院

北橙中学代表 相原泽（橙星社社长）

艾利学院代表 花千叶（花主继承人）

《橙星社甜蜜不打烊》

身高：180

体重：72KG

性格外貌：亚麻色头发，一双黑眸深得看不到底，高挺的鼻梁，薄薄的嘴唇，五官的组合如同古希腊雕刻中冷酷的天神。从来到北橙中学开始，蝉联四届橙星社社长。

性格：高傲，对在乎的人很好，对无关的人冷漠。

必杀技：蛋糕之王——年轮蛋糕。传说中只要吃过他亲手做的年轮蛋糕，就会马上成为他的"脑残粉"！

《千叶星光花君殿》

艾利学院四人学习小组的组员，是花界的花主继承人。长成了柔弱系精致少年，但是内在性格很"爷们儿"，属于"外在精致内在糙"的类型。

能听懂花的语言并操控他们，所以知道学校里的所有八卦。为了改变自己柔弱的形象，养成了粗鲁的行为习惯，却因此形成了"反差萌"，被追捧。

制约魔法是"你人真好"的夸赞，一听见这句话，周围的鲜花就会自动开放，他本人也自动切换成温柔模式，但一旦解开魔法就会恼羞成怒，加倍生气。

布吉岛学院 VS 天使学院

（学生会会长）

布吉岛学院代表

黎休一

（学生会会长）

圣夜·米迦勒

（天使继承人）

天使学院代表

《蜜炼甜心抱抱熊》

黑发褐眼的儒雅美少年，身高1.81米，总是带着和煦的微笑。

身为布吉岛学院学生会会长，看起来性格很温柔，很好亲近，其实是个十分容易狂暴的人。

从小被爷爷当成继承人来培养，久而久之，性格变得很压抑，人前温柔人后狂暴，还喜欢跟自己的抱抱熊（黎甜心）聊天。

心里对自由而又美好的生活充满了憧憬，又因为身负家族的重担而不能轻易表现出来。

是个地地道道的甜食控，热爱美食，热爱甜食，吃到这些总能让他心情愉快。

《下一站天使学院》

长相如同最耀眼的明星，黑发金瞳，鼻梁高挺，背后一对巨大的白色翅膀，羽翼丰满，典型的米迦勒天使继承人。

父母背叛大天使被关入天使监狱判终身监禁，独自生活在父母留下来的房子里。

就读于暗影学部，是暗影学部唯一的米迦勒姓天使。

因为父母的事而被天使学院里所有天使看不起，因此养成了孤僻又暴躁的性格，脾气很大，却喜欢有人站在身边的感觉。

他主动选择就读于暗影学部，是天使学院里的异类。只要站在他身边，就会被需要。

怎么样？这么多帅哥，总有一款能抓住你的眼球，吸引你的注意吧？快来参加他们所在学院的冬令营，度过一个奇特的冬季！

没错！各款帅哥正在发布中！相关小说正在上市中！

《橙星社甜蜜不打烊》中的甜品社长相原泽、《千叶星光花君殿》里的花主继承人花千叶、《蜜炼甜心抱抱熊》中的学生会长黎休一、还有《下一站天使学院》里的天使继承人圣夜·米迦勒，总有一款帅哥适合你，总有一本小说在等着你！

快打开故事，掉进他们的奇妙世界吧！

星座来了

编辑部八卦猛爆料

听闻可乐酱2016年的新系列叫"**星座公寓**"，里面有顶级洁癖＋强迫症患者的处女座、绝对智慧＋高傲学霸的天蝎座、另类科研达人＋百变星君的双子座等一系列王子代表。本编辑的工作虽然是写广告，但是特意假公济私地以星座为名，实为读者谋福利，奉上最近的编辑部小八卦。要是你们从中抓到了什么线索，尽情深度挖掘吧！

对象一 巧乐吱

代表作：《上古萌神在我家》、《辛蒂瑞拉的微笑》
星座：水瓶座

观众朋友们大家好，现在是本编辑从现场发回的报道……报道……道……大家不要惊讶为什么会有回声，因为现在本编辑站在吱吱的身后，目测她两边的书山应该会在一个星期内发生倒塌事故，并危害到她旁边座位的某编辑。听闻水瓶座不拘小节，今日一见吱吱，果然如此！

编辑爆料：吱吱在编辑部里桌子最乱，没有之一，经常成为塌方案的现场。吱吱你真需要"星座公寓"里的处女座男主角柏原熙来治一治了！
吱吱：谁说我大水瓶桌子乱？我这是灵魂在书山中自由地飘荡……飘荡……荡……

对象二 七日晴

代表作：《七情记》、《妖舍物语》
星座：射手座

编辑爆料：不知道是不是射手座的天性，小七是编辑部最开朗乐观的一个。前几天天气骤冷，早上根本起不来床，大家来上班都是一脸的苦大仇深。可每次本编辑来到公司，就能看到小七一脸兴奋地站在公司的落地窗前，念咒般地念着："下雪吧，下雪吧！"寒潮结束时，长沙还是没有下雪。隔天，小七在朋友圈发了一张小得不能再小的雪人图，地点是自己家的冰箱……
我：哪来的雪啊？
小七：刚刚从自己家冰箱上刮下来的。

对象三：**猫小白**

代表作：《美梦炼金馆》
星座：X星座（本人拒绝透露）

编辑爆料：猫少爷最近的新书出了真人明信片，据少爷本人说，他比照片上帅多了。本编辑偷偷告诉大家一个笑话，某天少爷来上班，在公司楼下一边看着大门玻璃自己的翩翩身影一边走，然后华丽地撞在了前面的玻璃门上。目睹了这一切的本编辑表示，喵少爷的自恋可以上天了……

少爷：阿嚏！谁在背后说我？

对象四：**锦年**

代表作：《青鸟飞过荆棘岛》
星座：**双子座**

编辑爆料：锦年大人是一个典型的双子座。前两天本编辑和她一起去吃饭，翻来覆去一起把菜单看了五遍都没有点好菜，全程的对话如下——

我：你以前不是喜欢吃虾吗？
锦年：最近不喜欢了。
我：你以前不是喜欢吃生菜吗？
锦年：前几天不喜欢了。
我：你以前不是喜欢吃鱼吗？
锦年：早就不喜欢了！

本编辑辛。

对象五：**艾可乐**

代表作：《那怪物真帅》
星座：白羊座

编辑爆料：听说可乐酱这次的新书，第一本写的是处女座和白羊座。按理说，这两个星座完全不搭，可乐酱自己又是白羊座，呃，此举不知道是不是有什么深意啊……

本编辑还听说，"星座公寓"这个系列里的主角们的搞笑事件都是有生活原型的，有几个还是大家喜欢的作者们！大家猜猜是谁吧！

可乐酱：嘤！我的新书还没出，你就把料都爆了！还有没有一点我一贯的神秘感啊！

编辑：可乐酱要发飙了，本编辑先走为上……本编辑预计，"星座公寓"系列出来的时候，又会是一场爆料的腥风血雨。

《尘埃花海》终极大测试!

你会是书中的哪个人物呢?

Q:如果有一天,你来到悬崖边上,只有一座破旧的独木桥可以到达对面,但是独木桥的尽头被迷雾笼罩着,这时候你的选择是……

A.因为恐惧和不确定而没有继续往前走,原路返回。
B.想象着迷雾背后会有美好的景色,鼓起勇气走过独木桥。
C.自己不敢过去,还破坏独木桥,也不让别人通过。

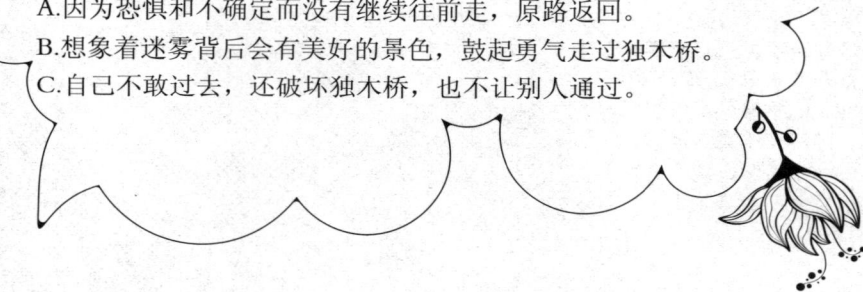

答案:

A 陈初寒（胆怯温柔型的女孩）

你是一个内心温柔但不够勇敢的女孩,如果喜欢上一个比自己优秀很多的男生,会产生强烈的自卑感,只会把心事藏在心底里,默默地喜欢。但是你的善良温柔一样是很好的品质,相信总有一天你会遇到那个欣赏你的人。

B 唐时（勇敢无畏型的女孩）

本书的女主角唐时,是个一腔孤勇、信念坚定的少女,不惧黑暗,一路勇往直前。和她做出同样选择的你,一定也是一个充满勇气的女孩,遇到爱情不会退缩,将会努力争取,相信冲过迷雾就有好风景。

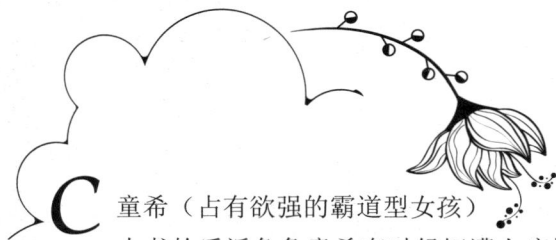

C 童希（占有欲强的霸道型女孩）

本书的反派角色童希有时候挺遭人痛恨，但其实，她对爱情的执着和霸道也是她身上的闪光点。在很多人还在为表白犹豫的时候，她已经如同一个英勇的女战士，拿起武器护卫自己的爱情。但是切记，如果对方真的不爱你，还是早点放手，否则痛的是自己。

她是尘埃里开出的花，是浴火重生的蝴蝶。

而他则是亲手把她埋入尘埃、葬入火海的人。

两年之后，她在绝望中涅槃，带着仇恨的烈火归来，要把伤害过她的人一一推入深渊。

然而，仇恨渐渐被温情融化，而真相也一点点在抽丝剥茧中显露。

她猛然醒悟，她的仇恨原来不过只是一场浮梦，可这时，一切已经奔赴最惨烈的结局……

悲恋天后锦年
用最锋锐的笔调，谱写一曲最绝望的恋歌——
《尘埃花海》

3月18日　　雨，微风，有点冷

课间休息的时候，女生们讨论着转校生。虽然在我看来，这并不是什么了不起的事情，估计那些

女生漫画看多了，觉得转校生一定会与自己发生一些浪漫的事。

尽管我非常不想知道，但因为那些女生一整天都在讨论那个转校生，我还是被迫记住了他的名

字——夏树。

3月29日　　晴，微风，暖暖的很舒服

教室前面那棵好大好老的樱花树开花了，阳光懒洋洋地从窗户照进来，晒在脸上很舒服。

下午第二节课是政治课，我最头疼的科目。

我竖起书挡在前面，看着窗外的樱花，发现在花间粗粗的树干上，竟然有个人坐靠在上面。

那是个穿着白色校服衬衫的少年，修长的双腿，一条支在树干上，一条随意地垂着，樱花花瓣落

了一片在他脸上。

啊，那是夏树同学，我知道他，那个引起全校女生关注的转校生。

上课时间爬到树上睡觉，夏树同学还真是奇怪。

4月6日　　　雨，大风，很潮湿

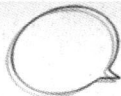

上地理课的时候，隔壁班教室传来一阵喧哗声。

是那个奇怪的转校生夏树又做了什么奇怪的事吧？

下课的时候，听班上女生说，那家伙竟然把流浪猫塞进衣服里，带到学校来上课，被老师发现

了，就带着流浪猫跑掉了。

真是个奇怪的家伙，他不知道学校禁止带宠物来上课吗？

说起来，那家伙好像根本不害怕老师……

9月1日　　　多云，微风，很热

新学期开学了，今天的夏树同学也在任性地活着呢。

说起来，一个暑假没见到那家伙，他似乎长高了一点。

开学第一天，他竟然带了一盆仙人掌来上课。

为什么是仙人掌？仙人掌有什么特别的意义吗？搞不懂。

12月28日　　　阴，微风，很冷

今天的夏树同学也精神抖擞地发着疯……

2015年

9月1日　　　晴，大风，很热

升上高中啦，夏树同学竟然和我上了同一所高中，并且还在我隔壁班级。

邻班的夏树同学，会不会比初中时稍微收敛一点他奇怪的举动呢？毕竟是高中生了……咦，我为

什么要关心这种问题？因为在学校里太过无聊，观察夏树同学的奇怪举动，已经成为我的日常生

活了吗？呃，要是他变得正常了，我应该会有点小小的失落吧，毕竟那是唯一的乐趣了。

不过好在，今天的夏树同学，奇怪的举动还在继续。

《遇见你的小小幸运》希雅 著

那些不经意的遇见，从来不是什么偶然，他不过是恰好在那里看着我，而我恰好抬起头看到了他。
在那些目光交错的时光里，我在人群里寻觅着他，他同样在寻觅着我。
却因为年少脆弱的心脏，不敢向喜欢的人说一声"喜欢"。

至于选拔赛的内容是什么？嘻嘻，当然是填写关于穿越的各种紧急知识啦！

1. 向什么许愿，才能达成穿越的愿望呢？
A. 阿拉丁神灯　B. 时光机　C. 莫名出现的电脑病毒

2. 穿越后睁开眼，第一眼看到的会是什么呢？
A. 来自未来世界的机器猫　B. 25世纪新型机器鼠　C. 被电磁波打晕的恐龙

3. 遭遇坏人围攻，千钧一发时，希望谁来拯救自己呢？
A. 蜘蛛侠　B. 未来时空警察　C. 齐天大圣

4. 交到的第一个好朋友长得像谁？
A. 玉子　B. 蜡笔小新　C. 奇犽

5. 传说中的天才少年博士是谁？
A. 成意智　B. 成意龙　C. 成意功

6. 探险冒险第一关的开启地点是哪里？
A. 音乐室　B. 档案室　C. 美术室

7. 号称是万能型，然而除了装可爱什么都不会做的无能机器人是谁？
A. 擎天柱　B. 错误代码123　C. 布里茨

8. 时空警察将会以什么样的方式出现？
A. 从石头里炸出来　B. 从闪电里出现　C. 从抽屉里跳出来

9. 如果被时空杀手抓住了，该怎么办？
A. 立刻倒地装死　B. 假装投降　C. 不顾一切逃跑

10. 穿越结束后必做的第一件事是什么？
A. 大吃大喝　B. 买新衣服　C. 回答电脑病毒的新问题

就快快购买莒莓多即将上市的新书『蔷薇护卫队』系列之《星光小淑女》吧！

☆假如觉得题目很难，想知道正确答案是什么的话，

X特工大事件一

寻找失踪少女薇薇亚！

执行特工：颜圣夜

少年有一双漂亮的琥珀色眼眸，不知道是不是没睡好，他的眼下带着微微的阴影，却并不影响他的英俊，反而让他显得越发迷人了。

此刻，不知道是不是被微风迷了眼，他微眯着双眼，仿佛刚刚睡醒的波斯猫一般，简直就像是陈列柜中精美的人偶娃娃！

代号特长： 神之最强大脑+顶级人偶外貌+"懒癌"晚期患者

搭档助手： 洛奇奇（重度人偶收集控+完美角色扮演者）

任务1： 接近"肉爪控"特洛伊，想办法知道薇薇亚失踪前来找他干了什么。

角色设定： "动物系"的可爱妹子——郝萌萌。身上的衣服总是毛茸茸的，还会带有耳朵、爪子等设计，连眼神给人的感觉都湿漉漉的。

特洛伊站在路边的树荫下，那头标志性的红发，在阳光的照射下染上了淡淡的金色，仿佛随时都能燃烧起来。他双手撑着膝盖，身体微微前倾，脸上带着肆意的笑容，柔化了那两道剑眉带来的煞气。

清晨的阳光落在他的眉宇发间，让我忍不住心头微颤，几乎要迷失在他柔和的眼神中……

此刻，那双暗红色的眼眸正含笑看着我，带着无法抑制的狂热。

我好像知道颜圣夜为什么要让我扮成"动物系"少女了……

他不会把我也当成小动物了吧？人家今天是淘气的小熊猫哦！

可是，这么喜爱小动物的家伙，会是导致薇薇亚失踪的凶手吗？

任务2： 接近舍不得杀生，却会在月圆之夜出现凶残人格的温柔绅士伊恩，找到他身上的文身，并且了解薇薇亚最后一次和他见面的目的，确认他是否存在嫌疑。

角色设定： "小太妹"白鹭，一个随时会打破平静、带来灾难的危险人物，同时也是伊恩拿她最没办法的类型。

"所有食物都是最新鲜的，这条鱼，我跟你说，是我亲手杀的……"我说着，指了指饭盒中颜色鲜美的鱼块，又指了指一旁的大虾，笑道，"还有这些虾，下锅前还是活蹦乱跳的呢！"这样说着，我一抬头，却发现伊恩脸都绿了。

他此刻看着那些鱼虾，就像是看到了凶案现场，然后……就见他的脸色越来越白，越来越白，甚至还有细细的汗珠从他的额头上渗出。

"怎……怎么了？"我被他的反应吓到了。难道……他对水产类有恐惧感？

"你……你……"伊恩哆嗦着，指着食盒的手指还在颤抖。

"我怎么了？"我正问着，下一秒，他已经捂着嘴冲了出去。

我茫然地看着他冲出去的方向，又看了看周围还没完全离去的同学们，一脸茫然。

那天接下来的时间，我没有再见到伊恩，据说他请假回家去做祷告了。

任务3：接近"病娇美少年"约书亚，了解他最后一次和薇薇亚见面的情形，并且找到他身上的那张残图。
角色设定：精神病友哈娜娜，传说也能听到身边所有东西说话。

"娜娜，你知道刚才飞过去的那只鸟对我们说了什么吗？"
"嗯？"刚才有鸟飞过去了？
"我没注意啊！"
我最近已经被约书亚的唠叨属性搞得心力交瘁了。
"嘿嘿，它说明天要是有果子吃就好了。"
"每天有虫子吃还不够，它还想要祸害果子？"我忍不住说。
而且，一只鸟明天能不能吃到果子，到底和他有什么关系？
……
"娜娜，书包妹妹说你今天装的东西太重了。"
"娜娜，空气真是太糟糕了，大树爷爷说他的哮喘又发作了。
今天我不让司机大哥来接我了，我们一起走路回家吧！"
"娜娜……"
"娜娜……"

救命啊！谁来带走这个唠叨的家伙，我快要受不了了！
再不把他拉走，我就真的要变成精神病了！

任务4：接近具有天使外貌的艾弗里，并且寻找薇薇亚失踪的真相。
角色设定：黑发黑眸的中国娃娃罗程程。

如果说约书亚是易碎的水晶，那么眼前的艾弗里，便是花田里朝阳的向日葵。
看到我的脸，他漂亮的凤眼弯成妖异的角度，琉璃色的眼眸中瞬间闪过一道光芒，随即，他惊叹道："漂亮的中国娃娃！"

虽然早就知道他喜欢中国娃娃，但是听到他这么直白的赞扬，我还是忍不住一愣，半晌才回过神来，羞怯地回答："谢谢。"
艾弗里的眼中立刻又闪过一丝异光。他退后几步打量我，突然轻捏着自己的下巴笑了起来："从今天开始，你就是我的贴身侍女了，以后负责我的衣食住行！"
"啊？"
刚刚还想着该怎么进入他的房间呢，这样的美差就落到我的头上了！难道我在经历了特洛伊和伊恩那一系列的倒霉事情以后，终于转运了？事实的真相正向我逼近吗？

到底谁才是让薇薇亚失踪的真正凶手？
一切真相尽在莎乐美『花样特工』系列之——

最终章

Fabulous Agent
"花样特工"系列之

圣夜蔷薇纸偶
Tales Of Holy Rose

《圣夜蔷薇纸偶》！

X特工大事件二

寻找"希洛男爵假面"！

执行特工：葛蕾娅

镜中的少女有着微曲的栗金色长发，琥珀色的瞳孔，眼角上挑，上扬的眉梢显得英气勃勃，上薄下厚的嘴唇带着淡淡的樱红色。由于有各四分之一的德国与拉丁血统，所以有着较为立体的五官，以及挺拔的身形。

我叫葛蕾娅，今年17岁，除此以外，我还有一个秘密的身份哦！想到这儿，我对着镜中的自己眨了眨眼睛，并且比出了一个"嘘"的手势，神秘地说："这是个秘密。"

代号特长： "二次元脱线"妹子+吊车尾特工学员+幸运少女
搭档助手： 杜弗格（完美主义+"遇到葛蕾娅就是衰"星人）

任务1： 抓住社团头号公敌——希洛男爵假面，以学生身份潜入学院，掩人耳目，不能暴露特工身份。

课间时分，我和杜弗格随着胖胖的班主任走进教室。

我大声地说："我叫葛蕾娅，不是来交朋友的！更不要以为我来这里是学习的，我可是带着任务来的！不要问我来执行什么任务，我是什么都不会说的！但是我要奉劝躲在背地里的鼠辈，你们就算躲得再好，再狡诈，都会被我抓出来的！"为了配合自己的话，我对着空气一抓，好似很有气势一般。

我介绍得很好吧？

带着一种邀功的心理，我转过头，对着杜弗格做出一个翘大拇指的动作，等待着他的表扬。

没想到杜弗格捂着额头低着头，那样子好像在说：我不认识她，我不认识她……

亲爱的，说好的隐藏身份呢？

任务2： 未知……

我深呼吸好几次，告诉自己要冷静，要冷静，然后徐徐展开任务卡，在心里默读起来……

葛蕾娅：这是你加入X社团以来的第一次正式任务，所以组织上决定派你……

我屏息凝神，怀着激动的心情往下看……可就在这时，一个黑影突然从天而降。

一阵风刮过，屋外的树木迎风起舞，乌云被吹散大半，清冷柔和的月光洒下来，照亮了阳台。黑白相间的地砖上，一个身形修长的男子半卧在地面上。月光照亮了他的脸，银色的半脸面具反射着柔和的月光，高高的鼻梁与性感的唇在银色面具的掩映下，显出几分动人心魄的妖冶。

"希洛男爵假面！"我忍不住低呼起来。

他伸出食指，在唇前比了个"嘘"的动作，然后一阵咳嗽，吐出一口血来。

我大惊失色，瞪大了眼睛盯着希洛男爵假面，好半天才反应过来："你……你受伤了！"

他浅浅地一笑："没什么大不了的。"于是，一切都安静了下来……

随着一声响，阳台上冒起了一阵黑烟。

就在此时，我脑海里浮现出一句话：以上内容为高度机密，30秒后将自动爆炸销毁。

呃，任务卡的内容我还没看的……

任务3：深入调查，作为短期的女仆潜入重大嫌疑人道格泽也家，必须有重大发现。

水雾蒸腾的室内，极大的落地窗被欧式的白色宽边褶皱窗帘遮蔽，宽敞的皇家木质高脚长几上，摆着鲜艳的玫瑰。而那水汽的中心，就在通风管道口的正下方。

我定睛看去，首先可以确定的是，那是一个豪华而巨大的欧式浴缸，洁白的釉，金灿灿的金属部件，还有满满的泡沫，以及一个裸露上半身、肢体修长、身形结实的美男子！

天啊！这竟然是幅华丽的美男出浴图！

我被吓得魂不附体——长这么大，我头一次看到如此香艳的美男出浴画面啊！

随即，我便掉进了水中。

突如其来的水花四溅，使我有种错觉，感觉自己掉进了游泳池！

我吓得胡乱扑腾，扑腾了一会儿，就感觉被谁提了一把——我被人抓着后领拎出了水面。

"葛蕾娅？你怎么在这里？"

我连忙抹去脸上的水，看向声音的来源。

只见浴缸中的男子，体形优美，皮肤白皙，高鼻深眼，睫毛还很长，修剪整齐并且茂密的头发微微被打湿，轻轻搭在饱满漂亮的额头上，挺拔有型的身体上，那八块腹肌逐渐隐没在水线以下……在他此刻正满脸疑惑地看着我——这个人不是道格泽也还能是谁？

"道，道，道格泽也！"我吓得就快咬掉自己的舌头了。

终极任务：头号嫌疑人道格泽也究竟是不是希洛男爵假面呢？

真相只有一个！

敬请关注莎乐美"花样特工"系列之——《希洛玫瑰男爵》！

"吃货"巧乐吱跟编辑的日常

又名：如何从一个拖稿严重的家伙手中拿到"人间愿望司"系列全稿！

月黑风高的夜晚，编辑我拉好窗帘，藏在办公室的角落里，默默翻着自己的百宝柜。

小皮鞭？
不好，《上古萌神在我家》的时候已经用过了。

舒芙蕾？
好像《蜜炼甜心抱抱熊》的时候已经喂过她了。

抹茶慕斯？
"白痴吱"好像最近挺喜欢吃抹茶味的，如果拿出我心爱的抹茶慕斯，这家伙能给我"人间愿望司"系列的稿子吧？

编辑小心地拿出一点点，还没焐热乎呢，一个黑影就闻着味道过来了，说话间已经跳到了编辑身边："抹茶，抹茶！嗷呜！抹茶慕斯的味道！"
……
鼻子要不要这么灵啊？"白痴吱"你其实是属小狗的吧？
编辑仗着身高优势，一只手高高举起抹茶慕斯，一只手朝着面前就要流口水的人摊开："说好的'人间愿望司'呢？要知道，我可是在你最爱的那家蛋糕店专门定做的……"
"有有有，我已经写完大纲啦！第一部《彩虹里的夏洛特》都已经完稿啦！"
真的吗？这个家伙不会又是骗人的吧？

编辑狐疑地接过"白痴吱"的笔记本电脑，却发现上面一片空白！编辑愤怒地抬头，发现随手放在一边的抹茶慕斯已经被人吃进了嘴巴里，对方吃完大手一挥，跑掉了！
"哈哈哈，谢谢招待。我早就把文件发到编编邮箱啦，只是你太笨啦！我下次要吃抹茶曲奇！"
……
巧乐吱的编辑，卒。

在编辑疑似脑溢血的情况下，巧乐吱的"人间愿望司"系列终于出现！
《彩虹里的夏洛特》&《暖阳里的拉斐尔》
即 将 重 磅 出 击！

"人间愿望司"系列第一部 《彩虹里的夏洛特》

内容简介：

彩虹学院的校花是姐姐甄美好，彩虹学院的"笑话"是妹妹甄美丽。一切只因为，甄美丽是个不讨人喜欢的大胖子！怎么办？丑小鸭也要逆袭！而且老天还免费送来了一个"神队友"——自称发明家的夜流川！所以，体重有问题？没问题，有吸脂肪的夏洛特。学习有问题？没问题，有能报答案的答案机。至于心理问题……还有夜流川亲自上阵来搞定！

可是，等一下！为什么连喜欢的学长也中招，温柔的面具都给扒下来啦？更令人崩溃的是，居然还牵扯出了他跟姐姐的一系列纠葛，学长光辉的形象都轰然倒塌了！

不是我甄美丽的逆袭史？怎么变成"拆台史"啦！剧本是不是拿错了？

编辑： 除了完美姐姐甄美好，拒不承认我可能是其他人。

"白痴吱"： 哦，你美，你说了算……

《暖阳里的拉斐尔》 "人间愿望司"系列第二部

内容简介：

打着"寻找恩人"主意的元气少女苏若暖，从踏进彩虹学院的那一秒就变成了麻烦吸引器！更倒霉的是，她随手打的一次差评竟招惹了超可怕的"黑脸魔王"柏圣琦！

长得好看了不起啊？会切换"人生模式"了不起啊？怎么还能把她变成专属试验品，每天都强行让她接受各种"意外惊喜"呢？走开啦大魔王！

不放弃的苏若暖一边跟柏圣琦斗智斗勇，一边继续她的寻人计划！但那个挽救她家庭幸福的恩人究竟是谁呢？是身为财阀继承人的病弱少年林晨，还是傻瓜王子夜流川？总不至于会是身边这个死死黏着她的柏圣琦吧？

救命啊！我苏若暖只是随手打了一次差评，怎么以后的人生都要跟这个冰山大魔王绑在一起啦？

编辑： 打差评怎么会有这么大的连锁反应？

"白痴吱"： 怪我吗？

当当当……

旋风挑战赛之
千面月神
来踢馆

来自非凡华丽家族的"千面月神"白小梦听说在遥远的爱丽丝学院有一个叫桔梗公寓的地方，那里面住着四位可以和茉莉学院传说中的三怪相媲美的人，而有一位名叫狄米拉的功夫少女，竟然压服了那四个人当中最难对付的处女座男生，被称为"旋风管家"……

"我白小梦第一个不服！"

于是白小梦驾临桔梗公寓，向旋风少女管家狄米拉发起挑战。

旋风挑战赛，现在开始！

主持人：先介绍两位选手。

白小梦

代表作：《非凡华丽家族之千面月神》
亲友团：白小梦领导的华丽家族和茉莉三怪。

狄米拉

代表作："星座公寓"系列《旋风白羊座管家》
亲友团：柏原熙领导的爱丽丝学院占星社和桔梗公寓四大美男。

主持人：旋风挑战第一项，请两位说出自己曾经攻克的最大难关。

白小梦：对千面魔女来说，世界上根本没有难题，我可以解决我遇到的每一个问题。（主持人：汗……）

狄米拉：世界上如果有比对付一个处女座的人更大的难题，那一定是和一个处女座的人同住在一个屋檐下。（主持人：你的痛，我懂！）

主持人：两位的回答大家都听清楚了。下面第二项，请列举出一个自己有但是对方没有的技能。

狄米拉：当然是功夫啦！（说完现场用腿连劈了三块木板，腿风差点扫平了主持人的泡泡头。）

白小梦：哼！这有什么，我华丽家族各个都身怀绝技，下面我为大家带来无道具表演变脸。（主持人：喂，110吗？这里有人会特异功能啊！）

主持人：咦，现场为什么有一股臭豆腐的味道？

（华丽家族亲友团白小萌：糟糕，小梦让我变出花香的，我变错了！）

主持人：好吧，前两项大家不相上下……最后一项挑战，我把手中的飞盘扔上天空，谁能够凭自己的本事抢到，谁就是今天的旋风女神！
（"咻！"飞盘脱手。）

主持人：哇哇哇！现在战况激烈，我们看到，飞盘以一个十分刁钻的角度飞到了十米高的空中，在它的下方，小梦和米拉的战斗已经进入了白热化阶段，而亲友团的比拼也是热闹非凡，小梦的忠实拥护者风间澈已经展开了十米长的加油横幅，而另一边的柏原熙也不甘示弱，给对方啦啦队翻出了难度100分的"世纪白眼"，九米，八米，六米……飞盘离地面越来越近，现在一道白光出现了！哇！我们今天的旋风女神就是……

白小梦：什么鬼？太丢人了，我要回家。

狄米拉：这难道不是一个严肃的挑战节目吗？结果为什么会是这样？我也要回家！

主持人：那个……这个……好吧……结果，已经出来，让我们恭喜……飞盘最后的获得者……也就是今天的旋风女神……

史上第一萌犬——
阿白白………

怪我吗？接飞盘不是狗狗的本能吗？

主持人：喂喂喂！大家都别走啊！广告还没打呢！
《非凡华丽家族之千面月神》和
"星座公寓"之《旋风白羊座管家》是可乐近期的新书哦！
大家走过路过不要错过！更多惊喜在书中等着你们！最后祝可乐新书大卖！